JN086436

富士山と文学

石田 千尋 著

新典社

目次

Ⅲ　各　論

Ⅳ 付篇

V　解題

凡　例

本書は、著者の逝去により、生前に発表した形を尊重してそのまま収めることを基本とした。そのため、文体の混在、表記の不統一、内容の重複などがあるが了承されたい。誤植の訂正、内容に影響のない形式・表記の修正を、鉄野昌弘、高木和子が行なった。

文献の引用は以下によったが、漢字・かなづかい・ルビ等は読みの便宜に合わせて著者が私に手を加えた箇所がある。傍線・傍点や括弧内の注はすべて著者による。また、現代語訳も著者による。

『万葉集』…新編日本古典文学全集、CD-ROM版『萬葉集』
『古今和歌集』…新日本古典文学大系
「富士山記」(『本朝文粋』)…日本古典文学大系
『竹取物語』…新編日本古典文学全集
『曾我物語』…新編日本古典文学全集
『海道記』…新編日本古典文学全集

『常陸国風土記』…新編日本古典文学全集
『伊勢物語』…新編日本古典文学全集
『大和物語』…新編日本古典文学全集
『とはずがたり』…新編日本古典文学全集
『済北集』…『五山文学全集』
『東国紀行』…『群書類従』
『平中物語』…新編日本古典文学全集
『新古今和歌集』…新編日本古典文学全集
『拾菓集』…中世の文学『早歌全詞集』
『詞花和歌集』…新日本古典文学大系
『金葉和歌集』…新日本古典文学大系
『山家集』…岩波文庫
『沙石集』…新編日本古典文学全集
『廻国雑記』…『中世日記紀行文学全評釈集成』（勉誠出版）
『排蘆小舟』…『本居宣長全集』（筑摩書房）
『林葉累塵集』…『近世和歌撰集集成』

『萍水和歌集』…『契沖全集附巻　長流全集　上巻注釈及歌学』
『詠富士山百首和歌』…『契沖全集』

その他、和歌は『新編国歌大観』、謡曲は『謡曲大観』により、引用回数の多くないものは本文に出典を書き添えた。取り上げた作品の作者および成立年代については、『新版日本文学大年表』（二〇〇二年・おうふう）ならびに『日本古典文学大辞典』（一九八三〜八五年・明治書院）を参照している。

I　序論

富士山の古典文学

1　はじめに

富士山は、日本文学の草創期からずっと、ことばで描き続けられてきた山です。あらゆる時代のあらゆるジャンルの文学作品に、富士山は登場します。世界でもそのような山は他に類を見ないのではないかと思います。長い長い富士山の文学の歴史の中から、今回は、鎌倉時代に成立した紀行作品を中心に、古典文学において、富士山がどのようにことばで表現されてきたかということ、それによってどのような富士山像が形成されてきたかということをお話ししてみたいと思います。

私は四国徳島の出身なのですが、小学四年生の春休みに、東海道新幹線の車窓から富士山を初めて見た時の印象を今でもはっきりと覚えています。当時たいへん話題になっていた上野動物園のパンダを見に、叔母が東京に連れて行ってくれるというので、大喜びで新大阪駅から新幹線に乗り込みました。静岡駅を過ぎたあたりから、富士山がいつ見えるかいつ見えるかと胸を躍らせて、進行方向左側の窓にはりついてずっと外を見ておりました。富士川を越え、列車が新富士駅に近づく頃、やっと富士山が姿を現わしました。はるばると徳島から船や電車を乗り継いでやってきた小学生が、富士山の全貌を目の当たりにして感じたのは、感動というより驚きでした。富士山のスケールは思っていた以上に大きく、地面から空にどこまでも伸び上ってゆくようなその山容に、すっかり圧倒されたのです。それ以前に見たことのあるどの山とも、富士山はあまりにも違っていました。もちろん、絵画や写真や映像で何度も目にしてはいましたが、じっさいに自分の目で見たその姿は、想像をはるかに超えるものでした。こうした驚きは、富士山をいつでも目にすることのできる山梨に住む皆さんには意外かもしれませんね。

大人になってから私は東京に住まうことになり、上京してくる家族や友人たちを出迎える側になったのですが、新幹線や飛行機を降り立った彼らがきまって口にするのが、「今日は車窓からきれいに富士山が見えた」「今回は海側の席だったから富士山が見えなかった」と、富士山が見えたかどうか、見えたとすればどんなふうに見えたかについての報告です。富士山を見ることは、西から東への旅をする人々にとって、かけがえのない旅の記念でもあるのです。

富士山を仰ぎ見ることを、期待と憧れにみちた特別な旅の記念であるとする感覚は、どうやら私の家族や友人たちに限ったことではなく、富士山を日常的に見ることのない地域に住む人々にとっては普遍的なものであったらしいということを、私は富士山の古典文学を研究するようになって知りました。ことに、かつて都と呼ばれた京都・奈良に生き、和歌や物語などの文学を享受していた上流階級の人々は、先人たちが書き記した数々の作品や伝聞によって富士山に対するイメージを膨らませ、その山容を自分の目で確かめてみたいという強い思いを募らせていたようです。日本文学の歴史が始まってからおよそ千三百年ものあいだ、富士山は人々のまなざしと思いを受けとめ続けてきた山であり、心をとらえ続けてきた山でした。

では、人々が富士山に託した思いとはいったいどのようなものだったのでしょうか。その始まりと展開を、まずは四つの類型にしぼって説明させていただき、後半では、『海道記』という作品をとりあげて具体的な表現のありかたを見ていきたいと思います。

2　永遠の山、富士の雪

富士山はそれぞれの時代のさまざまな人々の思いを受け止め続けてきた山だと申し上げましたが、古典文学における富士山に関する記述をたどってみますと、その表現の仕方にいくつかの型（パターン）があることがわかります。そのおもなものは、四つです。

まず一つ目に挙げられるのが、山頂の宿雪に感じとられた神聖性です。年間平均気温が上昇しつつあると言われる現代でも、六月七月頃の富士山頂に白いものが見えることは珍しくありませんが、古典文学に現われる富士山のほとんどが雪を戴く姿で描かれています。富士山と言えば、年中てっぺんの白い山だというイメージが、文学史の早い時期に成立していたのです。

大学で講義を受講している学生さんたちに、ちょっと富士山の絵を描いてみましょうと言うと、大半の方が、プリンのような形状の山の上に白い雪が積もっているさまを描きます。こうした富士山像をことばで描いた最も古い作品が、約千三百年前に詠まれた次のような歌でした。

山部宿禰赤人が富士の山を望む歌一首并せて短歌

天地(あめつち)の　分(わか)れし時ゆ　神(かむ)さびて　高く貴き　駿河(するが)なる　不尽(ふじ)の高嶺(たかね)を　天(あま)の原　振り放(ふさ)け見れば　渡る日の　影も隠(かく)らひ　照る月の　光も見えず　白雲も　い行きはばかり　時(とき)じくそ　雪は降りける　語り継(つ)ぎ　言ひ継(つ)ぎ行かむ　不尽の高嶺は　（巻三・三一七）

反歌

田子(たご)の浦ゆうち出でて見ればま白(しろ)にそ不尽(ふじ)の高嶺(たかね)に雪は降りける　（巻三・三一八）

〈現代語訳〉天と地とが分かれた太古の時から高く貴い富士の高嶺を、天空を振り仰いで見てみると、その高さは空を渡る太陽の姿も隠れ、輝く月の光も見えず、白雲も流れ

を遮られるほどで、時ならぬ雪が降っているのだった　語り継ぎ言い継いでいこう　このような富士の高嶺を（三一七）

田子の浦を通って、富士山がよく見える地点に出て振り仰いで見てみると、真っ白に、富士山の頂上には雪が降っているのだったよ（三一八）

これらは『万葉集』所収の「望不尽山歌」と題された長歌と反歌（組になる短歌）で、四千五百首余りある万葉歌のなかでもよく知られた作品のひとつです。反歌の方は、鎌倉時代の初めに藤原定家が編纂した『小倉百人一首』にも、「田子の浦にうち出でて見れば白妙の富士の高嶺に雪は降りつつ」というかたちで収められていますので、そちらの詞句で記憶されている方も少なくないかもしれません。

都から東国へ向かう旅の途中、田子の浦（現在の静岡市清水区薩埵峠のあたり）を通ってふと視界の開けたところに出て見上げたとき、目の前にそびえ立つ富士の高峰にはなんと雪が降っていた――その驚きが、この長反歌二首の表現のポイントです。雪など降るはずのない季節だというのに眼前のこの山の頂には雪が降っているよという、常識を超えたものを目にした驚きを、彼は「時じくそ　雪は降りける」と表現しました。「時じ」とは、時ならぬとか季節はずれのという意の古語ですが、ここでは時を越えて・時間の流れに関わりなくといった意味で用いられています。季節の運行に関わりなく、富士山頂にはつねに雪が降り積もっている。古代の人々は、白という色にも神聖性を感じ取っていたようですが、青空を背に白く浮かびあがる富士の高嶺は、まさに神を直感させるものだったのでしょう。一年中降り続ける雪こそ、この山が時間の摂理を超越した神であることの証だとする捉え方は、「不尽（ふじ）」という用字にも表れています。フジの山は、尽きることのないスケールをもち、尽きることのない悠久の時の中に存在する山だという捉え方です。比類ない「不尽」の山の傑出した神秘性を語り継いでいこうと讃めたたえること、それがこの長反歌の表現の眼目なのです。

山部赤人は官人（朝廷の役人）として、大和の国からはるばる東海道をここまでやって来た。そこで富士山というとてつもない山を目の当たりにし、深い畏敬の念を抱いた。富士山の崇高さと、それを象徴する景として山頂の雪を詠んだこの歌は、その後の文学作品において、富士山と言えば雪を戴く高峰をもつ山という固定化したイメージを生むひとつの要因ともなりました。

3　恋情に燃える山

次に、富士山の文学表現の類型の二つ目として、恋情を託す山という点を挙げたいと思います。富士山を、かなわぬ恋のために燃え続けている山ととらえ、人が胸のうちで燃やしている恋情を託すということもまた、古典文学において脈々と受け継がれた発想法のひとつでした。恋というテーマは、古今東西のあらゆる文学作品にみられる普遍的なものですが、それを富士山に託して表現するということは、現代人の私たちにはリアリティを感じにくい発想かもしれません。こうした富士山＝恋の山、というイメージの成り立ちのうえで重要な役割を果たした作品が、『古今和歌集』と『竹取物語』でした。『竹取物語』については後ほど詳しく触れるとして、ここでは『古今和歌集』（平安時代初め頃に編纂された第一勅撰和歌集）の次のような歌に注目してみたいと思います。

人知れぬ思ひをつねに駿河なる富士の山こそわが身なりけれ　（巻十一・恋一・五三四）

〈現代語訳〉人に知られることのない恋慕をいつでもしている駿河の国の富士山は、まさに私そのものだよ

富士山＝恋の山を詠んだ初期の和歌として代表的な一首です。「人知れぬ思ひ」すなわち、人知れず燃える恋情の火（思ひのヒと火とを掛ける）を内蔵している富士山は、まさにそのような恋情を抱いている（駿河のスルと動詞のスルを掛ける）自分そのものだ、というのです。平安時代初めの宮廷社会に生きる都びとたちの念頭にあった富士山は、遠国の火を噴く高山であっ

たと考えられます。事実、当時の富士山はたびたび噴火を繰り返しており、その火山活動の激しさや被害の甚大さは、周辺諸国の官人によって逐一朝廷に報告されていました。ことに、貞観六（八六四）年から八（八六六）年にかけてのいわゆる〈貞観の大噴火〉はよく知られています。このときの噴火は富士山の火山活動の歴史のうえでも特筆すべきもので、噴出した莫大な量の溶岩によって、ひとつの湖（剗の湖）だった西湖と精進湖が分断され、溶岩の上には青木ヶ原が形成されたのでした。その前後にも富士山は火山活動をたびたび繰り返していたらしく、富士山の噴火活動に関する伝聞は、都びとたちに強烈な印象を与えたと推察されます。

上記の歌を収めた『古今和歌集』には富士山を詠む歌が五首見えますが、それらにおける富士山はすべて恋情の表現に用いられています。紀貫之による「仮名序」（『古今和歌集』の序文）にも、「富士の煙によそへて人を恋ひ」との文言が見え、富士山から立ち昇る煙が恋歌の代表的景物として挙げられています。和歌の表現世界では、富士山を、つねに火を宿し煙をたなびかせている山と捉え、「おもひ（思）」・「こひ（恋）」のヒと火とを掛けて一首を仕立てるという発想がしだいに定着しつつあったのです。こうして、富士山をじっさいに見たことのない都びとたちの観念の中で、富士山は、絶えず燃え続ける恋情を託し、ときにその姿を自らになぞらえて詠む恋歌の景物となっていったのです。

4　仙女の舞い遊ぶ山

さて、こんどは散文作品に目を移してみたいと思います。平安時代初期、漢学者であり漢詩人でもあった都良香によって「富士山記」という漢文による散文が書かれました。これは、富士山を中心的題材としてとりあげた最初の文学作品です。中国六朝時代風の山水記――深山・渓谷の美しさ、またそこに住まう神仙たちなどについて記述した散文――に都良香がチャレンジするにあたり、その題材にふさわしい山として選んだのが、吉野山と富士山であったのです。

この作品でも「富士山は、駿河国に在り」と記されていて、甲斐国の側の私たちからするとちょっと寂しい気もしますが（笑）、東海道から仰ぎ見ることのできる山であったことからすると、それももっともなことではあるのでしょう。「富士山記」には、当時富士山をめぐって伝えられていた伝承に関する興味深い記述が多くあり、全文をじっくり読んでみたいところですが、ここではとくに、以下のような箇所に注目してみたいと思います。

又貞観十七年十一月五日に、吏民旧きに仍りて祭を致す。日午に加へて天甚だ美く晴る。仰ぎて山の峯を観るに、白衣の美女二人有り、山の嶺の上に双び舞ふ。嶺を去ること一尺余、土人共に見きと、古老伝へて云ふ。山を富士と名づくるは、郡の名に取れるなり。山に神有り。浅間大神（あさまのおほかみ）と名づく。

貞観十七（八七五）年十一月五日、富士山の麓で人々が富士山を祀る神事を古式に則ってとり行なった際、山頂を仰ぎ見ると、ちょうど嶺より一尺ばかり上を白い衣をなびかせて美女が二人舞い飛んでいた、それをその場にいた人々が目撃したと長老が伝えている、という記事です。平安時代初めの漢文作品において、富士山は、この世ならぬ存在が舞い飛ぶ異界的な山と記されたのです。

平安時代の知識人が「白衣の美女」のくだりを読んですぐさま想起したのは、おそらく、古代中国の道教的世界観における仙女のイメージだったろうと思われます。仙女とは、不老不死を実現し超人的な能力をもつ女性の神仙です。神仙（仙人）というと、白い鬚を生やして雲に乗り、杖を突いたお爺さんといったイメージを思い浮かべがちですが、女性の神仙というのもあり、その多くは不老不死の美女として描かれました。「富士山記」には、別の箇所にも「蓋（けだ）し神仙の遊萃（ゆうすい）する所ならむ」（思うに富士山は、神仙たちが集まり遊ぶ所なのだろう）といった記述があり、「白衣の美女」に関しても仙女のイメージが意識されていることはまちがいないでしょう。

この作品を書くにあたり、平安京に居住していた都良香が現地にやって来て富士山登山をしたとか、在地の人々に直接取材をしたということは、おそらくなかったと思われます。実際に登頂を果たした経験をもつごく少数の修験者などから、在地の伝承を聞き知って、彼はこうした文章を作成したと考えられます。「富士山記」は後に、『本朝文粋』(藤原明衡撰・十四巻)という平安朝の代表的文人たちによる漢詩文をまとめた書に収められることになるのですが、それは王朝官人たちが文章を作成する際の必須の参考書でした。つまり、「富士山記」が『本朝文粋』に収載されたことにより、白衣の美女が山頂を舞い飛んでいたという印象的なエピソードが、その後の富士山イメージに決定的な影響を及ぼすことになったと考えられるのです。

富士山と神仙思想を結びつける観念の成立に大きく関わったもうひとつの作品が、『竹取物語』でした。『竹取物語』末尾の段には、かぐや姫が残した不死の薬の壺と手紙をたくさんの武士が山頂で焼いた山(士に富む山)であるがゆえに「富士山」という山名になったという由来が記されているのですが、それは、山頂から立ちのぼる煙の由来を伝える話にもなっています。ある種の言葉遊び的な発想で語られた、かぐや姫物語の後日談です。

御文(おんふみ)、不死(ふし)の薬の壺ならべて、火をつけて燃やすべきよし仰(おほ)せたまふ。そのよしをうけたまはりて、士(つはもの)どもあまた具(ぐ)して山へのぼりけるよりなむ、その山を「ふじの山」とは名づけける。その煙、いまだ雲の中へ立ちのぼるとぞ、いひ伝へたる。

〈現代語訳〉かぐや姫が帝に残した手紙と不死の薬の入った壺をならべて、火をつけて燃やすよう帝はお命じなさった。その命をうけて、武士たちをたくさん引き連れて（つきのいわかさという臣下が）富士山に登ったことによって、その山を「富士の山」と名付けたのであった。手紙と不死の薬を焼いた煙は、今もなお雲の中へ立ち昇り続けていると言い伝えている。

月の国からやって来たかぐや姫（光り輝く美女）が、この世で自分を育ててくれた翁媼(おきなおうな)と帝との別れに際して不死の薬と手紙を残した。しかし帝は、かぐや姫に会えないなら持っていても意味がないと言って、天にもっとも近い山でこれらを燃やすよう臣下に命じた。その命を受けた武士たちが、富士山頂にこれらを持って行って焼いた煙が今も立ち昇っている……、そんなエピソードです。恋心を吹っ切るためとはいえ、ずいぶん大掛かりなことを思いつきましたね（笑）。そもそも、不老不死の薬というもの自体、道教的世界観において神仙だけが保有するとされる異界のアイテムでした。かぐや姫は月の国からやって来たとされ、彼女を迎えに来る使者は「天人」と表現されてはいるのですが、そうした記述が道教的な神仙像を下敷きとしていることはまちがいないでしょう。かぐや姫が遺した不死の薬と手紙を焼いた山こそ富士山だったのだと語る『竹取物語』末尾のエピソードは、「富士山記」とともに、仙境富士山のイメージ形成に大きく与ったと考えられます。

5　神仏としての富士山

富士山の表現類型として四つめに挙げたいのが、神仏としての富士山です。このことは、言い換えれば、富士山が信仰対象としてどのような神聖性をもつ山と捉えられていたかという理解の仕方が、古典文学の表現にさまざまなかたちで反映されているということでもあります。

富士山を神と見る記述は、早く八世紀初めの『常陸国風土記』筑波郡条に見えており（筑波の神と福慈の神の伝説）、同時期の万葉歌にも神として讃える表現があることは、すでに見てきたとおりです。一方、富士山を仏とみなす観念は、平安時代後期頃には成立しつつあったようですが、さまざまな文献にそれがはっきりと現われるようになったのは中世以降のことでした。一例として、室町時代に成立した真名本『曾我物語』の一節を読んでみましょう。

> 五郎（弟時致）、申しけるは、「心細く思し召すも理なり。あれ（富士山の煙）も恋路の煙なれば、御心に類ひてこそ見え候ふらめ。あの富士の嶽の煙を恋路の煙と申し候ふ由緒は、昔、富士郡に老人の夫婦ありけるが、一人の孝子もなくして老い行く末を歎きけるほどに、後苑の竹の中に七つ八つばかりとうち見えたる女子一人出で来たれり。…

> (中略)…その時、二人の老人たち、この幼き者を賞き遵くほどに、その形、斜めならず、芙蓉の眸、気高くて、宿殖徳本の形、衆人愛敬の体は天下に双びなき程の美人なり。かの幼き者、名をば赫屋姫とぞ申しける。…(赫屋姫は駿河国の国司の妻となり幸せな結婚生活を送るが、5年後に国司との別離を申し出る)…「今は暇申して、自らは富士の山の仙宮へ帰らむ。我はこれ、もとより仙女なり。かの管竹の翁夫婦に過去の宿縁あるが故に、その恩を報ぜむがためにしばらく仙宮より来たれり。」…(中略)…富士浅間の大菩薩は、本地、千手観音にてましませば、六観音の中には地獄の道を官り給ふ仏なれば、我らまでも結縁の衆生なれば、などか一百三十六の地獄の苦患をば救ひ給はざらん。

曾我祐成(十郎)・曾我時致(五郎)兄弟が父親の仇工藤祐経を討つという鎌倉時代初頭の事件を題材にしたこの『曾我物語』という作品には、仮名で書かれたバージョン(仮名本)と漢字のみで書かれたバージョン(真名本)が残っていて、右に挙げたのは真名本を底本とする訓読本の本文です。ここでは、富士の煙を「恋路の煙」と見るようになった由来を弟五郎が語り起こすというかたちでかぐや姫と駿河国の国司のラブロマンスが記され、それはまた「富士浅間大菩薩」の縁起譚でもあるとされています。さらに、「富士の山の仙宮」という表現も見え、先述したような類型的富士山像の融合を見てとることができます。『曾我物語』が成立する十四世紀後半頃までには、こうした竹取説話のヴァリエーションが、『古今和歌集』の注釈を中心に進展し、さまざまなジャンルの作品に神仏としての富士山の縁起譚として引用されるようになっていたのでした。

注目したいのは、右記本文の末尾に、富士山の祭神が「富士浅間の大菩薩」と呼ばれていることです。この名称は、富士山が神であると同時に菩薩すなわち仏でもあるともみなされていたことを示しています。観音菩薩や地蔵菩薩などで知られる菩薩というのは、衆生を救うためになおも修行を続けている慈悲深い仏のことで、富士山もそうしたありがたい菩薩のひとつと考えられていたわけです。自然物などを神であり仏でもある超越的な存在として崇敬する考え方を神仏習合といいます。もともとは別個の成り立ちをもつ信仰の対象でありながら、人間に対してときに恵みを与え、ときに災害をもたらしもする自然物を、神であり仏でもある超越的存在として畏敬するという観念が、中世には人々に広く浸透していきました。そうした思潮のなかで富士山もまた、「富士浅間大菩薩」と呼ばれる信仰対象となっていったのです。

以上、文学作品における富士山の表現類型を四点に整理して説明させていただきました。文学における表現類型とは、つまるところ、先人たちが富士山の神秘性を思考のなかに収めようとしたときに生み出した思考の型（パターン）であったといえるでしょう。文学作品は、そうした思考の軌跡を私たちに見せてくれるものです。それぞれの時代の作品において、伝統的な型（パターン）にのっとった表現が脈々と受け継がれていく反面、必ずしもそれに当てはまらない描き方や、富士山実見の感慨を独自の視点でつづった表現もまた、続々と生み出されていきます。そのような表現の試みがさまざまなジャンルにおいて展開していったのが、鎌倉時代に始まる中世でした。

本講座の後半は、鎌倉時代の代表的紀行文とされる『海道記（かいどうき）』の記述を軸に、富士山をめぐる文学的表現がこの時代にどのように継承されながら変化していったかを、具体的にたどっていくことにします。

6　富士山イメージの継承 ——『海道記』に描かれた富士山①

相模国鎌倉の地に幕府が打ち立てられて以降、鎌倉と京都の間を行き来する人の数が飛躍的に増えたことは、富士山の文学にとっても特筆すべきことであったといえます。それまで都の人々中心に享受されていた文学作品における富士山像は、彼らのイマジネーションの中で醸成されていたわけですが、鎌倉時代になると富士山を現実に目にする人が倍増し、それだけ富士山の現実に関する情報の量も増えていったと考えられます。富士山をめぐる言語表現も、この頃から大きく変わっていきます。

富士山の文学の転換点に位置する作品のひとつが、『海道記』（十三世紀前半に成立）です。残念ながら作者名はわかっていませんが、齢（よわい）五十を過ぎた京都白川在住の出家者であると記されています。身分や地位は不明にせよ、彼が優れた文学的素養を持ち、広い教養を身に着けた人物であったことは文章の端々からも察せられます。平安時代から鎌倉時代にかけての激動の時代を生きた都の知識人ということからすれば、やはりこの作者も、人生の辛苦をさまざまに経験した人であったにちがいありません。出家遁世の身となったとき、彼は生きている間にぜひとも鎌倉を見ておきたいと一念発起して、白川の住まいを出立します。帰京するまで約一ヶ月間の旅でした。『海道記』は、そのような旅の路次で見聞したことがらやその時々の心情を、自作歌をまじえてつづった紀行作品です。

では、その本文を読んでいきましょう。

富士の山を見れば、都にて空に聞きししるしに、半天(はんてん)にかかりて郡山(ぐんさん)に越えたり。峰は鳥路(てうろ)たり、麓(ふもと)は蹊(けい)たり。人跡(じんせき)歩み絶えて独りそびけあがる。雪は頭巾(ときん)に似たり。頂(いただき)に覆(おほ)ひて白し。雲は腹帯(はらおび)の如(ごと)し、腰に囲(めぐ)りて長し。高き事は天に階(はし)立てたり、登る者は還(かへ)りて下(くだ)る。長き事は麓に日を経(へ)たり、過ぐる者は山を負ひて行く。温泉(をんせん)頂に沸(わか)して、細煙(さいえん)幽(かす)かに立ち、冷池(れいち)腹にたたへて、洪流(こうりう)川をなす。誠(まこと)に、この峰は峰の上なき霊山(れいさん)なり。

〈現代語訳〉富士山を見ると、都で聞いていたとおり天の中ほどに聳(そび)え、四方の山から抜き出ている。山上は鳥が越える道、麓は獣(けもの)の通る道だ。人の足跡は絶え、（ただ）山だけが聳えている。高いことは空に梯子をかけたようで、登る者は登りきれずに戻ってくる。麓の長いことは巡るに幾日もかかるほどで、行く者は山を背負うようにして歩く。温泉が山頂に湧き出て、細い煙がかすかに上り、冷たい池が中腹に水を湛えて、溢れる流れが川となっている。本当にこの山は多くの山の中でも比べるものがない霊山である。

山頂に達することができるのは鳥だけで、麓の山道を通行できるのも獣だけ。人が登ろうとしても、とてもとても登り切れずに帰ってくるというほど急峻な傾斜を持ったいへんな高山で、山麓もまた広大であると、作者はまず富士山のスケールがとてつもないものであることを伝える文章から書き起こします。山容の細部に関する描写には都良香の「富士山記」を下敷きにした文言が多く、彼が当時の文章作成リテラシーをしっかりと身に着けた人物であったことをうかがわせるとともに、「富士山記」が、知識階級ならば必ず知っている規範的作品になっていたことをうかがわせます。

おもしろいのは、「雪は頭巾に似たり。頂に覆ひて白し。雲は腹帯の如し、腰に囲りて長し」という部分で、富士山頂の雪を、武蔵坊弁慶が着けているような白い被り物（頭巾）に、そして山腹の雲を腹帯に見立てた表現となっているところは、『海道記』に独自の表現です。作者の目には、富士山全体がまるで修験者の姿であるかのようにとらえているのです。山頂に温泉が湧いているとか、中腹には池があるといった記述にはリアリティが感じられますが、この作者の実体験の反映とは必ずしも言えないのでしょう。本段の冒頭に、「都にて空に聞きししるしに」とあるように、作者はあらかじめ富士山についての情報を都で得ていたのであり、そのなかには、富士山登頂を果たした人からの伝聞も含まれていたと考えられます。「富士山記」を書いた都良香と同様に、富士山の山体に関する有力な情報源は、平安時代からすでに現われ始めていた修験者たちだったのかもしれません。

7　富士山実見の感動――『海道記』に描かれた富士山②

富士山の全体像をまずは記しおき、作者は続いて富士山実見の感慨を次のようにつづります。

　かの仙女が変態は、柳の腰を昔語りにきき、天神の築山は、松の姿を今の眺めにみる。山の頂に泉あつて湯の如くに沸くと云ふ。昔はこの峰に仙女常に遊びけり。東の麓に新山と云ふ山あり。延暦年中、天神くだりて是をつくと云へり。都て、この峰は、天漢の中にひいりて、人衆の外に見ゆ。眼をいただきて立ちて、神、怳々とほれたり。

　幾年の雪つもりてか富士の山いただき白きたかねなるらむ

　とひきつる富士の煙は空にきえて雲になごりの面影ぞたつ

〈現代語訳〉仙女が姿を変え、柳腰の美人となって現れたことを昔話に聞き伝えている し、天神が新しく築かれたという山は、今は松の姿を眺めることができる。山頂に泉が あって、湯のような水が湧き出るといわれる。昔は頂上では仙女がいつも遊んでいた。東の麓に新山という山がある。延暦年間に天の神が降ってきて築いたと伝えられている。まったく、この山は空高く聳えていて、この世のものとは見えない。眼をあげて振り仰 ぐと、心がうっとりとしてしまった。「これまでの何年間の雪が降り積もって、こんな に高い富士山の山頂が白く高い山になったのだろうか」「遥々と、見たい見たいと思っ て、こうして今訪ねて来た。その富士山の山頂に棚引く煙は空にすぅーっと消えて、そ の名残が雲となって残っている」

ここでもまた「富士山記」の文辞がふまえられ、この世ならぬ富士山の超越性に思いを馳せた後に、その感慨を二首の歌にまとめています。詠歌二首のうち、一首目は富士山頂の雪を詠んだものです。富士山を詠むなら、なにはさておき雪と考えたのでしょうか。『万葉集』赤人歌を本歌取りしつつ、富士山に向けての敬意をまずは捧げようとしたのかもしれません。二首目は、同時代の『新古今和歌集』（第八勅撰和歌集・鎌倉時代初頭）に収められている西行の歌「風になびく富士の煙の空に消えて行方も知らぬわが思ひかな」との類想性が認められます。

雪を詠んだならば煙も詠む、しかしそこに託したのは恋情ではなく、富士山に対する長年の憧れと実見の感動でした。

他方、『海道記』の作者が初めて富士山を仰ぎ見た感慨をつづるにあたり、発想や表現のうえで、過去の規範的な作品からけっして自由ではありえなかったということもまた見ておかなくてはならないでしょう。富士山を仰ぎ見ると、あの歌人がこんなふうに詠んでいたとか、あの物語にこういう記述があったとか、どうしても思い出さずにはいられなかったということです。富士山は、この頃にはすでに文学の題材としてのレファランスを分厚く抱える山となっていました。逆に言えば、それらの先入観を離れて富士山を見ることは、知識人にはますます難しくなっていたといえるかもしれません。

しかし、『海道記』のおもしろさは、規範的類型的イメージに富士山を当てはめた表現に終始していないというところにあります。そのことをもっともよく表しているのが、「都て、この峰は、天漢の中にひいりて、人衆の外に見ゆ。眼をいただきて立ちて、神、怳々とほれたり」という表現です。これは、富士山の全体像を実見した際の感動を、規範的類型的な発想に拠らず率直に表現したものとして注目されます。「天漢」すなわち天の川は、初夏には天頂近くに見えるのですが、それに届くほどの富士山という山は、この世にありながら「人衆の外」ともつながっている山だと言うのです。人間の想像を超えるものを今まざまざと見ているという作者の直感が、ここには表れています。

後半の一文は、さらに興味深い表現を含んでいます。「眼(まなこ)をいただきて」とは、人間の頭部の前面に付いているはずの眼が上にくるようにしてという意味で、垂直に上方を見上げる動作を表しています。「とひきつる富士」(見たい見たいと思ってやっと見た富士山)と歌に詠んだこの作者のことですから、天竜川を越えるか越えないかという地点から、富士山が視界に入ってくるのを今か今かと心躍らせていたはずです。ちょうど小学生の私が新幹線の窓に貼りついていたときのように(笑)。浮島ヶ原と呼ばれていた場所(現在の富士市と沼津市の間あたりの湿地帯)にさしかかったとき、おそらくは天候にも恵まれていたのでしょう、麓から山頂に至る富士山全体を目の当たりにし、「神(たましひ)、恍(くわうくわう)々とほれたり」すなわち魂が抜けたようにひたすら呆然としてしまったというのは、まさに作者の実感そのものと思われます。知識や先入観を超えた富士山の存在感に、『海道記』の作者はすっかり圧倒されたのでした。

文献上の知識や伝聞による情報をどれほど事前に得ていようとも、本物の富士山は言葉を失わせてしまうほど圧倒的な存在感をもつ山だとする表現は、直接富士山と向き合った者だからこそ書きうるものなのでしょう。日々、富士山を見られる地域に生きているのではない人だからこその感慨が、この文から伝わってくるように思われます。

8　かぐや姫と楊貴妃 ――『海道記』に描かれた富士山③

この後、『海道記』は、富士山にまつわるエピソードとして竹取説話を語り始めます。そこには、膾炙している『竹取物語』のディテールとは異なる点が多々見られます。

昔、採竹の翁と云ふ者ありけり。女を、かぐや姫と云ふ。翁が宅の竹林に、鶯の卵、女形にかへりて巣の中にあり。翁、養ひて子とせり。ひととなりて、かほよき事比ひなし。光ありて傍らを照らす。嬋娟たる両鬢は秋の蟬の翼、宛転たる双蛾は遠山の色、一たび咲めば百の媚なる。見聞の人は、皆腸を断つ。この姫は、先生に人として翁に養はれたりけるが、天上に生まれて後、宿世の恩を報ぜむとて、暫くこの翁が竹に化生せるなり。憐むべし。父子の契の他生にも変ぜざる事を。是よりして、青竹の節の中に黄金出来して、貧翁忽ちに富人と成りにけり。その間の英華の家、好色の道、月卿光を争ひ、雲客色を重ねて、艶言をつくし、懇懐を抽きいづ。常に、かぐや姫が室屋に来会して、絃を調べ歌を詠じて、遊びあひたりけり。されども、翁姫、難詞を結びて、より解くる心なし。

〈現代語訳〉昔、竹取の翁という者がいたという。娘をかぐや姫といった。翁の家の竹林で、鶯の卵から女性が生れて、巣の中にいた。翁は自分の子として養った。成長して顔の美しいことは比べるものがない。体から光が出て辺りを照らした。美しい左右の鬢の毛、耳の手前に生えているふわっとした毛はまるで秋の蟬の羽根のように透き通っていて、蛾のように美しく曲がった二つの眉は遠山の翠色と間違えるほどで、一度微笑むと数えきれないほどのなまめかしさが溢れる。彼女のことを見、聞く人は、皆その美しさに魅了され恋しさに苦しんだ。かぐや姫は前世に人間として竹取の翁に育てられたのだが、天上界に生れ変ってから、前世の恩を返すために、しばらくの間、この老人の竹林の中に姿を現したのである。心を打たれるよ、父子の縁というものが死後の世でも変らないということには。姫が生れてから竹の節の間に黄金が出て、貧しかった老人はたちまちに金持となった。その頃の高貴な人たち、色好みで知られる人たち、公卿や殿上人がきらびやかさを競いあい、なまめいた言葉を送り、誰よりも真心を尽して求婚した。彼らはいつもかぐや姫の家に集まって来て、音楽を奏し歌を詠んで遊んだ。だが、かぐや姫は難問に応じることを求め、彼らに心を寄せる気持はなかった。

この部分の記述は、富士山にまつわるめずらしい伝承を記したというだけではなく、直前の歌に、「富士の煙」が今は流れる雲に名残を留めるばかりと詠んだことからの繋がりによるものである点に留意したいと思います。富士山を見て自分はこのような歌を詠んだけれども、そもそも「富士の煙」を歌に詠むことはかぐや姫の話にゆかりがあるのだということを、彼は記しておきたかったのでしょう。第三節でお話ししましたように、『古今和歌集』以来、和歌の世界では富士の煙は恋情を託す類型的な景物のひとつとされてきたのですが、それがいつしか竹取説話と合流し、恋情の煙の由来譚としての進展を見せていたらしいのです。富士の煙といえばかぐや姫という連想が自然と導かれるほどに、当時の知識階級の人々に富士山は、かぐや姫にゆかりの山として浸透していたということでもあるのでしょう。

　では、『海道記』版竹取説話はどのような内容になっているのでしょうか。まず、『竹取物語』では竹の節の中に見出したと記されていたかぐや姫が、ここでは竹林の鶯の卵から生まれたとされています。〝卵生かぐや姫〟の設定は、平安朝後期以降の『古今和歌集』注釈書に見られるもので、竹取説話の変奏（ヴァリエーション）が『古今集』仮名序ならびに恋歌における「富士の煙」の解釈と同期しつつ、展開していったことをうかがわせます。また、かぐや姫が美女となって人々を魅了し、貴公子たちの求婚を受けるというストーリーは双方共通しつつ、かぐや姫の美しさを表す「嬋娟（せんけん）たる両鬢（りやうびん）は秋の蟬（せみ）の翼（はね）、宛転（ゑんてん）たる双蛾（さうが）は遠山（ゑんさん）の色、一（ひと）たび咲（ゑ）めば百（もも）の媚（こび）なる。見聞（けんもん）の人は、皆腸（はらわた）を断つ」といった対句を凝らした文辞は、『和漢朗詠集』所収の「妓女（ぎじょ）」などの詩の詞句をふまえた『海道記』独自のものです。鬢（びん）や眉の形状で女性の容姿美を表すというのも中国詩にしばしば見られる表現手法ですが、ここではとくに唐代の白居易（白楽天）の『白氏文集』に収められた「長恨歌（ちょうごんか）」の詞句が多く引用されている点が注目されます。

「長恨歌」は唐の玄宗皇帝と楊貴妃の愛と悲劇を語る長編詩で、日本でも平安時代から貴族階級に享受され人気を博していたようです。平安時代を代表する物語作品『源氏物語』のモチーフのひとつとなったことでもよく知られています。『海道記』の作者はここで「長恨歌」の詞句を引用し、かぐや姫を楊貴妃のイメージに重ねて描いています。もとよりかぐや姫は架空の人物なのですが、そのキャラクターを肉付けするのに「長恨歌」に描かれた楊貴妃のイメージを利用したといってもいいでしょう。こうした点にも、『海道記』の作者の創意が認められます。

9　悪女かぐや姫――『海道記』に描かれた富士山④

『海道記』に記された竹取説話のいちばんの特徴は、最後の求婚者である帝がかぐや姫との別離に際して深い悲嘆にくれたことと、かぐや姫が不死の薬や歌を遺したにもかかわらずそれらを富士山頂で焼くことになった経緯、そして作者によるかぐや姫評に重きが置かれているという点にあります。竹取説話を、あくまでも〈富士の煙＝恋の煙〉の由来としてとらえているわけです。以下が、その前半部分です。

時の帝、この由を聞しめして召しけれども参らざりければ、帝、御狩の遊の由にて、鶯姫（かぐや姫）が竹亭に幸し給ひて、鴛の契を結び、松の齢をひき給ふ。翁姫（かぐや姫）、思ふところ有りて後日を契り申しければ、帝、空しく帰り給ひぬ。諸の天、此を知りて、玉の枕、金の釵、まだ手なれざる先に、飛車を下して迎へて天に上りぬ。関城のかためも雲路に益なく、猛士が力も飛行には由なし。時に秋の半ば、月の光くもりなき比、夜半の気色、風の音信、物を思はぬ人も物を思ふべし。君の思、臣の懐、涙同じく袖をうるほす。かの雲を繋ぐに繋がれず、雲の色惨々として、暮の思深し。風の追ふとも追はれず、風の声札々として、夜の恨長し。

〈現代語訳〉時の帝がこの話をお聞きになってかぐや姫を招かれたが参上しなかったので、狩に出たという口実で、かぐや姫の屋敷においでになり、夫婦の契りを長く結ぼうとされた。かぐや姫は考えることがあって、後日の御返事を約束したので、帝は目的を達しないままお帰りになった。天人たちはこのことを知り、玉の枕や金の簪を用いる結婚生活が実現する前に、空飛ぶ車を地上に下して、かぐや姫を迎えて天に昇った。関所や城を設けて厳重にしても、空からの道は防げず、強い武士も飛行する者にはどうしようもない。昇天の時は秋の中頃の月光が輝く時節で、夜中の景色や風の音には感ずる心

> を持たない人でも、物思う気持になったろう。帝の気持も臣下の心もこの時は同じで、皆涙で袖を濡らした。かぐや姫を乗せた雲を繋ぎ留めることができず、その雲の色はうす暗く、人々も夕暮のように暗い気持であった。雲を吹き送った風に追いつくこともできず、風がひょうひょうと吹いて、その夜の人々の嘆きは長く続いた。

対句表現を彫琢した流麗なことば運びに、作者の文章力がよく現われています。とくに、後半の「月の光くもりなき比（ころほひ）」以下の文章は、雲や風などの情景描写に残された人々の心情描写がたくみに重ねられています。こうした表現も『竹取物語』には見られず、『海道記』の作者の創意によるものと考えられます。もしかしたらこの作者にも、想う女性とのつらい別れの経験があったのではと想像させるほど、思い入れを感じさせる文章です。

続く部分では、「鶯姫は竹林の子葉なり。毒の化女として一人の心を悩ます」（日本のかぐや姫は竹林の子で、毒を持つ妖怪として天子の心を苦しませた）と記され、作者はかぐや姫を唐の楊貴妃と同様に、帝を悩ませた「毒の化女（けじょ）」すなわち異界の悪女であると断じます。読者としては、なにもそこまでとつい思ってしまいますが（笑）、両者とも一国の長の心を強く惹きつけたまま突然この世を去り、かえって懊悩の種をつくった罪な女性たちであったと『海道記』の作者は評するのです。架空の物語のヒロインかぐや姫を実在の人物とし、いわば〝日本版楊貴妃〟とみる解釈を提示しているわけです。

「毒の化女(けじょ)」という表現を、『新編全集』では「毒を持つ妖怪」と現代語訳していますが、ようするに楊貴妃にせよかぐや姫にせよ、人の心を翻弄する絶世の美女は、煩悩を助長する悪い存在だと断じているのです。そのような観点からすれば、「今はとて天(あま)の羽衣(はごろも)きる折ぞ君をあはれと思ひいでぬる」（いよいよ最後だと天の羽衣を着る時になって、帝のことをしみじみと懐かしく思い出します）という歌も、かえって「永(なが)く和君(わがきみ)の情(こころ)を焦(こが)せり」（天皇の気持を長く苦しめた）という事態の要因となった「見るも恨(うら)めし」い「怨恋(ゑんれん)」の種にほかなりません。この後の文章に、「すべて、昔も今も、かほよき女は、国を傾け人を悩ます。つつしみて色に耽(ふけ)るべからず」（すべからく、昔も今も美人は国を危うくし、人の心を悩ませるものだ。気を付けて、女性に心を奪われないようにしなければいけない）という教訓めいた文言があることにも明らかなように、『海道記』が語る竹取説話の特徴は、帝の心中への同調に重点を置いてつづられつつ、最終的には女難を避ける心構えのたいせつさを伝える話と意味づけているという点にあります。愛しい人との悲別の情緒を解しながらも、仏教的な倫理感からそれを否定的に見る立場を離れることはできないというある種の屈折した語り方は、出家遁世者としての自覚ゆえといえるのかもしれません。

10　仙女かぐや姫 ――『海道記』に描かれた富士山⑤

さて、『海道記』が語る竹取説話の顚末は、次のように語られます。

帝、是を御覧じて、忘れ形見は見るも恨めしとて、怨恋に堪へず、青鳥を飛ばして、鴈札を書きそへて、薬を返し給へり。その返歌に云ふ、

逢ふことの涙にうかぶ我身には死なぬ薬もなにかはせん

使節、知計を廻らして、天に近き所はこの山に如かじとて、富士の山に昇りて、焼き上げければ、薬も書も煙にむすぼほれて空にあがりけり。是よりこの峰に恋の煙を立てたり。仍て、この山をば不死の峰と云へり。然れども、郡の名に付けて、富士と書くにや。

〈現代語訳〉帝はかぐや姫が残した不死の薬と「今はとて」の歌を御覧になって、昔の忘れ形見の品は見るだけで悲しいと、逢えぬ恋の恨めしい思いに耐えきれず、使者を遣わし、手紙を添えて、不死の薬をかぐや姫にお返しになった。その帝の返歌は、「逢うことのない、その悲しみの涙に浮かんでいるような私にとって、不死の薬は何の役にたとうか」。帝の使者は知恵を働かせて天に最も近い山はこの山よりほかはないと考えて、富士山に登って焼いたので、不死の薬もかぐや姫の手紙も煙とからみ合うようにして空

に昇っていった。この時から、この山頂に恋の煙が立ち昇っている。それで、この山を不死の峰という。だが、ここの郡の名によって富士と表記するのだろうか。

かぐや姫が残した不死の薬と手紙を、天にもっとも近い富士山頂で焼いたとする展開は『竹取物語』と同じですが、不死の薬を焼いたことで山名がフジとなったとする説明の仕方は『竹取物語』とは異なっています。かぐや姫を「仙女」と特定することとあいまって、『海道記』では富士山を仙境と見る観念が一貫しています。さらに、「是よりこの峰に恋の煙を立てたり」と、形見の品々を焼却したことが〈富士の煙＝恋の煙〉の由来であるとされていることは、文学史的な観点からとても重要です。

お話ししてきましたように、富士の煙を情火の証とみることは、『古今和歌集』の仮名序や所収歌を規範として尊重したことに端を発するわけですが、こうした鎌倉時代初期の紀行作品においても同様の説明がみられるということは、富士山イメージの形成に和歌の解釈や詠作の営みが深く関わっていることを浮き彫りにするでしょう。富士山の活発な噴火活動はこの頃には収束を迎えていたようですが、富士山を実見した人々は、あの山のてっぺんからかぐや姫の形見を焼いた煙が立ち昇っていたのだなあと、感慨深く仰ぎ見たことでしょう。成就することのない苦しい恋を体現し続ける不死山（ふじ）。ときに神とも仏とも崇められた富士山は、中世以降、和歌の表現世界で醸成されたイメージを核に、かなわぬ恋情を体現する山という共通観念をいっそう伸張させていったのです。

そのこととも関わってあらためて触れておきたいのが、『海道記』の作者がかぐや姫を「仙女」と記しているという点です。

> 彼(かれ)も仙女なり、此(これ)も又仙女なり、ともに恋しき袖(そで)に玉散る。
>
> 〈現代語訳〉楊貴妃もかぐや姫も仙女であり、どちらも、残された人が涙の玉が散るように深く恋うて嘆いた。

第四節で確かめたように、平安時代初期から形成されつつあった富士山と神仙とを結びつける観念がこうした記述の背景にあったと考えられます。竹取説話を付会して〈富士の煙＝恋の煙〉の由来を説く言説が定着してゆくなかで、そもそもかぐや姫は「仙女」だったのであり、仙境富士から一時的にこの世に姿を現わした神でもあったのだとするストーリーが、醸成されるようになっていったのでした。

たとえば、第五節で取り上げた『曾我物語』は、『海道記』のおよそ百年後に成立したとされる軍記物語ですが、そこではかぐや姫が、富士山の神であり菩薩であるとともに「仙女」であるともされていて、富士山はもともと「仙女」かぐや姫のいた「仙宮」だと記されています。『海道記』以後、いつしかかぐや姫は月の人ではなく、仙宮富士から人間の世界に下りてきた仙女となっていたのでした。同様の設定は、室町時代前期の謡曲「富士山」にも見え、「仙郷」富士から山神が姿を現わすさまが幻想的に描かれています。『海道記』は、後に多産されてゆく竹取説話のヴァリエーションや、それらをもとにした富士山縁起が形成されてゆくプロセスを、私たちに垣間見せてくれる作品でもあるのです。

初めての東国への旅の途上、富士山を仰ぎ見た『海道記』の作者がまず思い浮かべたのは、先人たちが遺した富士山の文学の数々でした。彼はそれらを踏まえて歌を詠み、ことばにならない感動をことばにしようとしました。本段の最後には、「天津姫（あまつひめ）こひし思ひの煙（けぶり）とて立つやはかなき大空の雲」（あの天女に恋をした帝の思いの煙として、大空の雲は、はかなくも立ち昇っているのだろうか）という自作の歌が添えられ、現実に目にした富士山頂の雲を「思ひの煙」のイメージに重ね、〈富士の煙＝恋の煙〉の由来譚にふさわしく余情を残しつつこの段をしめくくっています。

11　おわりに

現在（二〇一一年十一月）、富士山の世界遺産登録に向けての動きのなかで、富士山の文化的価値の中身が問いなおされています。富士山が古代から信仰の対象として崇敬されてきた山であったことは始めにもお話したとおりですが、富士山の文化的価値を考えるとき、芸術作品における題材・主題であり続けてきたということと同時に、信仰の対象でもあり続けてきたということは、ひじょうに重要なポイントだろうと考えます。そして、信仰の対象としての富士山が文学作品における言語表現のなかにはっきりと姿を顕し始めたのが、中世という時代でした。今回とりあげた『海道記』や真名本『曾我物語』に記されている竹取説話は、神仏の由来を語るいわゆる縁起譚でもあります。本体としての仏（本地）が仮の姿（権現）で現世に現われるという設定で仏教的聖地の由来を説くストーリーのことを、縁起譚といいますが、そうした本地垂迹説にもとづく富士山縁起において、仏としての富士山（大日如来とする見方が次第に一般的となっていきます）のこの世でのイメージを託されたのが、かぐや姫というキャラクターだったといえるのでしょう。

第七節で取り上げた『海道記』の引用箇所の前文には、「霊山と云へば、定めて、垂迹の権現は釈迦の本地たらんか」（霊山というからには、きっとここに姿を現した神は釈迦如来が本体であろう）といった一文があり、富士山の本体を釈迦如来とみる作者の自説が開陳されており、富士山の本地垂迹に関する言説の嚆矢という点で注目すべき記述となっています。神仏習合の思潮や仏教諸派の隆盛を背景に、富士山の本体を仏とみなして崇める富士信仰が進展していった痕跡を、このようにさまざまな文学表現のなかに見出すことができます。文学という先人たちの思考の軌跡には、信仰の対象としての富士山像がくっきりと刻まれているのです。

さらに、富士山の神をかぐや姫として語る縁起譚がさまざまなヴァリエーションで継承されていったことにも現われているように、どうやら富士山という山は、女性的なイメージで捉えられ続けたらしいということについても留意しておきたいと思います。「富士山記」の「白衣の美女二人」のエピソードを後代の文人たちがこぞって引用したのも、そうした見方が意識的・無意識的に共有されてきたからではないでしょうか。遥か昔から、富士山に女性的な本質を感じ取る感性とまなざしが共有されてきたからこそ、富士山の神をかぐや姫とする見方や富士山縁起のヴァリエーションが多彩に生み出され、また江戸時代に隆盛する富士講においても、祭神を木花之開耶姫（このはなのさくやびめ）とする信仰が民衆に広く浸透していったと考えられるのです。

富士山の文学と信仰とは、深く関わりながら発展・展開をとげていったということを述べて、「富士山の古典文学」と題する今回のお話を閉じさせていただこうと思います。

参考

① 拙稿「富士山像の形成と展開—上代から中世までの文学作品を通して—」（『山梨英和大学紀要2011』第10号・2012年2月、本書Ⅱ総論）

②　拙稿「富士山と文学」（山梨県教育委員会編『山梨県富士山総合学術調査研究報告書』第４章第３節・2012年３月）

Ⅱ 総論

富士山像の形成と展開

1　はじめに

およそ一千三百年にわたる日本文学の歴史の中で、富士山はいつの時代にもさまざまな作品に描かれ続けてきた。だが、日本文学の黎明期である八世紀初頭から近代にいたるまで、富士山の実像が作品の主題と深い次元で関わりながら描かれることはほとんどなかったということもまた事実である。ことばで富士山を描くことはつねに、すでに描かれた富士山をふまえることに規制されていた。ときに写実的に見える表現で富士山の山容を記す作品があったとしても、それもまた過去の膨大な用例のレファランスと無縁に成り立ったのではなかった。

日本文学における富士山の類型性ということについて大岡信氏は、鎌倉時代前半に多くの富

士山詠をものした歌人慈鎮（慈円）の、

日にそへて霞晴れ行く富士の嶺は煙ぞ春の名残なるべき　（御裳裾百首・春）

秋風に富士の煙の靡き行くを待ちとる雲の空に消えぬる　（詠百首和歌・雑）

のような歌々を取り上げ、次のように述べている。

…このような作例に見られるような秀峰富士のイメージは、鎌倉後期から室町、江戸と、時代が下がるにつれてくりかえし歌いあげられ、漢詩文、狂歌・狂句、また和文の数々の中にまで広く浸透してゆき、ついには現代の小学唱歌から銭湯の壁画にまで風俗化していくのである。…（中略）…それゆえにまた、富士山の美は類型性の典型的なるもの、とでもいうべき、まことに奇妙な立場に立たされることになった。その点では富士山に匹敵しうるどんな山も川も日本には見出せない。わずかに、桜の花がある程度まで似たような立場を享受した時代があったが、これも結局物の数ではないというべきであろう。(1)

大岡氏の言う「類型性の典型的なるもの」とは、文学における富士山像が、さまざまなジャンルの作品に登場するたびに先行作品の類型を踏まえながらあらたな類型を派生させ成立していったことを、端的に述べた言と受け止めることができる。

江戸時代前期の歌学者契沖による『詠富士山百首和歌』に、

不尽の嶺は山の君にて高御座空にかけたる雪の衣笠　（四）

雪の山ひとの国にも聞こゆれど我が富士の嶺そ高く尊き　（八五）

もろこしに山祭りする山よりもふじの煙ぞ上に立ちける　（一〇〇）

などの富士山詠があるが、ここに見られる山頂の雪や煙への着眼や、国威を具現する景として顕揚する態度は、富士山詠の定型の到達点ともいうべきもので、その発想や表現は、いずれも前代までの富士山をめぐる言説の中で培われてきたものである。宿雪を戴き、煙を立ち昇らせる神秘的で異様な霊山、日本一ひいては三国一の高山、権力者の至高性になぞらえられる高峰、さらには日本の象徴へと、富士山像は近代に至ってさらに増幅されることとなる。明治二十七年に農学者志賀重昂が著した『日本風景論』における国粋主義的な富士山観は、そのような流れを汲んで出現した。(2)「類型とは、『文化的合意』であるとの大岡氏の概念規定を借りるなら、(3)それらは文学の素材としての富士山には「文化的合意」が幾重にも被せられてきたといえる。

相互に連鎖しながら、一千三百年の時間の中でさまざまな富士山像を生み出してきたのである。

　本稿では、文学作品に現われた富士山像を、それぞれの時代に固有の文化的創造の結晶ととらえる立場から、上代から中世までの文学作品における富士山をめぐる表現における表現を読み解くことを通して、その形成と展開の過程をたどってみたい。

2　高嶺の雪

　富士は、高峰が相競う内陸の山岳地帯にひときわ高く聳え立つ峰、という存在ではない。類いまれな美しいシルエットをもった三七七六メートルの山が、大地から唖然とするほどいきなり聳え立つ意外性と、旅する人びとがその行程のうちの永い時間仰ぎ見ることができ、あるいは海をゆく船上からも望み得る親近性、そういった性格が、富士をただ最も高い山というだけとは違う別種の傑出した存在にしているのである(4)。

　右に挙げた狩野博幸氏の文章における「ただ最も高い山というだけとは違う別種の傑出した存在」という、富士山を目の当たりにした際の印象は、古今の絵画作品や写真・映像の富士山に見慣れた現代人にも納得されるものであろう。まして、富士山の実態についてごく限られた情報しかもち得なかった古代の都びとの目に、この山がこの世のものと思えぬものに映ったであろうことは想像に難くない。
およそ千三百年前、官命を帯びて東国下向の旅にあった山部赤人（やまべのあかひと）ら宮廷官人たちが、富士山を望み見てその姿を讃えて詠んだ長短歌が、奈良時代に成立した最古の私撰和歌集『万葉集』巻三に収められている。

富士の山を望む歌一首并せて短歌

天地の　分れし時ゆ　神さびて　高く貴き　駿河なる　富士の高嶺を　天の原　振り放け見れば　渡る日の　影も隠らひ　照る月の　光も見えず　白雲も　い行きはばかり　時じくそ　雪は降りける　語り継ぎ　言ひ継ぎ行かむ　富士の高嶺は

（巻三・三一七・山部赤人）

反歌

田子の浦ゆうち出でて見ればま白にそ富士の高嶺に雪は降りける

（巻三・三一八・山部赤人）

富士の山を詠む歌一首并せて短歌

なまよみの　甲斐の国　うち寄する　駿河の国と　こちごちの　国のみ中ゆ　出で立てる　富士の高嶺は　天雲も　い行きはばかり　飛ぶ鳥も　飛びも上らず　燃ゆる火を　雪

もて消ち　降る雪を　火もて消ちつつ　言ひも得ず　名付けも知らず　奇すしくも　います神かも　石花の海と　名付けてあるも　その山の　堤める海そ　富士川と　人の渡るも　その山の　水の激ちそ　日本の　大和の国の　鎮めとも　います神かも　宝ともなれる山かも　駿河なる　富士の高嶺は　見れど飽かぬかも　（巻三・三一九・高橋虫麻呂）

反歌

富士の嶺に降り置く雪は六月の十五日に消ぬればその夜降りけり　（三二〇）

富士の嶺を高み恐み天雲もい行きはばかりたなびくものを　（三二一）

右一首、高橋連虫麻呂が歌の中に出でたり。類を以ちてここに載せたり。

山部赤人の「望二不尽山一歌一首并短歌」、高橋虫麻呂（たかはしのむしまろ）歌集の「詠二不尽山一一首并短歌」は、いずれも富士山讃美を主旨とする歌だが、『万葉集』における山讃めの歌に用いられる季節の植物や山並みの秀麗さを賞美する表現をこれらはもたず、讃美のポイントはその山容の超絶的なスケールに置かれている。そうした詠作の基本姿勢は、富士山が一貫して「不尽の高嶺」「不尽の嶺」と呼ばれることにも現われている。

まず、「望不尽山歌」は、題詞や句構造の点で巻一の舒明天皇国見歌や『古事記』中巻のヤマトタケルの思国歌（くにしのひうた）との共通点が認められることなどから、土地を讃美する国見歌の伝統をふまえつつ、他の山讃めの歌には見られない「空間的な無限性をうち出した」とされる。[5] フジを「不尽」と表記することにも、富士山の無限性を表現しようとする意図が見てとれるだろう。三一七番歌において、そうした富士山の「空間的な無限性」を具体的にかたどるモチーフとして提示されているのが、日月雲雪という四つの景である。第八句「振り放け見れば」が表すのは詠作者の仰角的視点の定位で、「渡る日の　影も隠らひ　照る月の　光も見えず　白雲もい行きはばかり」と、仰ぎ見るその視線の先に見えるはずの天象すら隠し、雲の運行をも障碍するほどの高峰を印象したうえで「時じくそ　雪は降りける」と山頂に視線を向け、時ならぬ降雪を富士山の無限性の証として顕揚する結構となっている。それを承けて、反歌（三一八）では山頂の降雪に焦点を絞り、長歌でうち出された富士山の無限性を、山頂における時ならぬ降雪に認めたことが、気づきの詠嘆を表す助動詞ケリで締めくくることによって表されている。赤人の長反歌二首にうちだされているのは、山頂の冠雪を、「天の原」に向かって聳え立つ「高く貴き」富士山の神性の標徴（アイコン）として見つめる眼差しである。

　この「望不尽山歌」の詠出よりやや後年のものと見られる虫麻呂歌集「詠不尽山歌」の長歌は、雲に秀でる頂、雪と火の相克、麓に擁する水系の豊かさなど、多角的な視点で捉えられた景を通して富士山の「空間の壮大さ」[6] をダイナミックに表現した一首である。「天雲も　い行きはばかり　飛ぶ鳥も　飛びも上らず　燃ゆる火を　雪もて消ち　降る雪を　火もて消ちつ

つ　言ひも得ず　名付けも知らず　奇すしくも　います神かも」という、雲や鳥の飛行を阻むほどの高峰を描く中盤の詞句は、赤人歌に倣う発想による表現と、火と雪の共在をめぐる対句表現によって、富士山という山の霊妙さを印象づけるもので、地上の摂理を超絶する存在として描くことによって、そうした霊妙さが畏れと驚きをもって表現されている。それは、反歌第一首（三二〇）で、山麓地域の伝承の伝聞をふまえ、夏も消えることのない冠雪を富士山固有の神異として伝える表現や、第二首（三二一）で、雲という天象すら富士山を畏れて山腹でたなびいていると述べて、まして人間にはいっそう畏れ多いのだと感嘆する表現へと引き取られ強調されている。

富士山の文学の始発としての「望不尽山歌」「詠不尽山歌」において、後続の文学作品に継承され展開してゆく富士山像をたどる観点から注目されるのは、こうした、山頂の冠雪を富士山の神性を具現する景として特立する発想が認められることである。富士山の雪をめぐっては、赤人歌・虫麻呂歌集歌とほぼ同時代に成立したとみられる『常陸国風土記（ひたちのくにふどき）』筑波郡（つくばのこおり）条の記事にも、次のような記述が見える。

古老の曰へらく、昔、神祖の尊、諸神たちの処に巡り行でまして、駿河の国福慈の岳に到りて、卒に日暮に遇ひて、遇宿を請欲ひたまひき。この時、福慈の神答へて曰しく、

> 「新粟の初嘗して、家内諱忌せり。今日の間は、冀はくは許し堪へじ」とまをす。ここに、神祖の尊、恨み泣き罵告曰りたまはく、「すなはち汝が親ぞ。何ぞ宿さまく欲りせぬ。汝が居める山は、生涯の極み、冬も夏も雪ふり霜おきて、冷寒さ重襲り、人民登らず、飲食奠ること勿けむ」とのりたまひき。…（中略）…是を以て、福慈の岳は、常に雪りて登臨ること得ず。その筑波の岳は、往き集ひて歌ひ舞ひ飲み喫ふこと、今に至るまで絶えず。

「福慈（ふじ）の岳（やま）」という表記に、富士山への崇敬がうかがえるものの、ここでは、筑波山讃美の主旨に沿うかたちで、あくまでも富士山は対比的な性格をもつ山として引き合いに出されているのであり、筑波山の優位を主張する在地伝承にもとづく記事となっている。富士山は、新嘗祭のための潔斎を理由に祖神である「神祖（みおや）の尊（みこと）」を泊めることを拒んだが、筑波山は祖神を受け入れた。それによって富士山は人の登らぬ山に、筑波山は人の登る山となったというのである。ここでは、〈拒否〉という行為を介して、神話的伝承における富士山像と現実の富士山とが結びつけられている。富士山の峻険な自然条件によって、その山域への立ち入りが容易ではないという現実が、こうした神話的伝承の背景に存したとも考えられる。

九世紀後半に都良香（みやこのよしか）によって書かれた山水記「富士山記」（後掲）に、中腹以上には草木も生えておらず、白砂が流れ落ちるばかりの富士山がいかに登頂困難であるかについての記述があるが、富士山を、人が日常的に登山・登頂するような山でないとする見方は、ひとり常陸国筑波郡の伝承にのみ限られるものではなかったらしい。富士山は、現実においても登山・登頂のきわめて困難な山であった。いわば、『常陸国風土記』における富士山の雪は、人を拒む山富士の、負の属性の標徴（アイコン）と捉えられているのである。赤人歌・虫麻呂歌集歌は、そうした苛酷な自然としての富士山の雪に対するとらえ方を逆転させ、むしろ正の属性を可視化した標徴として表現した歌ということになるだろう。[7]

山を神と崇める観念や、旅の途上で異郷の山を讃める歌を詠むことで旅の安全祈願や天皇の支配領域の確認を果たすという発想は、万葉の全時代を通じて見られるものだが、「望不尽山歌」「詠不尽山歌」にはそれらと大きく異なる表現上の特徴がある。両歌の表現の特徴について、両歌に漢詩文の典拠をもつ表現が認められることに関する小島憲之氏の指摘をふまえ、[8]高松寿夫氏は、万葉歌における他の山讃めの歌を比較し、「不尽山の如き辺境の高山を、その広大さを中心に讃仰するという一群のテーマそのものが、歌の伝統的発想からは出来しないものであった。赤人や虫麻呂は、この作品を通して、新たなる〈山の文学〉を創造しようとしているかの如くである」と述べている。[9]たしかに「望不尽山歌」「詠不尽山歌」には、伝統的な山讃めの歌に見られるような、山並みや花・黄葉をもって山を賞美する表現は見られない。山を讃美するという伝統的な発想に拠りながら、これらの歌々ではむしろ山水詩・山水記における霊山描写の表現をふまえつつ創出された別種の山讃めが果たされているのである。
たとえば『芸文類聚』をひもといてみると、

・山海経曰、由首之山、小威之山、空桑之山、並冬夏有ㇾ雪
　山海経に曰く、由首の山、小威の山、空桑の山、並びに冬夏に雪有り
（巻二・天部下・雪）

・昼夜蔽日月　冬夏共霜雪
　昼夜日月を蔽い　冬夏共に霜雪
（巻七・山部上・登廬山絶頂望諸嶠詩・謝霊運）

・陰澗落春栄　寒巌留夏雪
　陰澗に春栄落ち　寒巌に夏雪留む
（巻八・山部下・遊太平山・孔稚珪）

など、夏も消えぬ宿雪をもつ高山に関する表現が見出せ、「望不尽山歌」「詠不尽山歌」の表現がこうした詩文を参観して着想されたものであることが確認される一方で、漢詩文における雪は必ずしも山頂の冠雪でなく、夏の降雪・冠雪が讃嘆の対象とされているのでもない、という相違に気づく。赤人作の三一七番歌では、富士山頂の降雪は「時じくそ　雪は降りける」と表現されているが、「時じ」は、①時期はずれの、②絶え間ないといった意をもつ語である。「九

十年の春二月の庚子の朔に、天皇、田道間守に命せて常世国に遣し、非時香菓を求めしめたまふ。香菓、此には箇倶能未と云ふ。今し橘と謂ふは是なり」（『日本書紀』垂仁紀。『古事記』中巻に類話がある）や「…み雪降る　冬に至れば　霜置けども　その葉も枯れず　常磐なす　いやさかばえに　然れこそ　神の御代より　宜しなへ　この橘を　時じくの　香菓と　名付けけらしも」（『万葉集』巻十八・四一一一・大伴家持）などの用例には、「永遠に・悠久の」といっためでたさのニュアンスが汲みとれることから、「時じくそ　雪は降りける」という表現もまた、絶え間ない降雪と常在する冠雪が今まさに現前していると言うことで、対象の山への讃嘆を表すとみてよいだろう。

伝統的な山讃めの歌と漢詩文における高山描写、双方に表現の根を持ちながら、それらとは一線を画す表現で、高峰富士への畏敬と讃嘆を詠んだのが「望不尽山歌」「詠不尽山歌」であり、そこにおいて詠作者たちがともに着眼し、富士山の神性の標徴（アイコン）としたのが、地上の四季の巡りにかかわりなく降り積もる雪であった。「時じく」の雪は、スケールにおいても神性においても地上の摂理を超えた富士山独自の神聖な景物として見出されたといってもよい。日月の姿も隠し、雲を遮り、鳥も頂に達することができず、火も水も抱え込んで立つ富士山を描く「望不尽山歌」「詠不尽山歌」は、詠作の時点や表現方法は異なりつつも、富士山に対する畏れと讃嘆を基調とする点で共通する歌となっているのである。(10)

こうした、夏も消えぬ冠雪を高峰富士の神性の標徴(アイコン)と見做す詠歌の方法は、次代の大伴家持(おおとものやかもち)作「立山賦一首」ならびに大伴池主(おおとものいけぬし)作「敬和立山賦一首」における、「その立山に　常夏に　雪降り敷きて」(巻十七・四〇〇〇・家持)、「立山に　降り置ける雪を　常夏に　見れども飽かず　神からならし」(巻十七・四〇〇一・家持)、「天そそり　高き立山　冬夏と　別くこともなく　白たへに　雪は降り置きて　古ゆ　あり来にければ…(中略)…万代に　言ひ継ぎ行かむ　川し絶えずは」(巻十七・四〇〇三・池主)、「立山に　降り置ける雪の　常夏に　消ずて渡るは　神ながらとそ」(巻十七・四〇〇四・池主)といった高山讃美の表現としても応用される。これら四首は、あきらかに赤人歌・虫麻呂歌集歌の表現を下敷きにしているが、讃美の対象である立山もまた、富士山と同様に畿内から遠く離れた遠国の越中の高山であった。具体的な文辞ばかりでなく、右四首が赤人歌・虫麻呂歌集歌に倣っているのは「宮廷和歌の発想によって地方の景物がとりおさえられている」[11]という点であろう。宮廷官吏として地方に赴任した彼らが、宮廷和歌における讃歌の方法を用いて地方の山を讃美する歌を詠むということは、崇高な神がやどる辺境の山を天皇に領有された国土の一部であると認証したということを意味したと考えられる。

このことは、駿河国在住者の視点から富士山が詠まれた『万葉集』巻十四の駿河国東歌四首に、山全体をとらえつつ讃美する発想はもとより、山容に見られる特定の景を富士山の神性の証とするような表現が見られないことからも推察できる。

天の原富士の柴山木の暗の時ゆつりなば逢はずかもあらむ　（巻十四・三三五五）
富士の嶺のいや遠長き山路をも妹がりとへばけによはず来ぬ　（巻十四・三三五六）
霞居る富士の山辺に我が来なばいづち向きてか妹が嘆かむ　（巻十四・三三五七）
さ寝らくは玉の緒ばかり恋ふらくは富士の高嶺の鳴沢のごと　（巻十四・三三五八）

右の歌々において富士山は、畏敬すべき高峰というより恋情表現の発想を支える景としてあり、山容の特徴を具体的に描写する表現はない。柴山、麓の山道、鳴沢など、詠み込まれているのは富士山の一部分であって、それらは詠者にとって既知の景である。富士山を他の山と比較して相対化する発想は、これらの歌々には見られない。富士山を異郷の高山として初見した宮廷官吏たちの歌と、富士山を生活圏の一部として生きている人々の歌が、発想においても表現においてもまったく異質であるのは当然とも言えるが、表現上のもっとも大きな相違は、東歌四首に、富士山頂を仰ぎ見る視点による詠作が見られないという点であろう。視点の違いとは、富士山にどのような特徴を見出し、どのような価値を付与するかの違いを意味するだろう。
富士山の文学はこのようにして、奈良時代、地上の季節の巡りにかかわりなく白雪を戴く神として仰ぎ見るまなざしと、恋情表現の発想を支える景としてとらえるまなざしという、二様のとらえかたによって表現することに始発したのだった。

3　時知らぬ山

奈良時代以後も、官命による旅などで実際に富士山を目にする機会をもった都の官人たちはいたはずだが、富士山を讃美する発想の歌は平安時代にはほとんど見えなくなる。しかしながら、歌数としては必ずしも多くないものの、平安時代を通じて富士山の雪は歌ことばとしての命脈を保ってゆく。

『相模集』（相模・十一世紀中頃）

年を経て煙立てども富士の山消えせぬものは雪と知らなむ　（三七五）

『散木奇歌集』（源俊頼・十二世紀前半）

雪消えぬ富士の高嶺は夜とともに立つ煙にもすすけざりけり　（六六六）

など、噴煙が立ち昇っていても消えも煤けもしない富士山の常雪を詠む歌のほか、

『詞花和歌集』（藤原顕輔撰・十二世紀中頃）「冬」

ひぐらしに山路の昨日しぐれしは富士の高嶺の雪にぞありける　　（一五五・大江嘉言）

のように、山麓に降った時雨が富士山頂では雪であったという気づきを表現することで、地上の季節の巡りとは異なる時間の流れをもつ富士山を季節詠に取り込む歌もある。王朝和歌において〈富士の高嶺の雪〉が、富士山像の類型的表現として定着をみていたことを、こうした歌例は示していよう。

右に挙げた平安時代後半の私家集『散木奇歌集』の作者源俊頼と同時代の歌人藤原範兼の歌学書『和歌童蒙抄』に、『万葉集』虫麻呂歌集歌（三二〇）について「ふじの根は夏も雪ありといへり」と注していることなどからも、平安時代の王朝歌人たちにとって富士山頂の冠雪は定型的な景であり、その範は万葉歌にあるとされていたことを示している。平安時代後期にはまた、

『大納言経信集』（源経信・十一世紀後半）

富士の嶺に降り積む雪の年を経て消えぬためしと君をこそ見め　　（一七三）

のような、富士の宿雪を永遠性の象徴として「君」へのことほぎの表現に用いる歌、すなわち赤人歌・虫麻呂歌集歌で打ち出された山頂の雪のイメージを応用する歌も見られるようになる。〈高嶺の雪〉を富士山像の定型的な景物として定着させる契機となった作品が、平安時代前期に成立した歌物語『伊勢物語』であった。

　富士の山を見れば、五月のつごもりに、雪いと白うふれり。
　　時知らぬ山は富士の嶺いつとてか鹿の子まだらに雪のふるらむ
その山は、ここにたとへば比叡の山を二十ばかり重ねあげたらむほどして、なりは塩尻のやうになむありける。

「むかし、男ありけり。その男、身をえうなきものに思ひなして、京にはあらじ、あづまの方にすむべき国もとめにとてゆきけり」という一文に始まる「東下り（あずまくだり）」の段における代表的景の一つ（同段の「八橋」「浅間」「宇津の山」「隅田川」などと並置される）として、富士山に焦点が当てられる場面である。主人公在原業平（ありわらのなりひら）の都落ちの慨嘆と憂愁が、鄙としての東国の異郷的な景に託す歌を中心につづられる本段において、「時知らぬ山（＝永遠不変の山）」という句で始まる当該歌は、赤人歌や虫麻呂歌集歌で提示された、尋常を超えた山というイメージと重なるようでありながら、じつは富士山を讃め称える発想によるのではなく、むしろ夏の冠雪という現象を咎めるくちぶりで問いかけ、富士山の異郷性をきわだたせる表現として定位されている。山本登朗氏(12)によれば、この歌の「時知らぬ山」とは、「耳なしの山ならずともよぶこ鳥何かは聞かん時ならぬねを」(『後撰和歌集』恋六・一〇三六)や「時ならぬものはすさまじ」(『宇治拾遺物語』九七)などに見える「時ならぬ」と通ずる表現で、いったい今をいつと思って雪が降るのかという意をもつという。また、第三句「いつとてか」については、

「らむ」で終る下三句全体を考えた場合、「かのこまだらに雪の降る」目前の状態について、それをいぶかしみ、あえてその理由をたずねた言葉と思われ、「今をいつと思ってか」という程の意味であると考えられる。その様な問いかけは、直線的な嘆賞の歌にはそぐわない。むしろ逆に、それは不審な現象をとがめる口つきを思わせる。この様な下三句の理解をふまえて考える限り、「時知らぬ山」とはやはり、「時節をわきまえぬ山」の意味であろうと思われるのである。(13)

と解釈する。富士山を、時節をわきまえない「ゐなか」の山、すなわち『都』の理念にはずれたもの(14)」とすることで、詠者がまさしく「みやび」を体現する人物であることとともに、

「都から離れてある悲しみ」[15]を浮かび上がらせる働きを本歌がもつとみる理解である。比類ない高さや、他の山々には見られない宿雪を富士山の優位性と認めて讃美したり、富士山実見の感慨を詠出するといった性質の歌ではなく、業平の目には、富士山ですら、都に対する疎外感とうらはらな「ゐなか」への違和感をかきたてずにおかない景とみなすとらえ方が、この歌の真意にあるというのである。『伊勢物語』の「東下り」の段を一貫した主題のもと構想されたと読む視座から導かれた解釈として首肯される。

つけ加えるなら、本段で、富士山の高さについて述べる「ここにたとへば比叡の山を二十ばかり重ねあげたらむほどして」という草子地的な説明に比叡山が引き合いに出されている点にも、「都」の理念の体現者として設定された主人公像が一貫しているといえ、また、主人公に託されたそうした価値観は、ほかでもなく都在住の読者を意識した『伊勢物語』の作者の富士山観でもあると言えるのだろう。時節にかなうことを「みやび」とする理念から逸脱した山と富士山をみなすことは、『伊勢物語』の主題と深く関わる発想であるとともに、都びとたる貴族たちにとって富士山は、讃美や畏敬の対象としてではなく、むしろ尋常を超えた奇異な山ととらえられていたらしい。

『順集』（源順・十世紀末頃）

煙立つ富士の山こそあやしけれ燃ゆとは見れど雪の消えねば　（一〇四）
『重之集』（源重之・十一世紀初頭）「冬廿」
焚く人もあらじと思ふ富士の山雪の中より煙こそ立て　（二九三）
『相模集』（相模・十一世紀中頃）
煙立つ富士の高嶺に降る雪は思ひのほかに消えずぞありける　（二七六）
『散木奇歌集』（源俊頼・十二世紀前半）「十首歌中に雪をよめる」
雪消えぬ富士の高嶺は夜とともに立つ煙にもすすけざりけり　（六六六）
『長秋詠藻』（藤原俊成・十二世紀末頃）「法勝寺の十首の歌会、雪」
煙立つ小野の炭がま雪積みて富士の高嶺の心地こそすれ　（二七〇）

など、平安時代を通して、富士山頂の常雪を詠む歌は、煙と雪の共在についての伝聞をふまえ、その不可思議さへの興味を軸に詠出されるものが多い。都びとたちにとって富士山を歌に詠むことは、実見の感動を表現することではなく、〈みやび〉という美的価値基準の外にある山として富士山に興味を寄せることであった。鎌倉時代以降、「時知らぬ山」という成語は、夏の富士山の冠雪に対する感興を表す成語となるが、その基底にあったのは、前代から和歌の世界で受け継がれたこうした富士山観であったと考えられる。

「時知らぬ山」を詠む和歌の初例は、管見では鎌倉時代初頭の『秋篠月清集』（藤原良経・一二〇四年）所収の「時知らぬ山さへ時を知りにけり富士の煙を霧にまがへて」（一二三七）である。同集には他に、「富士の山消ゆればやがて降る雪の一日も夏になる空ぞなき」（七三一・『正治二年初度百首』〈一二〇〇年〉に「夏」の題の作として載る）など、『万葉集』虫麻呂歌集歌をふまえる歌も見え、『伊勢物語』の歌が、万葉歌の延長線上に、富士山の夏の冠雪に対する感興を表した歌として享受され規範となっていったことをうかがわせる。「時知らぬ山」の、和歌における類型的用法が、翻って『伊勢物語』歌の解釈にも反映していったと考えられるのである。

富士の山を見れば、時は五月也。奇異なる山の雪をみたる心也。時しらぬ山は富士のね、五月に雪あれば、時しらぬ山はふじのね也といへり。其心をかへして、さてもいつとてか、かくふれるぞといへり。かのこまだらは、むらゝゝの雪也。此哥も浅間の山のごとく、此山のたぐひなきを興じてよめる也。（『伊勢物語肖聞抄』牡丹花肖柏・十五世紀後半頃）〔片桐洋一『伊勢物語の研究』資料篇〕

のように、伊勢物語歌を「奇異なる山の雪」を実見しての素朴な驚嘆を表す歌と解するようになる背景には、京都と鎌倉間を往還する道中に富士山を実際に目にする人々が増大したという現象があったと考えられるが、そのこととあいまって、『海道記』『東関紀行』『都のつと』『覧富士記』などの紀行作品において、富士山を実見したこれらの作者たちが富士山の圧倒的山容に対する驚嘆を詠出したという文学上の事実も作用したであろう（後述）。富士山を仰ぎ見た旅人が強い印象を抱いたのは、なによりもその比類ないスケールであった。後代、彼らの紀行や和歌を読む者は、そこに表出された感動を我が意に重ね、その実感にもとづいて伊勢物語歌の理解をあらたに創出していったとみられる。

中古から中世への過渡期における伊勢物語歌の規範化の契機となったのが、

ときしらぬ雪はふじのね年へても一日もいづら六月の空　（三八五・有家朝臣）
郭公なくや五月もまだしらぬ雪はふじの根いつとわくらん　（三八六・定家朝臣）
富士の根の雪よりおろす山颪に五月も知らぬ浮島が原　（三八七・家隆朝臣）
時知らぬ山とは聞きてふりぬれど又こそかかる峰の白雪　（三八八・雅経朝臣）

などを含む、承元元（一二〇七）年に詠まれた『最勝四天王院障子和歌』（さいしょうしてんのういんしょうじわか）「富士　駿河」の歌々である。

平安末期から鎌倉初期にかけて、富士山の歌は急激にふえる。それには鎌倉幕府が開かれて京都鎌倉を往来する人々がふえたという社会現象と、後鳥羽院が承元元年（一二〇七）『最勝四天王院障子和歌』の四十六ヶ所の名所の一つとして「富士山」を選び、順徳天皇が建保三年（一二一五）人々に詠進させた『内裏名所百首』の「雑二十首」の中に「不尽山」があったという、和歌史上の事実とが関係している。[16]

と指摘されるように、鎌倉時代以降富士山詠の歌数は増大する。それらの作に頻出する、興趣ある景として富士の夏の冠雪を詠むという発想は、赤人・虫麻呂歌集歌をふまえつつ、平安時代後期『能因歌枕』における東国の歌枕としての認定を経て、先に見たような、あらたな解釈を付与され享受層を広げた『伊勢物語』の規範化ということが平行して作用していたと考えられるのである。富士山実見の体験をもつ歌人のまなざしが、〈みやび〉の観念の中で矮小化されていた富士山像を、ふたたび壮大な空間・時間とともに描く詠歌を復活させたともいえるだろう。

『金槐和歌集』（源実朝・十三世紀初頭）

見渡せば雲居はるかに雪白し富士の高嶺のあけぼのの空　（三六六・題「雪」）

『壬二集』（藤原家隆・十三世紀中頃）

時わかぬ幾代の雪をいただきて富士の高嶺の年古りぬらん　（一四九〇）

富士山が歌枕として認知されるに至り、富士山詠のモチーフとして確立した山頂の冠雪は、右二首のような富士山実見をふまえての詠作において新たな感興のポイントとなるとともに、東下りをする在原業平に旅する己れをなぞらえるという発想、すなわち東国へと下る旅における歌枕（和歌に詠まれる名所）としての〈時知らぬ山〉富士山の類型的イメージを定着させてもゆく。

『続後撰和歌集』（藤原為家撰・十三世紀中頃・雑歌上・法印隆弁）

四月廿日あまりのころ、するがのふじの社にこもりて侍りけるに、さくらの花さかりに見えければ、よみ侍りける

ふじのねはさきける花のならひまで猶時しらぬ山ざくらかな　（一〇四九）

『とはずがたり』（後深草院二条・十三世紀末頃）

富士の裾、浮島が原に行きつつ、高嶺にはなほ雪深く見ゆれば、五月のころだにも鹿の子まだらには残りけるにと、ことわりに見やらるるにも、跡なき身の思ひぞ積もるか

ひなかりける。煙も今は絶え果てて見えねば、風にも何かなびくべきとおぼゆ。

『済北集』（十四世紀中頃・虎関師練「登富士山」）

雪貫レ四時磨レ璧玉　岳分レ八葉削レ芙蓉

雪四時を貫きて璧玉を磨き　岳八葉を分ちて芙蓉を削る

右掲用例における傍線箇所から見て取れるように、伊勢物語歌をふまえた富士山の〈時知らぬ雪〉の定型的表現は、後代の文学作品、ことに『海道記』『東関紀行』『十六夜（いざよい）日記』『春の深山路（みやまじ）』『うたたね』『とはずがたり』『富士紀行』『覧富士記』『正広（しょうこう）日記』『廻国雑記（かいこくざっき）』『北国紀行』『富士歴覧記』など中世の日記紀行作品における、鎌倉下向・回国修行・古今伝授・富士遊覧といった旅中での富士山詠に受け継がれている。それらを通して富士山は、その孤絶した高さのみならず、地上の季節の巡りにかかわらず常雪を戴く、興趣ある山とする見方を定着させていったとみられる。

室町時代後期の『東国紀行』には、次のような富士山実見の感慨が記されている。

八橋のわたりはいづかたぞなど言問ひ過ぐるに、遥かなる野あり。東の雲間に、雪かあらぬなど思ふ程に、富士なりけりと言ふ人あり。驚きあへり。

八橋や思ひ渡りし富士のねを雲のはづかにけふみつるかな　（宗牧・一五四五年）

ここには、『伊勢物語』「東下り」の段を規範に、作中の景物やイメージをたどる旅の感興がつづられる。八橋付近から遥か東方に望む「思ひ渡りし富士の嶺」（ずっと憧れ続けてきた富士山）は、山頂が雲間からわずかに確認されただけだが、その折の感激がひとしおであったことは、「富士なりけり」「驚きあへり」という表現や、結句「今日見つるかな」の詠嘆に表れている。王朝文学への憧れを投影する対象として、想念のうちに醸成されていた富士山像を現実の富士山で確認しようとする期待を超えて、富士山の存在そのものに圧倒されるという体験を、中世の旅人たちは紀行文や和歌に表現したのだった。

4　神仙の遊萃する所

平安時代の史書類には、『続日本紀（しょくにほんぎ）』（桓武天皇・天応元〈七八一〉年七月条）の富士山噴火に関する記事に始まり、富士山の火山活動に関する記録がたびたび記されている。平安時代におけるおもな記事を、次に挙げる。

・『日本紀略』……延暦十九（800）年、延暦二十一（802）年、延暦二十二（803）年、富士山噴

火

・『日本三代実録』……仁寿三（853）年、浅間神に「明神」として「従三位」が与えられる。貞観元（859）年、同神に「正三位」が与えられる。貞観二（860）年、富士山噴火。貞観六（864）年、富士山大規模噴火（～866）。「剗（せ）の海」が西湖と精進湖に分断される。貞観七（865）年、甲斐国八代郡に浅間明神の社殿建立

・『本朝世紀』……長保元（999）年、富士山噴火

・『扶桑略記』……永保三（1083）年、富士山噴火。以降火山活動は休止期に入る

・『中右記』……天永三（1112）年、富士山鳴動

富士山周辺諸国からの火山活動に関する報告にもとづいて記述されたと見られるこうした史書の記事、また国司や受領として東国に赴任した貴族・官人らによっても伝えられたと推測される富士山大噴火の一件は、宮廷社会における富士山への関心を高め、そのイメージ形成にも大きな影響を及ぼしたであろう。

平安時代の歌学書『和歌童蒙抄（わかどうもうしょう）』（藤原範兼）・『袖中抄（しゅうちゅうしょう）』（顕昭）といった歌学書をはじめ、中世の史書・歌論・紀行・歌謡・謡曲などに頻繁に引用されるのが、都良香（みやこのよしか）（文章博士・漢詩人）によって書かれた日本初の山水記「富士山記（ふじさんのき）」（九世紀後半・『本朝文粋（ほんちょうもんずい）』所収）である。

その内容は、富士山を讃美するというよりむしろ、富士山にまつわる神秘的な事象を伝えることが主軸となっている。

富士山は、駿河国に在り。峯削り成せるが如く、直に聳えて天に屬く。[①]其の高さ測るべからず。史籍の記せる所を歴く覧るに、未だ此の山より高きは有らざるなり。其の聳ゆる峯欝に起り、見るに天際に在りて、海中を臨み瞰る。其の霊基の盤連する所を観るに、数千里の間に亙る。行旅の人、数日を経歴して、乃ち其の下を過ぐ。之を去りて顧み望めば、猶し山の下に在り。蓋し神仙の遊萃する所ならむ。[②]承和年中に、山の峯より落ち来る珠玉あり、玉に小さき孔有りきと。蓋し是れ仙簾の貫ける珠ならむ。又貞観十七年十一月五日に、吏民旧きに仍りて祭を致す。日午に加へて天甚だ美く晴る。仰ぎて山の峯を観るに、白衣の美女二人有り、山の嶺の上に双び舞ふ。嶺を去ること一尺余、土人共に見きと、古老伝へて云ふ。[③]山を富士と名づくるは、郡の名に取れるなり。山に神有り。浅間大神と名づく。此の山の高きこと、雲表を極めて、幾丈といふことを知らず。頂上に平地有り、広さ一許里。其の頂の中央は窪み下りて、體炊甑の如し。甑の底に神しき池あり、池の中に大きなる石有り。石の體驚奇なり、宛も蹲虎の如し。亦其の甑の中に、常に気有りて蒸し出づ。其の色純らに青し。其の甑の底を窺へば、湯の沸き騰るが如し。其の遠きに在りて臨めば、常に煙火を見る。亦其の頂上に、池を匝りて竹生ふ、青紺柔愞なり。宿雪春夏消えず。④山の腰より以下、小松生ふ。腹より以上、復生ふる木無し。白沙山を成せり。其の攀ぢ登る者、腹の下に止まりて、上に達ることを得ず、白沙の流れ下るを以ちてなり。相伝ふ、昔役の居士といふもの有りて、其の頂に登ることを得たりと。後に攀ぢ登る者、皆額を腹の下に点く。⑤大きなる泉有り、腹の下より出づ。遂に大河を成せり。其の流寒暑水旱にも、盈縮有ること無し。山の東の脚の下に、小山有り。土俗これを新山と謂ふ。本は平地なりき。延暦廿一年三月に、雲霧晦冥、十日にして後に山を成せりと。蓋し神の造れるならむ。

右に掲げた全文（訓読文）の内容は、富士山の何に着眼し、その特徴をどのように伝えているかという点から五段に区分することができる。まず、①富士山の高大さに関する記述、②山頂からの「仙簾の珠」の落下ならびに山頂を舞う「白衣の美女」に関する記述、③山頂の形状と植生に関する記述、そして末尾の④登頂の困難さに関する記述、⑤「新山」に関する記述、である。傍線部②の直後には、富士山の神を「浅間大神」と称するとの記事が見え、文学作品における初出となっているが、こうした神称の一般化が『日本三代実録』に記されるような神としての富士山の国家的祭祀の開始以後であることからすると、良香はそうした知識をふまえてこの山水記を述作したと推測される。

また、「富士山記」が、後代の諸書にさかんに引用されるようになる要因としては、『本朝文粋』に収載されたということ、また院政期に活躍した学者大江匡房が『本朝神仙伝』（院政期の他のさまざまな作品に引用されている）において、良香を上宮太子（聖徳太子）や役行者・弘法大師などと並ぶ「神仙」として記したことなどが考えられるだろう。

『本朝文粋』の文章は後代の模範となり、その秀句は人々に愛好された。『平家勧文録』によると、東大寺の親隆僧正は入唐に際して、『朗詠』や『平家物語』などと共に『文粋』を携えて行ったと言うことである。また『尺素往来』には翰林の師弟が学ぶべき典範として『本朝文粋』の名が挙げられている。こうして人々に愛好された『文粋』は、漢文だけでなく国文の世界にも大きな影響を与え、軍記物語や謡曲の律文的文章を作るのにも貢献した。[17]

貴族・官人・僧侶らの作文にあたっての範例集とされた『本朝文粋』は、願文・表白などを通して中世のさまざまなジャンルの作品に直接的な影響を与えたという（とくに『方丈記』『海道記』『平家物語』等）。「富士山記」の文言の引用に関しては、管見では他に『帝王編年記』などの史書、『袖中抄』などの歌論書、『東関紀行』『春の深山路』などの紀行、『夫木和歌抄』（ふぼくわかしょう）などの歌集、『宴曲集』などの歌謡集、『詞林采葉抄』などの注釈書、「富士山」などの謡曲、『富士山の本地』などの御伽草子といった作品群にも見出せ、その享受の広がりがうかがえる。

他方、「富士山記」の文辞が全般にわたって『芸文類聚』（げいもんるいじゅう）所収の山水記に典拠をもつことについて中條順子氏は、「富士山記」の文辞と類書（『芸文類聚』『初学記』）の山部所引のそれとの対応を詳細に調査し、「富士山記」の「文体、構文、内容、表現等」全体にわたってこれら類書所引の文章が引用されていることを明らかにしている。

> 『富士山記』と六朝の山水記群とが文体、構文、内容、表現面で似通った性格を有しているのみならず、双方の作者達の背景に老荘、神仙思想や山水愛好が共通して存在している…（中略）…中国においては、唐代の柳宗元の『山水遊記』をまつことなく、すでに六朝時代に夥しい数の山水記が平明な散文を以て作られていた。それらの幾つかは完全な形で我が国に将来され、又相当数の書の一部が、平安文人の作詩作文の手助けとして重宝がられた類書中に引かれていた。[18]

あらためて注目されるのは、このような特色をもつ「富士山記」の表現と内容にあって、もっとも神仙思想的な世界観を反映していると見られる②の段の「白衣の美女」に関する記述（傍線部）についてのみ、中條氏の調査に類書所引の文言が指摘されておらず、この作品に独自のものとなっている点である。

他方、傍線部③④に見られるような富士山登頂の経験にもとづくとみられるリアルな描写は、良香自身の体験というよりは、修業等を目的に登頂した人物からの伝聞にもとづくと考えるのが妥当であろう。後年、『日本文徳実録』の編纂にも携わった彼が、歴代の史書の記事にある富士山噴火に関する情報を承知していなかったとは考え難い。にもかかわらず、本作では富士山の火山活動の実態についてはなんら触れられないのである。良香がこの山水記の作文にあたってあえて中心に据えたのは、むしろ、仙女が飛遊する仙山としての富士山イメージを伝えることであった。漢籍の山水記的な世界観に拠って富士山を記述するに際し、「古老伝」にいう仙女のエピソードこそ不可欠と判断されたようなのである。

「富士山記」に学んだ後代の述作者たちの関心もまた、「昔はこの峰に仙女常に遊びけり」（『海道記』）、「貞観十七年のころ、白衣の美女あつて二人山の峰に並び舞ふと、都良香が『富士の山の記』に書きたる、いかなる故かとおぼつかなし」（『東関紀行』）、「貞観五年秋者白衣天女双立舞遊」（『詞林采葉抄』）、「富士峯頭ニ即白衣ノ仙女顕現シ給」（『塵荊鈔』）といった記述からうかがえるように、このエピソードに集中している。③の箇所の、山頂の様態に関する「宿雪春夏消えず」という一文とあわせ考えれば、赤人歌・虫麻呂歌集歌に描かれた山頂の宿雪が、「仙簾」や「白衣の美女」というイメージを介して、仙山としての富士山像の標徴（アイコン）となっていった経路を見てとることができるだろう。

「富士山記」は後代の文学作品において、富士山を仙山とみなす観念の根拠とされていく。具体的にはそれは、山頂の冠雪とも重なるイメージをもつ白衣をまとって富士山頂に出現した美女、すなわち仙女のイメージを中心に展開していったらしい。仙女が飛遊する仙山としての富士山像は、中世の文学作品において、その内実をふくらませながら類型的発想の源泉として継承され、近世に入って本格化する富士山信仰（富士山の神を女神として崇める）の成立にも影響を及ぼしていったと考えられる。

5　恋の煙

前節で取り上げた「富士山記」において、「宿雪」と並ぶ富士山の特徴として特記されているもうひとつの景「煙火」は、もっぱら和歌世界における富士山の主要な景として表現の展開をみる。その始まりもまた、『万葉集』の歌（巻十一作者未詳相聞歌）にあった。

我妹子に逢ふよしをなみ駿河なる富士の高嶺の燃えつつかあらむ　（二六九五）

妹が名も我が名も立たば惜しみこそ富士の高嶺の燃えつつ渡れ　（二六九七）

いずれも、胸中で燃える恋情を富士山内部の「燃え」になぞらえる発想で詠まれた相聞歌である。十世紀初頭に成立した第一勅撰集『古今和歌集』（紀友則、紀貫之ら撰）には、富士山を詠み込んだ歌が五首あるが、うち四首が、富士山内部の火を意味する「燃ゆ」で情火を暗示しているのは、こうした万葉相聞歌に淵源すると見られる。

人知れぬ思ひをつねに駿河なる富士の山こそわが身なりけれ
（巻十一・恋一・五三四・よみ人知らず）

富士の嶺のならぬ思ひに燃えば燃え神だに消たぬ空しけぶりを
（巻十九・雑体・一〇二八・紀乳母）

右の古今集歌二首は、万葉相聞歌における燃える山富士を恋情の喩として詠む発想を受け継ぎつつ、「火」と「恋（こひ）」「思（おもひ）」の掛詞、また「燃ゆ」「消つ・消ゆ」「煙」といった縁語といった修辞による緊密な構成をもち、後代、富士の煙を恋歌の景として定着させてゆく起点となるものである。和歌の表現世界における、常雪を戴く富士山と並ぶいまひとつの富

士山像は、「人知れぬ思ひ」の喩としての「煙」という景物を焦点として形成されたのだった。(19)
以下、十世紀前半から十一世紀初頭にかけての平安時代前期に成立した作品における歌例を挙げてみる。

『平中物語』第九段

なほ心ざしのおろかなるやうに見えければ、女「いまよりは富士の煙もよにたえじ燃ゆる思ひの胸にたえねば」男、返し「くゆる思ひ胸にたえずは富士の嶺のなげきとわれもなりこそはせめ」

『後撰和歌集』（清原元輔、源順ら撰）

我のみや燃えて消えなん世とともに思ひもならぬ富士の嶺のごと
（巻十・恋二・六四七・平定文）

富士の嶺の燃えわたるともいかゞせん消ちこそ知らね水ならぬ身は
（巻十・恋二・六四八・紀乳母）

富士の嶺をよそにぞききし今はわが思ひのもゆる煙なりけり
（巻十四・恋六・一〇一四・あさよりの朝臣）

しるしなき思ひとぞきく富士の嶺もかごとばかりの煙なるらん

『伊勢集』（伊勢）
果ては身の富士の山ともなりぬるか燃えぬ嘆きの煙絶えねば　（二〇七）
『順集』（源順）
富士のねもかくやあるらん世とともに思ひいづれど猶ぞ燃えける　（一一〇）
『能宣集』（大中臣能宣）
富士のねに燃ゆる煙は風吹けど思はぬ方になびくものかは　（一七二）
『拾遺和歌集』（花山院か）
千早振神も思ひのあればこそ年へて富士の山も燃ゆらめ　（巻十・神楽歌・五九七）
（巻十四・恋六・一〇一五・よみ人しらず）

永保三（一〇八三）年の噴火を境に富士山の火山活動が休止期に入った事実を反映してか、『後拾遺和歌集』以降は、右に挙げたような「燃ゆ」を用いる恋歌はほとんど見えなくなるのだが、平安時代の勅撰和歌集・私家集・定数和歌などに収められた富士山の歌の主流は、依然として類型的発想をもつ恋歌であり、山頂から立ち昇る「煙（けぶり）・烟（けぶり）」が、平安時代中期には、恋歌の定型的景物のひとつとして宮廷和歌の表現世界で了解され定型化していたことを、これらの歌々は伝えている。

続いて、十二世紀前半から十三世紀初頭にかけての平安時代後期に成立した作品における歌例は、以下のとおりである。

『江帥集』（大江匡房）

わが恋は富士の高嶺にあらねども胸の煙の晴るる間ぞなき　（二六二）

『詞花和歌集』（藤原顕輔撰）

胸は富士袖は清見が関なれや煙もなみも立たぬ日ぞなき（巻七・恋上・二一三・平祐挙）

『清輔朝臣集』（藤原清輔）

雲ゐまで富士の煙ののぼらずはむせぶ思ひも知られざらまし　（七八）

『秋篠月清集』（藤原良経）

消えがたき下の思ひはなきものを富士も浅間も煙立てども　（一六〇）

『新古今和歌集』（源通具、藤原定家ら撰）

富士のねの煙もなほぞ立ちのぼる上なきものは思ひなりけり

（巻十二・恋歌二・一一三二・家隆朝臣）

右の歌々では「燃ゆ」の語は用いられていないものの、富士の煙は人知れぬ恋思の喩としての定型的な景として確立されていることが見てとれる。その直接の契機としては、『古今和歌集』の規範化、ことに仮名序の「富士の煙に寄そへて人を恋ひ」という一節と、その具体的な作例というべき紀乳母（きのめのと）歌にあったと考えられる。また間接的には、貴族の邸宅内の薫（た）き物や州浜といった設えや庭園の作り物など立体造形に象られた富士山、障子（障蔽具）絵の画題としての富士山像も、恋歌の表現世界と連動して、雪と煙の共在する山という富士山イメージの定型成立に大きく関わっていたらしい。[20]

『後撰和歌集』（清原元輔、源順ら撰・十世紀中頃）

しなのへまかりける人に、たき物つかはすとて
信濃なる浅間の山も燃ゆなれば富士の煙のかひやなからん
（巻十九・離別羈旅・一三〇八・駿河）

『拾遺和歌集』（十一世紀初頭）

富士の山のかたをつくらせ給ひて、ふぢつぼの御方へつかはす
世の人の及ばぬ物は富士の嶺の雲居に高き思ひなりけり
（巻十四・恋四・八九一・天暦御製）

『公任集』（藤原公任・十一世紀中頃）

二月に雪のいと高う降りたるに、ゆきよりが曹司の前に雪の山をいと高う作りてけぶりを立てたるに、雪のなほいたう降れば唐笠を差しおほひて立てたりければ

東路の富士の高嶺にあらねども御笠の山も煙立ちけり　（二七）

『風葉和歌集』（藤原為家撰か・十三世紀後半）

斎院に、雪にてふじの山つくられて侍りけるを御らんじて

もえわたるわが身ぞ富士の山よただ雪積もれども煙立ちつつ　（八〇五・さごろものみかど）

右のような詞書や歌からは、富士山といえば、つねに山頂から煙を立ち昇らせている山という通念が宮廷社会で共有されていた実態がうかがえ、それを視覚的に典型化した富士山像とともに定着していたことが知られる。和歌が醸成する観念と、図象や造形物に視覚化されたイメージの相互作用によって、現実世界では自然の猛威の証である富士山の噴煙は、人知れぬ恋思の喩という類型的発想を担う景物となっていったのである。[21]

6　竹取説話の富士山

伊豆に流された役行者（えんのぎょうじゃ）が、夜には富士山で修行をしたとする伝承（『日本霊異記』『三宝絵詞』

『今昔物語集』他）や、聖徳太子が甲斐の黒駒に乗って富士山上空を飛翔したとする伝承（『聖徳太子絵伝』『聖徳太子伝暦』他）など、平安時代以降、超人的な事跡とともに信仰の対象として語り継がれてゆくキャラクターの伝承にも、富士山は登場する。また、平安時代末、富士上人と呼ばれた末代が富士登頂を果たし、富士山修験（村山修験）の開祖となったことも関わり、富士山は修験の霊場という一面をもつようにもなっていった。

文学作品においてそれは、聖地としての富士山像として現われることになる。神仏の山富士のイメージ形成に大きく作用した作品のひとつが、平安時代初期の『竹取物語』（九世紀末頃）である。

　天人の中に、持たせたる箱あり。天の羽衣入れり。またあるは、不死の薬入れり。……（中略）…かぐや姫「今はとて天の羽衣着るをりぞ君をあはれと思ひいでける」とて、壺の薬そへて、頭中将呼び寄せて、奉らす。…（中略）…中将、人々具して帰り参りて、かぐや姫をえ戦ひとめずなりぬること、こまごまと奏す。薬の壺に御文そへて参らす。ひろげて御覧じて、いとあはれがらせたまひて、物もきこしめさず。御遊びなどもなかりけり。大臣・上達部を召して、「いずれの山か天に近き」と問はせたまふに、ある人奏す、「駿河の国にあるなる山なむ、この都にも近く、天も近くはべる」と奏す。これを聞かせたまひて、帝「あふこともなみだにうかぶ我が身には死なぬ薬も何にかはせむ」。かの奉る不死の薬壺に文具して御使に賜はす。勅使には、つきのいはがさといふ人を召して駿河の国にあなる山の頂に持てつくべきよし仰せたまふ。峰にてすべきやう教へさせたまふ。御文、不死の薬の壺ならべて、火をつけて燃やすべきよし仰せたまふ。そのよしをうけたまはりて、士どもあまた具して山へのぼりけるよりなむ、その山を「ふじの山」とは名づける。その煙、いまだ雲の中へ立ちのぼるとぞ、いひ伝へたる。

右は、『竹取物語』終盤に語られるかぐや姫の昇天と、後日談として富士の地名起源を記した段だが、「月の人」かぐや姫の造形をはじめ、「不死の薬」というモチーフが、古代中国における西王母説話等から想を得ていることについてはすでに多くの論者によって詳解されている。[22]『源氏物語』（絵合巻）に「物語の出で来はじめの親なる竹取の翁」と記される本作は、竹節から出現したかぐや姫を養育する竹取の翁夫妻の致富譚や、姫をめぐる貴公子たちの求婚譚が、異界の女性と現世の人々との交流と破局を描く羽衣説話の枠組みの中に布置され、漢籍に登場するモチーフをふんだんに取り込んで構成された伝奇的な内容の物語となっており、[23]早くから絵巻などに絵画化され享受されていたらしい。

この『竹取物語』を、富士山にまつわる伝承として引用した最初の作品が鎌倉時代の紀行文

『海道記（かいどうき）』（十三世紀前半頃）で、そこには次のような「採竹の翁（たけとり）」の話が記されている。

　昔、採竹の翁と云ふ者ありけり。女を、かぐや姫と云ふ。翁が宅の竹林に、鶯の卵、女形にかへりて巣の中にあり。翁、養ひて子とせり。ひととなりて、かほよき事比ひなし。光ありて傍らを照らす。①嬋娟たる両鬢は秋の蟬の翼、宛転たる双蛾は遠山の色、一たび咲めば百の媚なる。見聞の人は、皆腸を断つ。この姫は、先生に人として翁に養はれたりけるが、天上に生まれて後、宿世の恩を報ぜむとして、暫くこの翁が竹に化生せるなり。憐むべし、父子の契の他生にも変ぜざる事を。是よりして、青竹の節の中に黄金出来して、貧翁忽ちに富人と成りにけり。②その間の栄華の家、好色の道、月卿光を争ひ、雲客色を重ねて、艶言をつくし、懇懐を抽きいづ。常に、かぐや姫が室屋に来会して、弦を調べ歌を詠じて、遊びあひたりけり。されども、翁姫、難詞を結びて、より解くる心なし。…（中略）…鶯姫は竹林の子葉なり、毒の化女として一人の心を悩ます。③方士が太真院を尋ねし、貴妃の私語、再び唐帝の思に還る。使臣が富士の峰に昇る、仙女の別書、永く和君の情を焦せり。鶯姫、④天に上がりける時、帝の御契さすがに覚えて、不死の薬に歌を書きて具して留めおきたり。その歌にいふ、「今はとて天の羽衣きる時ぞ君をあはれと思ひいでぬる」帝、是を御覧じて、忘れ形見は見るも恨めしとて、怨恋に堪へず、青鳥を飛ばして、雁札を書きそへて、薬を返し給へり。その返歌に云ふ、「逢ふことの涙にうかぶ我身にはしなぬ薬もなににかはせん」。使節、知計を廻らして、天に近き所はこの山に如かじとて、富士の山に昇りて、焼き上げければ、薬も書も煙にむすぼほれて空にあがりけり。是よりこの峰に恋の煙を立てたり。仍て、この山をば不死の峰と云へり。然れども、郡の名に付けて、富士と書くにや。⑤彼も仙女なり、此も又仙女なり、ともに恋しき袖に玉散る。彼は死して去る、此は生きて去る、同じく別れて夜の衣をかへす。すべて、昔も今も、かほよき女は、国を傾け人を悩ます。つつしみて色に耽るべからず。「天津姫こひし思ひの煙とて立つやはかなき大空の雲」。

竹林で見出された少女がかぐや姫（翁姫・鶯姫）と呼ばれる美女となって竹取の翁に富をもたらし、貴紳や帝の求婚を拒絶して昇天するというこの話の骨格は、『竹取物語』とほぼ同じだが、かぐや姫はここでは鶯の卵から出現したと記され、『竹取物語』からの直接的な引用ではない可能性を示している。注目されるのは、傍線部①③に、『和漢朗詠集』に「嬋娟たる両鬢は秋の蟬の翼　宛転たる双蛾は遠山の色」（七〇七・妓女・白）と引かれるような白居易（白楽天）の「井底引二銀瓶一」、また「長恨歌」（『白氏文集』）における、

忽聞海上有仙山　山在虚無縹渺間
　たちまち聞く海上に仙山あり　山は虚無縹渺の間にありと
楼閣玲瓏五雲起　其中綽約多仙子
　楼閣　玲瓏として五雲起り　そのうち綽約として仙子多し
中有一人字太真　雪膚花貌参差是
　うちに一人あり字は太真　雪膚　花貌　参差として是なり

といった、仙女となった楊貴妃に関する描写や、傍線部⑤に白居易『新楽府(しんがふ)』所収の「李夫人」における「不レ如不レ遇二傾城色一」といった文言が織り込まれ、「月の人」ではなく「仙女」としてのかぐや姫を描いている点である。『竹取物語』の物語展開と所収歌を踏襲しつつ、本話は、「富士山記」、『新古今和歌集』西行歌、『和漢朗詠集』、「長恨歌」、「李夫人」など、和漢の先行文献からの引用によって仙山としての富士山像を明確に打ち出し、さらに本地垂迹(ほんじすいじゃく)説にもとづく浅間信仰を融合させて富士山を描いた最初期の作品となっているのである。あわせてここには、富士山の本地（釈迦如来）に関する記述も見え、富士山縁起の先蹤としても位置づけられる（富士山の本地については、十三世紀後半の仙覚『万葉集註釈』では大日如来、十四世紀初頭の真名本『曾我物語』では千手観音と記される）。

富士の煙は、かぐや姫への思いを成就できなかった帝の「怨恋」が「忘れ形見」の「不死の薬」を焼き上げた煙にむすぼほれ、「天津姫恋ひし思ひの煙」として立ち昇った結果「是よりこの峰に恋の煙を立てたり」となったとする由来（④）が語られるのだが、じつはこうした注記は中世の古今序注諸書にしばしば見られるものである。鎌倉時代から室町時代にかけては、『万葉集註釈』（仙覚）・『詞林采葉抄』（由阿）といった万葉集注釈書、『古今集注』（二条為世）・『古今和歌集聞書三流抄』・『古今集註』〈毘沙門堂本〉・『古今集童蒙抄』（一条兼良）といった古今集注釈書、『定家流伊勢物語註』・『伊勢物語愚見抄』（一条兼良）・『伊勢物語肖聞抄』（牡丹花肖柏）といった伊勢物語注釈書など、歌学を究めようとする歌人たちによって規範的な古典作品の注釈書が多数手がけられたが、そのうちとくに古今集注（仮名序注）において、古今集仮名序の「富士の煙によそへて人を恋ひ」という一節に関する本説講釈に竹取説話が用いられている。

　前節に見たような、富士の煙の歌例に恋思の喩の定型化が認められたことを見合わせると、そうした表現による詠歌の類型的発想が、『竹取物語』における「その煙、いまだ雲の中へ立ちのぼるとぞ、いひ伝へたる」という表現と源を同じくすること、そしてそれが中世以降の古今集注における本説講釈において再発見され、富士の煙の由来を説く新たな竹取説話へと変容していったという経路が推定できるだろう。こうした竹取説話の転用は、鎌倉期末から室町期にかけて成立したとされる軍記物語、真名本『曾我物語』（作者未詳・十四世紀初頭頃）の、次のような場面にも見られる。

…五郎、申しけるは、「心細く思し召すも理なり。あれも恋路の煙なれば、御心に類ひてこそ見え候らめ。あの富士の嶽の煙を恋路の煙と申し候ふ由緒は、昔、富士郡に老人の夫婦ありけるが、一人の孝子もなくして老い行く末を歎きけるほどに、後苑の竹の中に七つ八つばかりとうち見えたる女子一人出で来たれり。老人は二人ながら立ち出でて、これを見て、『汝はいづくの里より来たれる幼き者ぞ。父母はあるか、兄弟はあるか、姉妹・親類はいづくにあるか』と尋ね問ひければ、かの幼き者、うち泣きて、『我には父母もなし、親類もなし。ただ忽然として富士山より下りたるなり。前世の時、各々のために宿縁を残せし故に、その世報、未だ尽きず。一人の孝子なきことを歎き給ふあひだ、その報恩のために来たれり。各々、我に恐るることなかれ』とぞ語りける。その時、二人の老人たち、この幼き者を賞きかしづくほどに。①その形、斜めならず、芙蓉の眸、気高くて、宿殖徳本の形、衆人愛敬の体は天下に双びなき程の美人なり。かの幼き者、名をば赫屋姫とぞ申しける。…（中略）…その後、中五年有りて、赫屋姫、国司に会ひて語りけるは、『今は暇申して、②自らは富士の山の仙宮に帰らむ。我はこれ、もとより仙女なり。かの菅竹の翁夫婦に過去の宿縁あるが故に、その恩を報ぜんがためにしばらく仙宮より来たれり。また、御辺のためにも先世の夫婦の情を残せし故に、今また来たりて夫婦となるなり。翁夫婦も自らが宿縁尽きて、早や空しく死して別れぬ。妾と君と余業の契りも今は早や過ぎぬれば、本の仙宮へ帰るなり。③自ら恋しく思し召されん時は、この箱を取りつつ常に開きて見給ふべし』とて、その夜の暁方にはかき消すやうに失せにけり。夜明くれば、国司は空しき床にただ独り留まり居て、泣き悲しむこと、限りもなし。かの仙女約束の如く、件の箱の蓋を開きて見ければ、移る形も、来ることは遅くして、帰る形は早ければ、なかなか肝を迷はす怨となれり。

かくて月日空しく過ぎけれども、悲歎の闇路は晴れやらず。その時、かの国司、泣く泣く独り留まり居て、起きて思ふも口惜しく、臥して悲しむも堪へ難し。④かの返魂香の箱をば腋に挟みつつ、富士の池の中にあまたの島あり。中より、件の赫屋姫は顕れ出でたり。その形、人間の類にはあらず。玉の冠、錦の袂、天人の影向に異ならず。これを見て、かの国司は悲しみに堪へずして、終にかの返魂香の箱を腋の下に懐きながら、その池に身を投げて失せにけり。その箱の内なる返魂香の煙こそ絶えずして今の世までも候ふなれ。」

ここでは、富士山の噴煙が「恋路（こひぢ）の煙」とされることの由緒と、富士浅間大菩薩の本地を伝える話として竹取説話が用いられており、富士浅間大菩薩はかぐや姫と駿河国司の権現、そしてその本地を千手観音とする本地譚となっている。羽衣説話・天人女房説話の変奏としての竹取説話をベースに、「長恨歌」[24]や「李夫人」の表現ならびに世界観がとりこまれ、神仏習合の聖地としての富士山像を明確に打ち出した話となっているのである。

『海道記』ではかぐや姫は天に帰ったとされていたのが、真名本『曾我物語』の「赫屋姫（かぐやひめ）」の場合には、前半の「ただ忽然として富士山より下りたるなり」という姫自身のことばに照応させるかたちで、後半に「自らは富士の山の仙宮に帰らむ。我はこれ、もとより仙女なり」との会話文が置かれ、富士山を「仙人所住の名山」すなわち仙女の常住することで知られた山としていること、その描写に「長恨歌」における楊貴妃の描写を用いていること（①）、姫は「仙宮」である富士山に帰って行ったと記されること（②）、また姫が駿河国司に託すのが死者の霊魂を呼び戻すためとされる「返魂香（はんごんかう）の箱」であること（③④）など、記述全般にわたり富士山を仙山とする見方のいっそうの成熟が認められる[25]。

ここでの竹取説話は、「煙」という景物を介して富士山とかぐや姫をつなぐ根拠とされているわけだが、相模国の時宗僧由阿（ゆあ）（二条良基に『万葉集』を講義した歌学者）による『詞林采葉抄』や『富士山縁起』[26]など、富士山を日々目にしていた人々の著作に引かれる竹取説話では富士山は恋の煙の由来とは結び付けられてはおらず、主旨はむしろ愛鷹明神（あしたかみょうじん）・飼犬明神（いぬかいみょうじん）の縁起を説くことに置かれている。また、同時代の『神道集』（伝安居院作の説話集・神道書）にも右掲引用箇所と同様の細部と構成をもつ説話が収められており、縁起譚としての竹取説話の流布と展開が、鎌倉時代から室町時代にかけての時期に大きく進展したことを示している。真名本『曾我物語』の作者は、歌学における富士の煙の本説としての竹取説話とともに、富士山麓域に広まっていたこうした竹取説話を念頭に置いて、右の段を述作したと考えられる。(27)

このようにして富士の煙は、室町時代前期頃までには、和歌・散文の双方において、異界の女性を愛した帝の怨恋を抱え込む山の「人を恋ふ煙」（古今集序）という定型的イメージを担った景物となっていた。その由来を説く話が富士浅間大菩薩の本地譚に応用され、仙女かぐや姫を仏の垂迹とする了解が神仏習合にもとづく富士山信仰とともに広く受け入れられていった過程を、右のような作品から読みとることができる。

7　地上の他界

上代に始まる富士山の文学をたどってくると、文学作品における富士山像の形成と変遷の過程は、まさに先行する文学作品の享受史であるということが見えてくる。富士山像の定型・類型は、実景とも照合する雪と煙という景物を指標としながら、仙境という世界観に像を結び、中世以降進展する神仏習合の思想潮流を受けて、富士山を仏のいます霊山とみなす観念の形成に深く関わっていったと見られる。真名本『曾我物語』や『神道集』、さらには『三国伝記』（玄棟撰の説話集・十五世紀前半）などにも記されるように、鎌倉時代後期から室町時代前期までには、そうした観念の発展形として、富士山に仙境と仏教的浄土のイメージを重ね合わせる富士山縁起が、竹取説話をアレンジするかたちで伝播していたらしい。それらにおいて展開されていったイメージ群を総集して描き出された作品が、室町時代の謡曲「富士山」（世阿弥作〈後半を金春禅鳳が改作〉・十五世紀前半頃）である。

【三】ワキ「いかにこれなる人々に尋ね申すべき事の候」シテ「此方の事にて候か何事にて候ぞ」ワキ「昔唐土の方士といつし者。この富士山に登り。不死の薬を求め得たる例あり。われもその遺跡を尋ねて。これまで来りけり。その遺跡を知り給へりや」シテ「げにげにさる事ありしなり。昔鶯のかひご化して少女となりしを。時の帝の皇女に召されしに。時至りけるか天にあがり給ひし時。形見の鏡に不死薬を添へて置き給ひしを。後日に富士の嶽にして。その薬を焼きしより。富士の煙は立ちしなり」ツレ『然れば本号は不死山なりしを。郡の名に寄せて』シテツレ『富士の山とは申すなり。これ蓬萊の。仙郷たり』ワキ「さてはこの山仙郷なるべし。まづ目前の有様にも。今は水無月上旬なるに。雪はまだ見えて白妙なり」『これは如何なる事やらん』シテ「さればこそわが朝にても不審多し。然れば日本の歌仙の歌に。『時知らぬ山は富士の嶺いつとてか。鹿子斑に雪の降るらん。これ三伏の夏の歌なり』ワキ『げにげに見聞くに謂れあり。時にあたりて水無月なるに。さながら富士は雪山なれば。時知らぬとは理かな』シテ「殊更今の眺めの景色。波もゆるがぬ四つの時」ワキ『暑き空にも雪見えて』シテ『さながら一季に』ワキ『夏』シテ『冬を』地上歌『三保の松原松原田子の海。三保の松原松原田子の海。いづれもあをみなづきなるに。高嶺は白き富士の雪を。げにも時知らぬ。山と詠みしも。理や。げに天地の。開けし時よ神さびて。高く貴き駿河の富士。げにも妙なる山とかやげにも妙なる山とかや』【四】地クリ『抑もこの富士山と申すは。月氏七道の大山。天竺より飛び来る故に、即ち新山と名づけたり』シテサシ『頂上は八葉にして。内に満池を湛へたり』地『神僊人化の境界として。四季折々を一時に顕し。天地陰陽の通道として。希代の霊験。他に異なり』地クセ『凡そ富士の嶺は。年に高さや増るらん。消えぬが上に。積る雪の。見れば異山の。高嶺高嶺を伝ひ来て。富士の裾野にかかる雲の上は晴れて青山たり。いづくより降るやらん雲より上の白雪は。然ればこの山は。仙郷の隠れ里の。人間に異なる。その瑞験も目のあたり。竹林の王妃として。皇女に備はりて。鏡に不死薬を添へつ。別るる天の羽衣の。雲路に立ち帰つて。神となり給へり』シテ『帝その後かくや姫の』地『教えに随つて。富士の高嶺の上にして。不死の薬を焼き給へば。煙は万天にたち昇つて雲霞。逆風に薫じつつ。日月星宿もさながら。あらぬ光をなすとかや。さてこそ唐土の方士も。この山に登り不死薬を。求め得て帰るなり。これわが朝の名のみかは。西天唐土扶桑にも並ぶ山なしと名を得たる。富士山の粧ひ。誠に上なかりけり』

唐から不死の薬を求めて方士が渡来し、浅間大菩薩や富士の山神と対面するという設定をベースに、海女姿の天女が前シテ「かぐや姫＝浅間大菩薩」（後場ではツレ）、富士の山神が後シテ「火の御子」として登場する祝祭的な能である。作品全体が富士山に対する讃美と顕揚の表現で一貫しており、とくに、世阿弥作とされる右掲【三】【四】の段には、管見で確認されるかぎり、『万葉集』赤人歌・虫麻呂歌集歌・「富士山記」・『古今和歌集』紀乳母歌・『竹取物語』・『伊勢物語』「東下り」・『袖中抄』・『新古今和歌集』西行歌・「最勝四天王院障子和歌」御製歌・『続後撰集』家隆歌・古今序注など広範な文献からの引用が見られ、前代までの文学作品の中で蓄積されてきた富士山像が、巧みな韻律をともなって組成されている。ここにおいて富士山は、かぐや姫を仏の垂迹とし、不老不死の霊力を秘めた「蓬萊の仙郷」、すなわち、仙境とも神とも仏ともされる霊山として顕揚されているのである。羽衣伝説をベースとして三保の松原で天の羽衣（あま・はごろも）を取り戻した天女が舞いながら月宮に昇天する謡曲『羽衣』においては、天女昇天の背景に現われる富士山は仏教的浄土を意味する「蘇命路（そめいろ）の山」と呼ばれ、謡曲の享受層の人々にとって富士山は、神仏そのものの山でありなおかつ仙境でもあり浄土でもあるような地上の他界として観念されるに至っていたことを示している。[29]

一方、鎌倉時代前半の紀行『海道記』（作者未詳）には、現実の富士山に接しての慨嘆をつづった次のような文章が見える。

富士の山を見れば、都にて空に聞きししるしに、半天にかかりて群山に越えたり。峰は鳥路たり、麓は蹊たり。人跡歩み絶えて独りそびけあがる。雪は頭巾に似たり、頂に覆ひて白し。雲は腹帯の如し、腰に囲りて長し。高き事は天に階立てたり、登る者は還りて下る。長き事は麓に日を経たり、過ぐる者は山を負ひて行く。…（中略）…昔はこの峰に仙女常に遊びけり。東の麓に新山と云ふ山あり。延暦年中、天神くだりて是をつくと云へり。都て、この峰は、天漢の中にひいりて、人衆の外に見ゆ。眼をいただきて立ちて、神、悦々とほれたり。

幾年の雪つもりてか富士の山いただき白きたかねなるらむ
とひきつる富士の煙は空にきえて雲になごりの面影ぞたつ

作者は富士山実見の印象を記述するにあたり、『竹取物語』を念頭におきつつ、まずは基本的資料である「富士山記」の記事を引き、富士山詠二首の前者では万葉集赤人歌を、後者では新古今集西行歌を本歌取りして詠作している。また右掲箇所の直前には、『伊勢物語』をふまえた一文も見える。京の都から鎌倉に向かう隠者とおぼしき作者は、富士山の煙に興趣をおぼえ、遠く宿雪を望んでは古典の文辞を想起し、富士山を仰ぎつつ業平の東下りに思いを馳せるというほどに、高い文学的素養を身につけた者であったらしい。

由比（ゆい）・蒲原（かんばら）を過ぎ、富士川を越え、浮嶋（うきしま）が原（田子の浦の浜辺に沿って広がる低湿地帯）あたりで、裾野からのびあがる富士山を仰ぎ見た印象を、作者は「都（すべ）て、この峰は、天漢（てんかん）の中にひいりて、人衆（にんしゅ）の外に見ゆ。眼をいただきて立ちて、神（たましひ）、恍々（きゃうきゃう）とほれたり」（すべて、この富士の山は、大空の中に高くそびえて、人間界の外にあるように見える。眼を頭の上に乗せるようにしてその高い姿を振り仰いで立って、私の心は、うっとりと我を忘れて、山に見とれていたことであるよ〈武田孝『海道記全釈』（一九九〇年・笠間書院）による〉）としたためている。想念の中で固定化していた富士山像を現実の富士山が凌駕したとでもいうような、山麓から振り仰いだ富士山に圧倒されことばを失って立つ作者の姿を彷彿とさせる一文といえよう。類型的イメージの踏襲に終始せず、現実の富士山に相対した感懐を表現したものとしては、これより百年以上前にすでに、「東路はいづかたとかは思ひ立つ不尽の高嶺は雪降りぬらし」（『能因法師集』二一・十一世紀中頃）や「足柄の山の峠に今日来てぞ富士の高嶺のほどは知らるる」（十二世紀初頭の組題百首「堀川院御時百首和歌」一三七六・河内）といった歌もあったが、散文の手記としてはこの『海道記』の記述が初例である。

室町時代に入っても、和歌の世界においては依然として富士山像の定型・類型をなぞる詠作が多産されたが、『海道記』に続く日記・紀行作品の中には、必ずしもそうした伝統にとらわれない歌や感慨を記すものも数多く生まれている。たとえば、鎌倉時代の歌人・古典学者である飛鳥井雅有の紀行『春の深山路（みやまじ）』には、次のような文章が見える。

あまり寒ければ、柴折りくべて、①つくづくと富士の山見やりてぞ居たる。時知らず雪の降ることは、国造りの神宿借りけるに、この神貸さざりければ、かの神の御誓ひにてかくなむいつも寒く雪降るとかや。煙の立つこと、竹取りの翁の物語にぞ、不死の薬をこの山にて焼きたりしに、それより立つとは見えて侍れど、なほおぼつかなし。山の前の巽の方なる山は、天人の天降りて築きたる由、富士山の記に見えたり。いと不思議なることなり。……（中略）……廿五日、夜深き月箱根山にかかりぬ。日出づる程に高峰にて見回せば、巽やまにはいまだ日の光も見えず、空もいまだ匂はぬ程に、富士の腰より上ばかりに降りたるは、はや雲居に高き程とぞ知らるる。②日、巽山の高根を出づる時ぞ、裾の杣たつ程、柴山の麓などに、影は見ゆる。又雲の巽山の頂きより立ち渡りたるも、富士の腰より下ざまにぞ添ひ来たるや。いかに高き山といふも、これらにて思へば、富士の裾の平々と見ゆる、柴の程にぞ等しかるらむと見えたり。[③]「比叡の山廿ばかりかさねたらむやうなり」と、業平の書きたるは、あまりにやあるらむ、又さもやあるらむ、知りがたし。昨日今日よくよく見侍るに、比叡の山三つ四つばかりはあるらむかし。

ここでの雅有のまなざし（①）は、『常陸国風土記』・『竹取物語』・「富士山記」・『伊勢物語』といった平安時代の規範的な作品における記述を検証しようと富士山を凝視している。未明から夜明けにかけての山容の変化を観察し、黎明の中で確認できる影の位置や周囲の山のようすからその高さを考証する態度（②）は、本作独自のものである。また、規範的作品の記述内容に対しても疑義を呈し、「なほおぼつかなし」「いとふしぎなることなり」と、事実に照らして理解すべきことについての主張も見える。ことに、『伊勢物語』において富士山の規模を「比叡の山廿ばかりかさねたらむやうなり」としているのは、実見された富士山とはあまりにかけ離れていると見てとり、最終的に「昨日今日よくよく見侍るに、比叡の山三つ四つばかりはあるらむかし」と判断を下すのである（③）。長く鎌倉に住み、日常の景として富士山を遠望していた経験のある雅有は、既成の富士山像をいったん措いて、実体としての富士山を摑み取ろうとしているかのようである。

ひるがえって、こうした富士山へのまなざしの向け方をさきがける『海道記』の記述は、定型のコードの中に自らの表現行為を位置づけようとする方向性と、そこから自由な表現に向かおうとする志向性を明確にうちだした最初の作品ともいえるだろう。あるいは定型とは、成立すると同時にそうした相反する力学をはらみもつといえるのかもしれない。

そうした作品のもうひとつの重要な作として、十三世紀初頭の第八勅撰集『新古今和歌集』(源通具、藤原定家ら撰)に収められた西行の歌をとりあげておきたい。

あづまのかたへ修行し侍りけるに、富士の山をよめる

風になびく富士の煙の空に消えてゆくへも知らぬわが思ひかな

(巻十七・雑歌中・一六一五)

右の歌は、『西行法師集』では恋の歌の一首となっているが、ここでの「思ひ」は、「あづまのかたへ修行し侍りけるに」という題詞からも、「さまざまな想念を包み込んだもの」[30]と解するのが妥当と思われる。秘めた思念の喩である富士の煙を見つめながら、詠作者の意識はまさに自分自身に向けられているのである。

尊円法親王編の慈円の私家集『拾玉集』(十四世紀前半)に、西行自身がこの歌を評して「こ

れぞわが第一の自嘆歌と申し事を思ふなるべし」と述べたことが記され、西行の同時代また後代の歌人たちがこの歌の「思ひ」に、たんに恋思ばかりでない己が生に対するさまざまな思念の意を読みとっていたことを伝えている。慈円は、「この自嘆歌の強い暗示力に動かされて自身も空高く立ち昇る煙を詠じた」のだった。[31] 慈円作の富士の煙の歌のうち、『新古今集』に採られ西行歌の前に記された歌、

題知らず
世の中を心高くもいとふかな富士の煙を身の思ひにて　（巻十七・雑歌中・一六一四）

では、世事にまつわる欲心煩悩がそのまま道心へと昇華されてゆくがごとき富士の煙のイメージを西行歌と共有している。また、『拾玉集』に収められた円位入道の歌、

風になびくふじのけぶりにたぐひにし人の行へは空にしられて　（五一五九）

をはじめ、

『とはずがたり』（後深草院二条・十三世紀末頃）
　思ひ立つ心は何の色ぞとも富士の煙の末ぞゆかしき
『拾菓集』（月江〈明空〉撰の早歌集・十四世紀初頭）「金谷思」
　…今はの山の峯にさへ　絶々迷ふ横雲　富士の高根に立煙　行末もしらぬ詠の末やうはの空なる思ひならむ…　（一〇七）

など、西行歌に触発されたと思しい後代の和歌や歌謡、散文作品は数多い。平安時代の恋歌において恋思の喩とされてきた富士の煙のイメージは、中世においても引き続き定型として重んじられる一方で、そうした定型の中から、「富士の煙」を心の深奥で生起する己が人生に対する思念や仏道への志を託す景とみる発想と表現が生まれ、新たな定型となってゆくのである。

8　さいごに

以上、富士山像の定型の内実が、上代から中世の文学作品においてどのように形成・展開したかをたどった。そのなかで見えてきたのは、まず、『万葉集』赤人歌・虫麻呂歌集歌の富士山頂の宿雪への着目とその無限性・永続性を表す表現が、「富士山記」や『伊勢物語』の記述と響きあいながら、地上の季節の循環を超越した富士山の神性の標徴（アイコン）とみなすという類型的発想を成立させ、さらにそれが仙山・仙境としての富士山像の確立につながったということ、一方、『古今和歌集』仮名序や紀乳母歌を起点として富士の煙を人知れぬ恋思の喩として詠む歌も和歌の表現世界における定型となり、中世以降その由来が古今集注などにおける本説講釈に応用された竹取説話と合流して、富士山を仙境、かぐや姫を仙女＝富士山の神＝仏の垂迹とする縁起譚が成立して、富士山はこの世の他界と観念されるようになったこと、などである。

見てきたような、富士山像の形成と変遷の過程は、和歌における雪・煙といった景物を媒介として、『伊勢物語』や『竹取物語』といった具体的なストーリーが引き寄せられ、それによって富士山の聖性に具体的な肉付けが付与されてゆく過程であったともいえる。また、中世において、王朝文学の注釈の進展とそれにともなう作品の規範化という事態が、雪と煙に象徴される富士山像の新たな類型・定型の成立をうながしたということも見逃せない。このようにして形成された富士山像を基盤に、「類型性の典型的なるもの」としての富士山は、日常・尋常を超越した聖なる山として、近世以降の表現世界においてさらなる展開をとげてゆく。

注

（1）大岡信「富士の歌―文化としての富士」（大岡信・岡田紅陽他『富士山』一九八七年・新潮社）45頁

（2）『名山』中の最『名山』を富士山となす。豈に一辞一句だに自美自讃を要せんや、聴け此山に対する世界の嘆声を…（中略）…日本人の富士山を誇揚し、彫刻に、絵画に、詩文に、俳諧に、之れを以て『名山』の宗と仰視するもの偶爾にあらず。富士実は全世界『名山』の標準。」（原文旧字体）とある。なお、小島烏水による岩波文庫版（一九三七年刊）の「解説」には、「徳富蘇峰氏の『国民之友』と対立して『日本人』を発刊したのも、滔々たる欧化主義、西洋崇拝の世潮に反抗するためで、『国粋保存』の大旗を押し立て、志賀氏自ら、その旗手となつたのである、『大和民族』という言葉を、はやらせたのも、志賀氏であつた」との評がある。

（3）大岡注（1）前掲論文37～41頁

（4）狩野博幸『葛飾北斎筆　凱風快晴―〝赤富士〟のフォークロア』（一九九四年・平凡社）25頁

（5）坂本信幸「赤人の富士の山の歌」（『セミナー万葉の歌人と作品』第七巻・二〇〇一年・和泉書院）

（6）鈴木日出男「不尽山の歌」（『万葉集を学ぶ』第三集・一九七八年・有斐閣選書）59頁

（7）『常陸国風土記』筑波郡条の当該記事で、富士山と筑波山にやどる神が新嘗の夜に潔斎していると記されること、また『万葉集』東歌に「誰ぞこの屋の戸押そぶる　新嘗にわが背を遣りて斎ふこの戸を」（三四六〇）と、新嘗の夜に潔斎する妻の立場による歌があることなどから、両山を女神の山とする見方が定説となっている。平安時代以降、富士山に仙女が出現するとされ、また中世、富士山の神がかぐや姫とされたこと、さらに近世にはコノハナノサクヤビメとみなされるようになる淵源とみることができるかもしれない。

（8）小島憲之『上代日本文学と中国文学』中（一九六四年・塙書房）第五編第五章
（9）高松寿夫「〈不尽山〉の発見―赤人・虫麻呂歌をめぐって―」（早稲田大学国文学会『国文学研究』第一〇三号・一九九一年三月）8頁
（10）赤人の「望不尽山歌」に見られる富士山観を富士山への「畏怖」と見る梶川信行『万葉史の論　山部赤人』（一九九七年・翰林書房）の理解は本稿とは異なるが、当該歌が『不盡山』は通常の自然の秩序には属さない巨大で、異様な存在であるということ」（152頁）を認識のベースに詠作されたとする見方は賛同される。
（11）鈴木注（6）前掲論文65頁
（12）山本登朗「『東下り』の物語　その一―浅間と富士―」（『伊勢物語論　文体・主題・享受』二〇〇一年・笠間書院）
（13）山本注（12）前掲論文178頁
（14）山本注（12）前掲論文185～186頁
（15）山本注（12）前掲論文186頁
（16）久保田淳「富士山と文芸文化」（『国文学　解釈と教材の研究』第四九巻二号・二〇〇四年二月）9頁
（17）大曾根章介『王朝漢文学論攷　『本朝文粋』の研究』（一九九四年・岩波書店）369頁
（18）中條順子「都良香作『富士山記』について―中国六朝文学との関連から―」（『古代文化』第二七〇号・一九八一年七月）39～40頁

(19)　久保田淳『富士山の文学』（二〇〇四年・文春新書）に「『古今集』が規範的な歌集として尊ばれるにつれて、富士山は熱い胸の思いを表現する際のかっこうの媒体として、以後の歌人たちに歌い継がれてゆくのである」（39頁）と指摘するところである。

(20)　兼築信行「万葉・古今・新古今に富士山はどう詠まれたか」（『国文学　解釈と教材の研究』第四九巻二号・二〇〇四年二月）に、同様の指摘がある。

(21)　拙稿「富士山の和歌―上代・中古・中世」（富士短歌会『富士』創刊五周年記念号〈第三五号〉・二〇一一年一二月）

(22)　渡辺秀夫『平安朝文学と漢文世界』（一九九一年・勉誠社）他

(23)　奥津春雄『竹取物語の研究　達成と変容』（二〇〇〇年・翰林書房）

(24)　平安時代の作品には、「長恨歌の御絵」（『源氏物語』桐壺巻）を桐壺帝が桐壺更衣をしのぶよすがとしたとする場面や、「長恨歌といふふみを、物語に書きて」ある書物を読ませてほしいと知人に懇願したこと（『更級日記』）などの記述が見え、平安時代以降の「長恨歌」の享受層拡大といった事態が、こうした引用の成立背景に存したと見られる。

(25)　真名本『曾我物語』に見られるような、富士の煙の由来譚に応用された竹取説話のヴァリエーションは、中世の古今集注（藤原教長講・守覚法親王受の『古今集註』（治承元〈一一七七〉年以降）に始まる『古今和歌集』の注釈書）に類話が多くあり、仮名序「富士の煙によそへて人を恋ひ」という文言に関する本説として引かれる。
　とくに、『為家古今序注』（藤原為家・鎌倉時代中期頃）に代表されるような仮名序注の影響下に生まれた鎌倉末期頃成立の『古今和歌集序聞書三流抄』・『毘沙門堂古今集註』(いずれも著者未詳)などは、同時代また後代の和歌ばかりでなく散文作品にも大きな影響を与えたとされるが(片桐洋一『中世古今集注釈書解題二』序・一九七一年・赤尾照文堂)、それらに共通するのは、古今集序や歌の語句および人名の本説を、さまざまな説話・逸話を引きながら講釈するという方法であった。竹取説話を仮名序注の本説のひとつとして引用することは、こうした注釈作業のなかで始まったと考えられる。

いま、その代表的な例の骨子を『古今和歌集序聞書三流抄』(作者未詳)に拠って示せば、次のようになる。あるとき、駿河国の竹作り(竹取り)の翁が竹林で見つけた鶯の卵(竹節)の中から光り輝く美女が生まれ、赫奕姫(赫屋姫)と呼ばれるようになる。やがて姫は帝(駿河国の国司)に召されて夫婦となるが、三年後に自らの正体が天女(仙女)であることを明かし、形見の鏡(文と歌・不死の薬の箱もしくは壺)を残して去る。姫との離別を悲歎する帝(国司)の激しい恋慕が鏡に燃え移り、それが富士山の頂上に送られて以降、今も山頂の煙が絶えることはない――。こうした話型は、中世後期の富士山縁起に多様なヴァリエーションを生みながら、神仏としての富士山の縁起譚として展開されてゆく。

(26)　富士宮市村山の浅間神社宝物館に所蔵されていた江戸時代の写本。原典は室町時代のものと推定されている。参照遠藤秀男「富士山縁起　解題」(『修験道史料集Ⅰ』一九八三年・名著出版)

(27)　「富士浅間大菩薩」は「赫屋姫」とその後を追って富士山火口に投身した駿河国司に垂迹したとし、そこに富士の神が男体女体の神である由縁があるとする説も、「彼ノ赫野姫ト国司トハ神トハ顕レテ、富士浅間大菩薩トハ申ナリ、男体女体御在ス」（『神道集』）といった富士山縁起の類に現われた観念と同調している。

（28）石井倫子『風流能の時代　金春禅鳳とその周辺』（一九九八年・東京大学出版会）

（29）謡曲「富士山」の竹取説話が古今注に拠っていることについては、伊藤正義「謡曲『富士山』考—世阿弥と古今注」（『言語と文芸』第六四号・一九六九年五月）に詳述されている。また、金春禅鳳改作部分に登場する後ジテ「火の御子」に関し、江戸時代初頭の神道書『本朝神社考』（林羅山・一六二四〜一六四四年頃）では、「富士山記」に記される「白衣の神女（美女）」を「火の御子」と同定し、『詞林采葉抄』や『富士山縁起』と同じ竹取説話を引いて、竹節の美女を浅間大神であるという解釈を提示している。江戸時代初期刊の御伽草子『富士山の本地』にも同様の記述がある。

（30）久保田注（19）前掲書65頁

（31）久保田淳「富士山の歌—新古今歌人の場合—」（『国語と国文学』第六四巻五号・一九八七年五月）

Ⅲ　各論

一　富士山の古代信仰――古典文学の視点から

1　富士山の聖性と雪

およそ千三百年前、宮廷官人として東国に向かう旅にあった山部赤人(やまべのあかひと)が、富士山を望み、その姿を讃えて詠んだ歌が『万葉集』に収められている。

天地(あめつち)の　分(わか)れし時ゆ　神(かむ)さびて　高く貴(たふと)き　駿河(するが)なる　不尽(ふじ)の高嶺(たかね)を　天(あま)の原(はら)　振(ふ)り放(さ)け見れば　渡る日の　影も隠(かく)らひ　照る月の　光も見えず　白雲(しらくも)も　い行(ゆ)きはばかり　時(とき)じくそ　雪は降りける　語り継(つ)ぎ　言ひ継(つ)ぎ行(ゆ)かむ　不尽(ふじ)の高嶺(たかね)は　(巻三・三一七)

右の長歌とその反歌「田子の浦ゆうち出でてみればま白にそ不尽の高嶺に雪は降りける」（三一八）は、よく知られた万葉歌のひとつだが、じつは富士山をモチーフにした文学作品としてもっとも古いものでもある。「時じくそ雪は降りける」とは「時ならぬ雪が降っているのだった」の意で、富士山は時間の流れを超越した存在として仰ぎ見られている。山名フジを「不尽」と表記していることにも見てとれるように、神としての富士山の空間的な無限性と時間的な悠久性を讃嘆した歌である。赤人はここで、スケールにおいても神性においても、地上の摂理を超えた神である富士山のシンボルとして、「時じく」の山頂の雪に着眼している。雪こそ、「天の原」に向かって聳え立つ「高く貴き」富士山の超越性の標徴であった。

この歌よりやや後年のものとみられる高橋虫麻呂歌集の「不尽山を詠む歌」では、太陽も月も背後に隠れ、鳥すら山頂に達することができず、麓には豊かな水系を擁する富士山の壮大さがダイナミックに表現されている。「燃ゆる火を　雪もて消ち　降る雪を　火もて消ちつつ　言ひも得ず　名付けも知らず　奇しくも　います神かも」（巻三・三一九）と、火と雪がともにある神秘を富士山固有の現象ととらえ、巧みな対句構成で富士山の霊妙さを印象づけているこの歌もまた、地上の摂理を超越した神としての富士山に畏敬の念を捧げつつ、その聖性を讃えた歌である。両歌はともに、山頂の雪を富士山の標徴とし、偉大な神である富士山への讃美をテーマとしている点で共通しているのだった。

富士山の雪をめぐっては、右の歌々とほぼ同時代に成立したとみられる『常陸国風土記』筑波郡条の古老の言い伝えにも、次のような記述がある。あるとき、「神祖の尊」が諸国の神々を訪ね歩いていた際、子のひとりである「福慈の岳」に一夜の宿を乞うた。ところが、フジの神は「新粟の初嘗して、家内諱忌せり。今日の間は、冀はくは許し堪へじ」と、新穀の神事のための潔斎を理由にこれを拒む。親である自分に対する厳しい態度を恨んだ「神祖」は、「汝が居める山は、生涯の極み、冬も夏も雪ふり霜おきて、冷寒さ重襲り、人民登らず、飲食奠ること勿けむ」とフジの神を呪詛し、それ以来富士山は「常に雪りて登臨ること得」ぬ山になったという。富士山が、人が登ることも食物を供えることもない極寒の山になったのと対照的に、筑波山は、折々に民衆がこぞって登っては飲楽する慕わしき山となった――。常陸国の目線で筑波山を顕揚する神話的伝承だが、こうした話が伝えられた背景には、富士山のきびしい自然条件が山域への人の立ち入りを容易ならざるものにしていたという現実があったのだろう。古代の人々にとって富士山は、気高き神であると同時に、容易に近づくことを拒むきびしい山と見られていた。

2　仙山としての富士山

富士山の火山活動に関する記録が史書にたびたび現われるようになるのは、『続日本紀』桓武天皇・天応元（七八一）年七月条からである。なかでも、平安時代初めの貞観六（八六四）年から約二年間にわたる噴火が甚大な被害を周辺地域にもたらしたという記録は、富士山の歴史のうえで特筆すべきできごとであった。火を噴く巨大な山は、山麓域の人々はもとより、その災害の苛烈さを伝聞した都の人々をも畏怖させたことであろう。貞観七（八六五）年には、甲斐国八代郡に浅間明神の社殿（『日本三代実録』）が建立され、富士山は荒々しい火の山として畏れられたのである。

ちょうどこの時期、文章博士・漢詩人であった都良香が「富士山記」（九世紀後半・『本朝文粋』所収）という漢文の短編を書いている。漢籍からのさまざまな引用を駆使しつつ、富士山の比類ない高大さ、山頂の形状と植生、登山の困難さなどをつづった山水記だが、ふしぎなことにこの作品には噴火の事実がいっさい触れられていない。どうやら良香はこの文章で、富士山をとりまく過酷な現実を伝えようとしたというより、異界としての富士山の神秘性を浮き彫りにしようとしたようだ。とりわけ、読む者に強い印象を残すのが次の一節である。

> 蓋し神仙の遊萃する所ならむ。承和年中に、山の峯より落ち来る珠玉あり、玉に小さき孔有りきと。蓋し是れ仙簾の貫ける珠ならむ。又貞観十七年十一月五日に、吏民旧きに仍りて祭を致す。日午に加へて天甚だ美く晴る。仰ぎて山の峯を観るに、白衣の美女

二人有り、山の巓の上に双び舞ふ。巓を去ること一尺余、土人共に見きと、古老伝へて云ふ

富士山に神仙が常在する証としての事例が、ここでは二つ挙げられている。ひとつは、「仙簾」（神仙のすまいを飾るすだれ）の珠玉が富士山から落ちてきたこと、そしてもうひとつは、山麓の住民が古式に則り祭礼を行なっていたある日の午後、山頂上空を白い衣を身にまとった美女二人が舞い飛んでいたことである。ことに後者は、以後の史書・歌論・紀行・歌謡・謡曲など多様なジャンルの作品に引用され、富士山を仙山とみなす観念の根拠とされていった。具体的にはそれは、仙女のイメージを中心に展開してゆく。仙女が舞い飛ぶ仙山としての富士山像は、中世の文学作品においてその内実をふくらませ、近世に入って本格化する富士山信仰の成立にも影響を及ぼしたと考えられる。

3　地上の他界

伊豆に流された役行者が富士山で修行をしたという伝承（『日本霊異記』『三宝絵詞』『今昔物語集』他）や、聖徳太子が甲斐の黒駒に乗って富士山上空を飛翔したという伝承（『聖徳太子絵伝』『聖徳太子伝暦』他）など、平安時代以降、超人的な事跡とともに信仰の対象とし

て語り継がれてゆくキャラクターの説話にも富士山は登場する。また、平安時代末に実在した富士上人（末代）が富士登頂を果たし、富士山修験（村山修験）の開祖となったこととも関わって、富士山は修験の霊場という一面も持つようになっていった。

神仏の山富士のイメージ形成にさらに大きく作用したのが、平安時代初めの『竹取物語』（九世紀末頃・作者未詳）である。月に帰るかぐや姫は、この世を去る間際、翁嫗と帝に歌をしたためた手紙と不死の薬を残してゆく。しかし帝は、天にもっとも近い富士山頂でこれらを燃やすよう臣下に命じた。「そのよしうけたまはりて、士どもあまた具して山へのぼりけるよりなむ、その山を『ふじの山』とは名づけける。その煙、いまだ雲の中へ立ちのぼるとぞ、いひ伝へたる」という末尾の文は、富士山の地名起源ともなっている。

このエピソードを核として、かぐや姫と呼ばれる異界の美女のイメージにしだいに仙女のイメージが重ねられていったプロセスを、鎌倉時代前期の紀行文『海道記』（十三世紀前半頃・作者未詳）に記された「採竹の翁」の逸話から知ることができる。その筋立ては『竹取物語』と重なる部分もあるものの、表現の細部やかぐや姫を鶯の卵から出現したとする点など、直接の典拠は別にあるとも考えられる。「富士山記」や『新古今和歌集』所収の西行歌の他、唐代の漢詩「長恨歌」（白居易『白氏文集』所収）等に記される仙女となった楊貴妃に関する詞句も織り込み、ここではかぐや姫が「月の人」ではなく「仙女」として描かれている。竹取説話の伝承の過程で、富士山は仙女かぐや姫の住む仙山というイメージを付与されていった。

一方、鎌倉時代以降に多く手がけられた『古今和歌集』仮名序の注釈においても、「富士の煙によそへて人を恋ひ」という一節に関する本説の講釈（由来説明）に竹取説話が用いられ、叶わぬ恋の象徴である富士の煙の由来を伝える話として再解釈をほどこされながら、いくつものヴァリエーションが生み出されてゆく。鎌倉時代から室町時代にかけての文学作品における竹取説話の引用は、万葉集注釈書『詞林采葉抄』（由阿・十四世紀後半）、仏教説話『三国伝記』（玄棟撰・十五世紀前半）、謡曲「富士山」（世阿弥〈後半を金春禅鳳が改作〉・十五世紀前半頃）など多様なジャンルに及ぶが、それらにおいて竹取説話は、仏としての本体をもつとみなされた富士山の縁起譚にも応用されて、仏教的浄土というイメージを深化させていったようである。

そうした作品のひとつ、軍記物語『曾我物語』真名本（作者未詳・十四世紀初頭頃）では、竹取説話の舞台となる富士山を「仙人所住の名山」とし、富士山の噴煙が「恋路の煙」と言われることの由緒とあわせて、富士浅間大菩薩の本地（神の本体としての仏）が語られている。同時代の説話集・神道書『神道集』（伝安居院作）にも同様の説話が見え、縁起譚としての竹取説話の流布と展開が室町時代に大きく進展したことをうかがわせる。富士の煙は、富士浅間大菩薩の化身である仙女かぐや姫への帝（もしくは駿河国司）の恋情に由来するとの了解が、神仏習合（神と仏を一体のものとして信仰する観念）にもとづく富士山信仰とともに広く受け入れられてゆく。神の宿る神体山、仙女が常住する仙山、仏のいます霊山へとイメージを拡大させながら、地上にいながらにして目視できる他界として、富士山は多層的な信仰を集める聖地となっていったのである。

4　仰ぎ見る山

「皆さんは下の方ばかり見過ぎますよ。もっと上を、もっとずっと上を御覧なさい」

（平川祐弘訳『小泉八雲　怪談奇談集　下』〈河出文庫〉所収より）

『怪談』の作者として知られる小泉八雲（こいずみやくも）〈ラフカディオ・ハーン〉の、「ある保守主義者 *A Conservative*」（明治二十九〈一八九六〉年刊『心』所収）と題された短編中の会話文である。横浜港沖を航行する汽船で、夜明けの富士山を望もうと甲板にひしめく乗船客たちに、ある船員がこう言った。ほどなく、中天に朝日を浴びて紅に染まる富士山頂を見出した客たちは、「心打たれてひとしくおし黙った」という。そこには、紅から黄金へ、そして白色へと変じてゆく「聖なる富士の高嶺」が「まるで白雪の霊のごとくであった」とも記されている。あくまで小説の一場面ではあるけれども、こうした記述が、明治二十三（一八九〇）年にアメリカから航路はるばる来日したギリシア人である八雲自身の体験を下敷きに書かれているのは疑いないのだろう。

「もっと上を、もっとずっと上を」――。富士山を見ることとは、視線をひたすら天に向けることである。はるか上方に姿を現わす孤高の山頂には、人の掲げるべき心の高みを示すかのように、いつでも穢れなき白が輝いている。万葉歌人たちもまた、そのようにして富士の高嶺を「振り放け見」、その姿に魂を揺さぶられたのだった。天空を貫いてそびえる山頂を仰ぎ見ること。そのまなざしにこそ、富士山に対する信仰の原点があるように思われる。

二　富士山と竹取説話

1　富士山とかぐや姫

富士山とかぐや姫は深いご縁でつながっている。

かぐや姫を主役（ヒロイン）とする『竹取物語』（九世紀末頃）は、『源氏物語』絵合（えあわせのまき）巻に「物語の出（い）で来（き）はじめの祖（おや）なる竹取の翁（おきな）」と記され、王朝文学が隆盛した平安時代中頃には、物語文学の嚆矢に位置づけられる古典として知られていたようだ。

その物語のあらましは次のとおりである。竹節の中に見出された少女が光り輝く美女に成長してかぐや姫と呼ばれ、竹取の翁に大きな富をもたらす。姫は五人の貴公子たちから求婚を受けるが、難題を課して承諾しようとしない。ついには帝のお召しを受け、歌のやり取りなどしつつ心を通わせるものの、結ばれぬまま迎えの天人たちと昇天する。残された人々はただ悲嘆にくれるばかり……。月の世界から須臾、この世に降りてきた絶世の美女かぐや姫をめぐって、さまざまな人の思いが交錯する悲喜劇の最終場面で、姫が帝や翁媼に遺した品々を燃やしたのが富士山であった。

かの奉る不死の薬壺に文〔手紙〕具して御使に賜す。勅使には、つきのいはがさといふ人を召して、駿河の国にあなる〔あるという〕山の頂に持てつくべきよし仰せたまふ。峰にてすべきやう教へさせたまふ。御文、不死の薬の壺ならべて、火をつけて燃やすべきよし仰せたまふ。そのよしを承りて、士どもあまた具して山へ登りけるよりなむ、その山を「ふじの山」とは名づけける。その煙、いまだ雲の中へ立ち昇るとぞ、いひ伝へたる。

帝は、かぐや姫が遺した不死の薬も手紙も、二度と本人に逢えないなら何になろうかと嘆き、「逢ふこともなみだに浮かぶ我が身には死なぬ薬も何にかはせむ」〔姫に逢うことの叶わなくなり、涙に暮れるばかりの我が身には、不死の薬などいったい何になろう〕と詠じたと記される。かぐや姫の置き土産は富士山頂で燃やされ、その煙が今も立ち昇り続けているのだとする一文で、物語はしめくくられる。

そもそも帝が富士山を指定したのは、天にもっとも近い山だからだという。富士山頂でかぐや姫ゆかりの品々を焼いた煙は、地上の人々の尽きせぬ恋慕を遥か天界に伝え続けているかのごとくである。『竹取物語』における富士の煙は、物語の内と外、虚構と現実とをつなぐ役割を果たすモチーフであり、なおかつ、永遠の命をもつことより情の世界で命を燃やすことをこそ肯定するという、作品の主題を集約した景物となっているのである。

富士山とかぐや姫とは、かくして、はかなく宙に消えるひとすじの煙に結ばれたご縁を持つこととなった。

2　恋の山、富士

『竹取物語』の成立とほぼ時を同じくして編まれたのが、第一勅撰和歌集『古今和歌集』である。撰者のひとり紀貫之(きのつらゆき)の手になる仮名序の一節「富士の煙に寄そへて人を恋ひ」は、富士の煙に恋心を託して詠むことが、すでに恋歌の常套となっていたことを伝えるとともに、そうした発想を規範的な了解として文学表現に定着させるきっかけとなった章句でもある。集中には計四首の富士山の歌が収載されているが、いずれも恋心を詠むものとなっている。

人知れぬ思ひをつねにするがなる
　富士の山こそわが身なりけれ　（巻十一・恋一・五三四）
〔現代語訳〕人知れぬ恋情をいつでも抱えている富士山こそ、まさに今の私そのものであった

駿河のスルに動詞スルを掛ける『万葉集』巻十一所収の「我妹子に逢ふよしをなみ駿河なる富士の高嶺の燃えつつかあらむ」（二六九五）をふまえ、恋情の煩悶を富士山の燃えになぞらえる発想を受け継ぎつつ詠まれたよみ人知らずの一首である。「富士の嶺のならぬ思ひに燃えば燃え神だに消たぬむなし煙を」（『古今集』一〇二八・紀乳母）のような歌とともに、「恋・思」と火との掛詞、そして燃ゆ・煙といった縁語を併せ用いる恋歌の方法は、これ以降、富士山の和歌の定型のひとつとなってゆく。

古典和歌における「恋」とは、思い慕う人を求めて止まぬ情を謂う。ときに相手へのひたすらな熱情として、ときに鬱屈した懊悩として、自分には制御しえぬ心の自立的な事象が「恋」であった。富士山は、そうしたコヒ・オモヒのヒ、すなわち火を燃やし続ける山とされたのである。

王朝貴族の和歌における恋思の山富士の定型的イメージは、第三勅撰和歌集『拾遺和歌集』（十一世紀初頭）の次のような一首にも見出せる。

世の人の及ばぬものは富士の嶺の
　雲居に高き思ひなりけり
（巻十四・恋四・八九一・村上天皇）

〔現代語訳〕この世の誰も及ばないものは、富士山頂の雲と同じくらいの高みにある私の思いなのであった

詞書には、「富士の山の形を作らせ給ひて、藤壺の御方へ遣はす」とあり、村上天皇が皇后安子（藤原師輔女）に富士山をかたどった州浜を贈った際の歌であることがわかる。飾り物として造作されたミニチュアの富士山に、煙に見立てた御香を設置する趣向が凝らされていたと推察される。天皇は、富士の高嶺のごとき高みまで思いは嵩じているのだよというメッセージである。王朝貴族たちにとって富士山は、高まる恋情の喩と了解されていた。富士の煙とはつまり、富士山そのものを恋思に燃える山とする見方をベースに、胸中で高まる恋情を託す恋歌の景物として山を詠むことが、宮廷の雅の中で根づいていたことを、こうした歌と詞書からうかがい知ることができる。

『竹取物語』最終段に現われる富士の煙のイメージと、恋思の喩として恋歌に詠まれる富士の煙のイメージとは、同じ発想の地盤に根をもっていた。物語と和歌、それぞれの始発に位置

する『竹取物語』と『古今和歌集』において、富士の煙が恋思の喩として定着したことは、その後の文学作品における富士山イメージに大きな影響を与えてゆくこととなる。

3　消えた富士の煙

恋歌における富士の煙の類型的イメージは、現実の富士山の火山活動を背景に成立したとみられる。いわゆる貞観（じょうがん）大噴火（貞観六〈八六四〉～八〈八六六〉年にかけての大規模な噴火。平安時代前期の歴史書『日本三代実録』に詳細な記録がある）に始まり、平安時代前期から中期にかけて、富士山の火山活動が断続的に繰り返されていたことは、『日本紀略』承平七（九三七）年十一月条や長元六（一〇三三）年二月条などの記述から知られる。そうした活発な火山活動も、平安時代後期以降には沈静化に向かっていたようだ。

鎌倉時代中頃の弘安二（一二七九）年、藤原定家（ふじわらのさだいえ）の嫡男為家（ためいえ）の後室であった阿仏尼（あぶつに）は、我が子冷泉為相（れいぜいためすけ）の遺産相続をめぐる訴訟のため京から鎌倉に下向した。その道中での見聞をしたためた紀行が『十六夜日記（いざよいにっき）』である。そこには、富士の煙をめぐる次のような記述がみえる。

富士の山を見れば、煙立たず。昔、父の朝臣（あそん）に誘はれて、「いかに鳴海（なるみ）の浦なれば」など詠みし頃、遠江国（とおつあふみのくに）までは見しかば、富士の煙の末（すゑ）も、朝夕たしかに見えしものを、

「いつの年よりか絶えし」と問へば、さだかに答ふる人だになし。

かつて、父平度繁の旅に同行した折、遠江国（現在の静岡県西部）までは富士の煙が見えていたのに、いったいいつから絶えてしまったのという問いかけに対し、誰もはっきりと答えられなかったという。これより少し後、やはり都から東国へと旅をした後深草院二条による『とはずがたり』にも、富士の煙が見えないことをとりあげて、「煙も今は絶え果てて見えねば、風にも何かなびくべきとおぼゆ（富士の煙も今は絶えてしまって見えないので、どうして風になびいてしまったのかしらと思われる）」と記した一文がある。

「富士の嶺は恋を駿河の山なれば思ひありとぞ煙立つらむ」という富士の煙の歌を、美濃国の宿でものした後深草院二条には、現実の富士山に煙が立っていないのがさぞかし残念に感じられたのだろう。『十六夜日記』と『とはずがたり』、いずれも出家者となった京都在住の高貴な女性が東国下向の折の見聞を和歌とともにつづった日記的紀行で、十三世紀後半には、こうした女性出家者たちも東海道を往来し、道中記や詠歌を著作として残すようになっていた。

時宗の開祖一遍上人とともに諸国を遊行し、遊行二祖とも呼ばれた他阿上人（他阿弥陀仏真教）もまた、阿仏尼や後深草院二条と同時代の人であった。他阿は、阿仏尼所生の冷泉為相と親交のあった歌人でもあり、その詠歌は歌集『他阿上人集』（『大鏡集』とも）にまとめられていて、集中には七首の富士山詠がみえる。甲斐から相模（さがみ）に向かう旅の途上、彼は御坂山（みさかやま）で「富士の岳」を眺望し、次のような歌を詠んだ。

上もなき思ひや消えし富士の嶺の
　煙は今は目にもかからず
　　　　　　　　　　　　（『他阿上人集』二一四）

〔現代語訳〕天に昇るほど高まっていた思いも、今は消えてしまったのだろうか。富士山の煙も見えなくなったということは…

この歌は、『新古今和歌集』「富士の嶺の煙もなほぞ立ち昇る上なきものは思ひなりけり」（恋二・一一三二・藤原家隆）ならびに、前掲『拾遺和歌集』の村上天皇御製「世の人の及ばぬものは富士の嶺の雲居に高き思ひなりけり」を本歌として、富士の煙が見えなくなったのは、自分の物思いが消えたからであろうかと自問する体の一首である。師である一遍から、時宗の教えと信徒たちを受け継いだ求道者として、他阿自身の煩悩の沈静を富士の煙に重ね、深遠な宗教的境地を詠んだ作とも解せよう。

一方、一遍と他阿の事績を描いた『遊行上人縁起絵（ゆぎょうしょうにんえんぎえ）』第八巻には、御坂を越えて河口へと歩みを進める他阿たちを見守るように、甲斐国側から望まれる秀麗な冬富士の黒煙をたなびかせるさまが描かれている。同絵巻第二巻には、駿河国側からの富士山図があり、そこには煙が描かれていない。時宗の開祖ならびに二祖の縁起を伝える絵巻の富士山にこうした違いが見られるのは、これらが写実をめざしたものというより、所伝の内容との照応に配慮してなされたものであることを示唆している。

絵画表現と同様、富士の煙を恋思の煙とする発想は、富士山の実態にかかわらず、和歌をたしなむ知識階級の人々の教養の深くにまで浸透していたらしい。『十六夜日記』の筆者阿仏尼は、煙の絶えた富士山の現実を確認したうえでなお、

かりそめに立ち別れても子を思ふ
　思ひは不尽(ふじ)の煙とぞ見し

〔現代語訳〕ほんのわずか離れている間にも、我が子を思う強い気持ちが、ああやって富士の煙となって現われるのだと私には見える

と、フジの別表記である「不尽」の字義を活かし、わが子為相(ためすけ)への尽きせぬ情を富士の煙に重ねて詠んでいる。夫為家(ためいえ)亡き今、阿仏尼の胸中で燃え続けるのは、わが子への思いであった。東路(あずまじ)の旅の空でそうした心境を詠むとき、やはり富士の煙こそ心中の喩に相応しいと阿仏尼

には判断されたのだろう。和歌の表現は現実に即して生み出されるばかりでなく、むしろイメージの類型を先行させる仕儀で展開していく側面があったことを、これらの作品は教えてくれるようだ。

4　かぐや姫、再び

現実に存在するもの・目に見えるものを写しとることよりむしろ、現実に触発され揺り動かされた心の動きをことばに刻みつけることへの創造的欲求が、富士山の文学の原点にはあったように思われる。中世から近世にかけて、現実から飛翔する文学的想像力は、富士山とかぐや姫とのご縁を新たなかたちでとり結んだ。そのひとつに、『古今和歌集序聞書三流抄』（作者未詳・十三世紀・片桐洋一『中世古今集注釈書解題（二）』一九七三年・赤尾照文堂）所引の竹取説話がある。この書は、平安時代後期以降数多くの歌人・歌学者たちが手がけた古今集仮名序注のひとつで、「富士の煙に寄そへて人を恋ひ」の由来を、かぐや姫の物語を援用して説く一段をもつ。「今、富士ノ煙トハ、殊(こと)ニ恋ヨリ立(たつ)ニ依(より)テ爰(ここ)ニアグル也」という前文に始まるそれは、次のような概要となっている。

天武(てんむ)天皇の時代、駿河国(するがのくに)の作竹翁(たけつくりのおきな)が鶯(うぐいす)の卵に見出した少女が輝く美女となり、赫奕姫(かぐやひめ)と名付けられる。姫は帝に召され寵愛を受けるが、三年経ったある時、「吾(われ)ハ天女ナリ。君(きみ)昔契有テ、今下界ニ下ル。今ハ縁既ニ尽タリ」と告げ、形見の鏡を残して消えてしまう。赫奕姫に対する帝の「胸ニコガルヽ思ヒ」は火となって鏡に燃え付き、消えることがない。そこで公卿らは一計を案じ、土で作った箱にこれを入れて駿河国に送った。それでも鏡は燃え続け、人々は恐れて箱を富士山頂に置いた。それ以来、富士山には煙が絶えなくなり、富士の煙を恋の歌に詠むことも始まったという。富士の煙を、異界の美女かぐや姫に去られた帝の恋の煩悶の痕跡とし、それが富士の煙を恋歌に詠む由来となっているというのである。

歌語「富士の煙」の由来をめぐる同趣の説話は、中世に成立した古今集仮名序注に数多く見られる。異界の美女かぐや姫がひととき現世に姿を現わし、人々を魅了したまま去ったことで、かえって彼らは愛別に苦悩し続けることになるという筋立てをもつこれらの話群を総称して、竹取説話と呼ぶ（参照：奥津春雄『竹取物語の研究―達成と変容―』二〇〇〇年・翰林書房）。かぐや姫が鶯の卵から生まれること、一時的ながら帝と夫婦になること、形見の品に鏡が加わることなど、『竹取物語』にはない細部が、こうした竹取説話には多く見られる。竹取説話が古今集仮名序注にくりかえりしリメイクされ引用されたのは、この世ならぬかぐや姫を永遠に思慕し続けるという設定が、恋の懊悩を表象する富士の煙の由来譚としていかにも相応しいと納得されたからでもあろう。かぐや姫への恋とは、かなわぬ恋と同義であった。

恋思の火に燃え続けている富士山の定型イメージは、こうして、かぐや姫への尽きぬ恋慕を語る説話とともに、中世の和歌リテラシーにより深く根を下ろしていったのである。

5　仙女かぐや姫

曾我十郎祐成・五郎時致兄弟の富士の裾野での仇討ちを軸に構成された『曾我物語』（真名本）もまた、竹取説話をもつ作品のひとつである。『曾我物語』は、鎌倉時代末頃から室町時代にかけて成立したとされる真名本・仮名本の二つの系統の伝本をもつ軍記物語だが、父の敵工藤祐経を討つため富士野の狩場に向かう場面で竹取説話を引くのは、仮名本に先行して成立したとされる真名本である。

「あの富士の嶽の煙を恋路の煙と申し候ふ由緒は」という弟五郎のことばから、一段は始まる。舞台となるのは富士山麓の富士郡。竹の中から管竹の翁に見出され、養育された少女が無双の美女となり赫屋姫と名付けられる。姫は、駿河の国司の妻として五年間を過ごした後、「今は暇申して、自らは富士の山の仙宮に帰らむ。我はこれ、もとより仙女なり」とその素性を夫に打ち明け、宿縁が尽きたことを理由に「返魂香の箱」を残して富士山へと帰ってゆく。国司は恋しさに耐えかねて、箱を開ける。漂い出た煙の中に赫屋姫の姿が一瞬現われるものの、国司はかえって恋慕の煩悶を深めることとなる。年月を経てもなお悲歎にくれ続ける国司は、ついに赫屋姫のいる富士山頂にたどりつき、箱をかかえて火口に身を投じた、というのがそのあらすじである。赫屋姫がこの世で結婚生活を送ったとする点や、その相手が駿河国の国司であったとする点、竹取の翁が「管竹（つつだけ）の翁」と称されている点など、オリジナルからさらに離れた設定が少なくなく、中世における竹取説話の多様化をうかがわせる。

本段は「その箱の内なる返魂香の煙こそ絶えずして今の世までも候ふなれ」という一文で締めくくられ、富士の煙を恋の煙とみなす由来を語る話ともなっている。『古今集』仮名序注を中心に進展した竹取説話が、アレンジを加えられながらさまざまなジャンルの作品に引用されていった様相をみてとることができる。ここには、かぐや姫の本体を富士浅間大菩薩（ふじせんげんだいぼさつ）とする記述もみえ、神仏習合の観念にもとづく富士山縁起の要素も盛り込まれている。富士山の本体は仏、仮の姿が赫屋姫だったのだとする二重構造の設定が仕組まれているのである。『曾我物語』真名本の竹取説話は、和歌の表現世界で形成された富士山イメージと、富士山を仏と崇める信仰とが交差するポイントに生まれた、いわば富士の煙の由来譚の発展形といえるだろう。

注目したいのは、ここでかぐや姫を「仙女（せんにょ）」、その故郷である富士山を「仙宮（せんきゅう）」と記している点である。仙女とは女性の神仙（古代中国に成立した道教の世界観における、不老不死で超人的な能力を有する存在）をいい、仙宮とは神仙の居所をいう。富士山を神仙のすまう仙境とみなす観念は、はやく、平安時代初期に記された都良香（みやこのよしか）の漢文山水記「富士山記（ふじさんのき）」にもみられるが（参照：「富士山像の形成と展開―上代から中世までの文学作品を通して―」『山梨英和大学紀要』第一〇号・二〇一二年三月、本書Ⅱ総論)、『曾我物語』真名本ではそれが、赫屋姫という作中人物の核に据えられているのである。

中国唐代の詩人白居易作の「長恨歌」ならびに陳鴻作の「長恨歌伝」(いずれも『白氏文集』巻十二所収)からの字句の引用や、それらに依拠した文言を多用する点も、『曾我物語』真名本が引く竹取説話の特徴である。たとえば、赫屋姫が国司に告げる「今は暇申して、自らは富士の山の仙宮に帰らむ。我はこれ、もとより仙女なり」という別れのことばの「富士の山の仙宮」が「最高仙山」(長恨歌伝)を、「仙女」が「仙子」(長恨歌)をふまえることなどはその一例で、同様の表現方法を本段の随所に見出すことができる。

> 島の中に宮殿・楼閣に似たる巌石どもあまたあり。中より、件の赫屋姫は顕れ出でたり。その形、人間の類にはあらず。玉の冠、錦の袂、天人の影向〔すがた〕に異ならず。これを見て、かの国司は悲しみに堪へずして、終にかの返魂香の箱を腋の下に懐きながら、その池〔富士山頂の噴火口〕に身を投げて失せにけり。

駿河国の国司が、赫屋姫への未練に耐えかねて、仙宮である富士山頂までやって来ると、山頂の宮殿から赫屋姫が現われる。しかしその姿はもはや天人のそれであって人ではない。かえって悲嘆を強めた国司は、返魂香の箱を小脇に抱えて火口に身を投げるという一節である。山頂の「島」にあるという仙宮を表す「宮殿・楼閣」というのは、「楼殿」（長恨歌）・「楼闕」（長恨歌伝）を併せた語で、赫屋姫の幻影を描写する「玉の冠、錦の袂」は、「花冠」「仙袂」（長恨歌）を言い換えた語となっている。さらに、「芙蓉の眸」「太液（宮殿内の池）の芙蓉」といった語句も、「長恨歌」からの引用とみられる。

天子と寵妃の悲劇的な愛のロマンスという点で、かぐや姫を楊貴妃に重ねてイメージすることは、文学的な通念として当時の人々に広く受け入れられていたのだろう。「漢宮の佳麗三千人　三千の寵愛一身に在り」（長恨歌）と謳われ、死後仙女となったとされる楊貴妃のイメージをかぐや姫にスライドさせ、〝和製楊貴妃〟として描いた竹取説話のバリエーションのひとつを、『曾我物語』真名本に見ることができるのである。

6　かぐや姫・楊貴妃・李夫人

駿河国の国司とともに富士山頂に消えた「返魂香の箱」というモチーフも、じつは「長恨歌」「長恨歌伝」において、皇帝の命で仙山の「蓬萊宮」にやってきた方士（道士）に仙女楊貴妃（玉妃太真院とも）が託す「鈿合」（螺鈿の小箱）をふまえたものである。「長恨歌」における反魂香（返魂香）は、現世の玄宗皇帝と異界の楊貴妃をつなぐとともに、結果的には両者の隔絶を浮かび上がらせる悲劇の鍵となっているのである。白居易は、後年の作「李夫人」(『白氏文集』巻四)でも再び天子と寵妃の悲恋を主題にとりあげるのだが、そこでは、反魂香の煙によって死者の魂を呼び戻すことの空しさが強調的に表現されている。

反魂香降夫人魂　反魂香は降す夫人の魂
夫人之魂在何許　夫人の魂は何許に在りや
香烟引到焚香處　香烟　引き到らしむ　香を焚く処に
既來何苦不須臾　既にして来たる　何を苦しみて須臾ならざる
縹渺悠揚還滅去　縹渺　悠揚として還た滅し去れり
去何速兮來何遲　去ることの何ぞ速く　来たることの何ぞ遅き

(参照：下定雅弘『長恨歌─楊貴妃の魅力と魔力─』二〇一一年・勉誠出版)

「夫人」とは、漢の武帝の寵妃で若くして病死した李夫人を指し、その魂を呼び戻すために武帝が方士(道士)に作らせたのが反魂香であった。秘薬を用いて死者の魂を呼び寄せたところで立ち現れるその姿は幻影にほかならず、武帝はかえって煩悶を深めたという。李夫人や楊貴妃のような傾城の美女に心を惑わされてはならぬという戒めでこの詩はしめくくられ、「長恨歌」の姉妹編というべき作品となっている。この世を離れてなお天子を惑乱させた罪作りな美女という観点から、楊貴妃と李夫人は同じ範疇にくくられているのである。

『曾我物語』真名本の「件（くだん）の箱の蓋（ふた）を開きて見ければ、移る形も、来（きた）ることは遅くして、帰る形は早ければ、なかなか肝を迷（まど）はす怨（あだ）となれり」という一文が、「李夫人」の「去何速（さることのなんぞはやく）兮來何遲（きたることのなんぞおそき）」を典拠としていることはあきらかだろう。かぐや姫を仙女、富士山を仙境とするイメージは、白居易の詩に描かれた李夫人や楊貴妃を介して、より明確になっていったとみられる。富士の煙を仙女に対する恋の煩悶の痕跡とみなす由縁を、またひとつ、富士山に抱え込んでいったのである。

7　恋ひの煙　思ひの煙

和歌の表現世界で醸成された、富士の煙すなわち恋思の煙とする発想は、異界の美女かぐや姫への尽きせぬ恋情に由来すると説く竹取説話を生み、やがて「長恨歌」「長恨歌伝」の表現と合流して、仙境富士を仙女かぐや姫の本拠とする見方を定着させたのだった。こうした竹取説話は、神仏としての富士山への信仰を背景に、かぐや姫を富士浅間大菩薩として位置づける富士山縁起にも応用され展開をみせてゆく（参照：「富士山の古典文学」『山梨学院生涯学習センター研究報告（やまなし学シリーズ⑨）』第二十九輯・二〇一六年三月、本書Ⅰ序論）。

他方、和歌においては、富士の煙に恋思を託して詠む類型が脈々と受け継がれていったことは、室町時代前期の第十九勅撰和歌集『新拾遺和歌集』（二条為明、頓阿撰・一三六三年）所収の恋歌からもうかがえる。

富士の嶺（ね）や燃えつつ永遠（とは）に歎（なげ）きてもならぬ思ひの果てぞ悲しき

（巻十一・恋一・九八二・藤原為氏（ふじわらのためうじ））

〔現代語訳〕永遠に燃え続ける富士の高嶺とでもいうのだろうか、嘆き続けても成就することのない恋の結末のなんと悲しいこと

神代（かみよ）より煙絶えせぬ富士の嶺は恋ひや積もりて山と成るらむ

（巻十一・恋一・九八九・素暹法師（そせんほうし））

〔現代語訳〕神代の昔から絶えることのない富士山の頂は、恋心が積もり積もってあんなにも高い山となったのだろうか

右二首をはじめ、勅撰集に載る富士の煙の歌には「寄山恋（やまによせるこい）」「寄煙恋（けむりによせるこい）」といった題をもつものが多い。富士山の噴火・噴気の実態の如何にかかわらず、和歌においては、富士の煙は「永遠（とは）に」「絶えせぬ」恋思の火が立てるものとして詠む定式が守られたのである。

室町時代中期に編纂された最後の勅撰和歌集『新続古今和歌集』（飛鳥井雅世撰・一四三九年）にも、富士の煙を詠む恋歌が五首収められている。そのうちの一首、

富士の嶺に煙も雪も年ふりて消えぬ思ひの程ぞ知らるる　（恋一・一〇九四・源雅言）

〔現代語訳〕富士山頂の煙も雪も、年を経てなお消えることがないのを見ると、私の思いもまた、消えることはないと思い知らされる

は、煙とならぶ富士山の定型的景物である雪をあわせ、消えることのない思いを形象した詠である。作者源雅言は鎌倉時代後期の公卿で、彼が宮廷社会に生きた時代は、『古今和歌集』仮名序注を中心に竹取説話が多様に変容し始めた時期でもあった。「年ふりて消えぬ思ひ」という表現は、富士山にやどるかぐや姫への永遠の思慕を表しているようにも読める。

さらに、不変の情熱を富士の煙になぞらえる発想の歌という点で、次の一首も見逃せない。

半天になすなよ富士の夕煙立つ名に替へて思ふ我が身を　（恋四・一三五六・足利義教）

〔現代語訳〕中天に消えゆく富士の煙のように、噂が立つだけで終わってくれるな、私の思いは本物なのだ

作者は、室町幕府の第六代将軍足利義教（一四二八〜一四四一年）。後花園天皇の勅撰である『新続古今和歌集』は、彼の執奏によって撰進された歌集であった。義教は、その人となりの苛烈さから悪御所と恐れられた将軍として知られるが、右の一首では、中途半端な関係で終わる意の「半天になす」の「半天」に空の真ん中の意を重ね、なおかつ、煙と名（評判・名声）の双方に「立つ」を掛けるかたちで燃える思いを詠んでいる。万葉の昔から「夕」は、恋心がひとしお掻き立てられる時間帯とされ、多くの恋歌に詠まれてきた。「夕煙」とはつまり、刻々と移ろう夕陽に映えてひときわ燃えあがる恋思の表象ということになる。

竹取説話の援用による富士の煙の由来を継承してきた二条派の歌風を重んじる義教は、富士の煙を詠んだ古歌を熟知したうえで、夕煙に託す恋歌を仕立てたのだろう。富士山は、熱い思いを秘めて聳立する霊峰と見られた。永享四（一四三二）年に催行された大規模な富士山遊覧が、当時の鎌倉公方足利持氏に対する政治的牽制であったとされることを考え合わせると、この歌の「思ひ」には、自らの権勢に関する意味深長な含みが込められているとも読めようか。富士の煙を、秘めたる熱い思いになぞらえることは、中世の和歌世界においても、鞏固な伝統として受け継がれていったのである。

8　かぐや姫から木花開耶姫へ

　富士の煙に恋思をなぞらえて詠むことの由来譚の中で山頂に消えたかぐや姫が、富士山の神とみなされ信仰の対象ともされたのは、イメージの必然といえるだろう。そのかぐや姫が次第にその座を退いていったのは、江戸時代に入ってからである。文献の記述としては、江戸時代初期の林羅山（はやしらざん）（一五八三〜一六五七年）による『丙辰紀行（へいしんきこう）』（十七紀初頭）に、「いつぞや相国（しょうこく）の御前にて、三島と富士とは父子の神なりと、世久しく言ひ伝へたりと沙汰（さた）ありければ、さては富士の大神をば木花開耶姫（このはなさくやひめ）と定め申さば、日本紀のこころにも協（かな）ひ申すべきなり。竹取物語とやらんにいへるかくや姫は、後の代の事にてや侍らん」とあるのがその早い事例である。『丙辰紀行』は、武蔵野から大津までの名所に伝わる地名由来や伝承、ゆかりの漢詩（自作を含む）などを簡潔につづった東海道名所・旧跡案内というべき作品で、富士の神を木花開耶姫と記した右の一節は、「三島」の項にみえる。

　羅山の見解はこうである。あるとき、「相国」（家康）の御前で、三島の神である大山祇神（おおやまつみのかみ）と富士の神とは父子だとする言い伝えの正統性が認められたが、そのことをふまえて富士の神を大山祇神の子木花開耶姫とすれば『日本紀』の記述とも合致する。巷間に伝えられるかぐや姫は、そもそも神代よりずっと後の『竹取物語』に登場する人物なのであるから、それを富士の神というのは適切でない――。木花開耶姫は『古事記』『日本書紀』に記される天孫ホノニニギの妻で、初代天皇神武（じんむ）の祖母にあたる女神と記されることから、系譜的優位性の点でも富士山の祭神に相応しい神とみなされたのであろう。

木花開耶姫を駿府の浅間神社の祭神とする記述は、『集雲和尚遺稿』（江戸時代前期の臨済僧集雲守藤（しゅううんしゅとう）の遺稿集。家康の命で駿府に赴いた）の慶長十九（一六一四）年条や、元和四（一六一八）年の鹿島神宮の神名帳（大宮司家蔵）にもみえるとされ、（参照：近藤暁子「富士の祭神とその本地―浅間神と大日如来の造形について―」〈山梨県立博物館企画展図録『富士山―信仰と芸術―』二〇一五年九月〉）。富士山の祭神がかぐや姫から木花開耶姫へとシフトしたのは江戸時代初頭以降と思しい。

神仏混淆による神社の縁起譚を糺すために著した『本朝神社考』（十七世紀中頃）においても、羅山は、富士浅間の神をかぐや姫とする説を誤謬と斥けている。家康・秀忠・家光・家綱の四代にわたる徳川将軍の侍講を務めた朱子学派の儒学者である羅山は、武家諸法度の制定や典礼の整備、外交文書の作成などを職務とし、歴史書の編纂・古典の校訂・注釈も行なった。当時の思潮における羅山の影響力からすると、富士の神すなわち木花開耶姫とする彼の主張が、結果的に、富士の煙にまつわるかぐや姫幻想をフェードアウトさせてゆく契機となった蓋然性は高いと思われる。

江戸時代を通じて隆盛した富士講（宗教行為としての富士山への集団登山を重視する民間信仰）において、木花開耶姫を富士山の祭神として崇める信仰が庶民に広く受け入れられてゆくのと入れ替わるように、和歌の表現世界で生まれたかぐや姫のロマンスは、富士山の抱える記憶の奥深くへと沈潜してゆく。それでも和歌においては、たとえば、江戸前期の古典学者であり歌人でもあった契沖が、「天乙女恋ひぬ富士の嶺煙立ち昇るや何の下に燃ゆらむ」〔天女を恋い慕って立ち昇り始めたという富士の煙は今もある。いったいどんな思いを内に燃やしているというのか〕（『詠富士山百首和歌』）といった歌を残しているように、富士山にかぐや姫を思う心はなお生き続けたのである。

山頂から煙が立たなくなって久しい時が流れても、富士山の内部では、恋思の火が燃え続けているのだろうか。天に接するこの山は、この世の人々の想念も情念もそっくり受けとめながら、今なお孤高の麗姿を私たちに見せてくれている。

三　僧道興の和歌と修験
――『廻国雑記』を中心に――

1　僧道興の『廻国雑記』

本山派修験の総本山である京都聖護院（しょうごいん）の第二十四世門跡（もんぜき）であり、園城寺長吏・熊野三山ならびに新熊野（いまくまの）の検校（けんぎょう）を勤めた道興（どうこう）は、日本各地の霊地霊山を訪れては山林を抖擻（とそう）し、過酷な行に身を投じた天台僧であり、和歌・連歌・漢詩をよくし、歌学にも通じた歌人でもあった彼が、文明十八（一四八六）年六月から文明十九（一四八七）年五月までの約一年間（道興五十六歳から五十七歳にかけて）にわたり、北陸から東国・奥州に及ぶ広範囲の行脚を決行し、旅中で詠吟した和歌・漢詩・発句・連句・和漢連句を旅の感懐とともに綴った紀行が『廻国雑記（かいこくざっき）』である。

永享二（一四三〇）年、関白近衛房嗣の子として生まれた道興は、門跡寺院（皇族・貴族の子弟が出家して居住した、格式の高い寺院）のひとつである聖護院に入り、全国の熊野修験に属する寺院を統轄する検校職を勤めて大僧正となり、准三后の地位を与えられた（寛正六〈一四六五〉年）。道興はその半生において、旺盛に諸国巡礼を重ねた。文正元（一四六六）年七月、道興三十六歳の年に行なった畿内諸国を中心とする廻国巡礼を皮切りに、十月には丹波・播磨に巡錫、十一月には紀州那智での参籠修行に赴いたことが、道興の弟近衛政家の日記『後法興院記』（『続史料大成』5・6所収）に記されている。

このときの那智参籠中、応仁元（一四六七）年に応仁の乱が勃発するも、道興は応仁二（一四六八）年七月までの約二年間にわたってそのまま熊野大峰での修行を続けている。山中を駆け、滝に打たれ、洞窟に籠もって経典の読誦写経を行なうという厳しい行を道興は生涯で四度修し、『廻国雑記』の旅を経た後には、西国巡礼の旅にも出ている（明応二〈一四九三〉年）。

道興がたどった『廻国雑記』の旅の道程は以下の通りである。

都を立った一行は、近江国・若狭国を経て北陸道を辿り、白山（加賀国）ならびに立山（越中国）を相次いで禅定（登頂）、越後国府の長松寺を経て上野国大蔵坊に滞在し、下総国に向かう。上総国・安房国の寺院・名所を巡歴した後、舟で相模国三崎に上陸し、鎌倉に暫時滞在。再び下野国に向かい、九月には日光山（二荒山）に登拝する。当地の中禅寺・座禅院・粉川寺などに逗留した後、常陸国筑波山を参詣し、再び下総国を経て武蔵国・相模国の寺社を巡った。駿河国の富士山南麓にある修験の拠点村山三坊では、富士山の雪に足を踏み入れている。そこから相模国足柄山を経、再び武蔵国に戻った一行は、十二月、川越の大塚十玉坊を訪れ、そこを拠点に在地の僧侶・武家らと交流しつつ越年。ここでは、和歌や発句（連歌）のほかさかんに漢詩も詠んでおり、なかには父近衛房嗣（近衛前関白殿下）から届いた書簡に感銘を受けての詩もある。

明けて文明十九（一四八七）年新春、紅梅がほころぶ頃に甲斐国へと出立。甲州街道をたどって甲斐国中に入り、ゆかりある寺院や武田氏関係の邸宅を歴訪して、二月中旬には富士北麓の吉田に向かい、富士山詠を残した（第四節後述）。

その後、一行は武蔵国から陸奥国へと歩みを進め、白川の関を経て陸奥国に至り、末の松山・宮城野・塩釜の浦といった歌枕で詠歌を重ねつつ、名取川を詠んだ二首を最後に本作は閉じられる。

2　旅の目的　その一――熊野検校として

熊野三山検校である道興が、東国各地の霊場や聖護院配下の寺院・院坊を直接訪れたことは、熊野修験の実態把握と聖護院の権威を高めることに大いに資したとされる。[1]　武蔵国大塚の十玉坊に二ヶ月近く滞在した後、そのまま陸奥国には向かわずに、甲斐国へと進路をとり、点在する主要な修験の拠点を巡歴しているのも、熊野修験の領袖として現地を視察・掌握する目的があったと考えられる。

甲斐国の守護大名である武田氏が、すでに南北朝時代から聖護院の管掌する先達らによって熊野参詣を行なっていたことは、『住心院文書』によって知られる。『住心院文書』とは、聖護院の院家（いんげ）先達として全国の本山派に属する年行事・准年行事・同行などの山伏たちを統轄した天台宗寺院住心院に伝わる古文書の総称である。(2)そこには、たとえば法輪院良瑜が聖護院の院(3)家寺院であった住心院(4)の豪猷(5)に宛てた次のような書簡（康応元〈一三八九〉年と推定。二月十一日付）がある。

甲斐武田一族并被管仁（ママ）等、熊野参詣先達職之事。有子細令申門跡（覚増親王か）候。早可被引導候也。先々若雖参差事候、不可及沙汰候。謹言

右によれば、康応元（一三八九）年二月十一日に、豪猷は甲斐国の武田一族と被官人等の熊野参詣先達職を法輪院良瑜から安堵（承認）されたようだ。南北朝時代末期には、甲斐国の武家による熊野参詣が始まっていたことや、その際の先達を聖護院・住心院配下の修験者（山伏）

が務めていたことがわかる。同じ年（康応元〈一三八九〉年）の三月二日付の「甲斐国武田氏熊野参詣交名写」には、「甲斐国武田後室并伴仁」として、次のような参詣者リストがみえる。

法名理晋　判　　比丘尼全貞　判　　比丘尼真宗　判　　源氏女明心　判　　源氏女阿古　判　　源氏女大原　判　　竹田源蔵人春重　判　　栄仲　判　　越後女　判　　先達法印豪猷　判

署名しているのは武田氏の後室とその供人らで、こうした婦人たちの熊野参詣先達職も豪猷が務めていた。

さらに道興が生きた時代の書簡である「熊野参詣先達職安堵状」（寛正六〈一四六五〉年四月十四日付）には、住心院第六代公意が勝仙院の弁僧都厳尊に先達職を安堵したことが記されている。(6)

甲斐国武田・逸見・跡部輩熊野参詣先達職事。有御契約之仔細上者、永代可被知行候也。謹言

道興が聖護院門跡を務めていた頃、甲斐国の武田氏・逸見氏・跡部氏などの武家が熊野参詣を行ない、聖護院とその傘下にあった住心院・勝仙院が熊野先達を統轄していたことを、こうした史料からうかがい知ることができる。道興にとって生涯一度の東国巡歴の行程に甲斐国が入ったことの背景に、南北朝時代からつながりをもってきた甲斐国の修験者や関係する寺院、武家に接見し、権威を示す機宜と判断されたことは想像に難くない。

3　旅の目的　その二 —— 歌人として

他方、『廻国雑記』の旅の目的を考えるにあたっては、道興が京洛歌壇に身を置いた歌人であったことにも目を向ける必要がある。

道興が出生した近衛家は、当時の公家文化の中心的な存在であり、道興の父房嗣やその跡を継いで関白太政大臣となった政家（道興弟）が、応仁の乱の戦火を逃れて疎開した宇治や奈良においても月次の歌会や連歌・和漢聯句の会、また遊覧や蹴鞠などの行事をさかんに催していることが、政家の日記『後法興院記』の記録から知られる。たとえば、応仁の乱が勃発した応仁元（一四六七）年十月大の記事に「京方、有㆓火事㆒。相国寺云々。今日有㆓大合戦㆒云々。東山方亦有㆓火事㆒。」とされるのと並んで、「参㆓平等院㆒令㆓遊覧㆒」とあり、以後、身を寄せることとなった宇治で「是日和歌会」（十一月二十八日）を皮切りに、和歌会・月次歌会が頻繁に開催されている。応仁元（一四六七）年から文明九（一四七七）年の十年間にわたって繰り広げられた戦乱のさなか、後花園院・後土御門天皇や将軍足利義政・義尚父子がさかんに歌会・歌合を催しているように、当時の公武家の和歌熱は、彼らが政治的な混乱や対立の激化する現実に直面するごとに、むしろいっそうの高まりを見せていったようにみえる。和歌や連歌に打ち込むことは、都に地盤を築いてきた公家や武家たちにとって、宮廷文化の雅な伝統につながり、自らの存在理由（レゾンデートル）を確かめることでもあったかのごとくである。道興もまた、若くして「詠百首歌」をものし、近衛邸をはじめ内裏や将軍家で催行される歌会・歌合・連歌の席に名を連ねた京洛歌壇の歌人の一人であった。

いま、井上宗雄氏が作成した「室町前期歌書伝本書目稿」(7)に拠って、文明十（一四七八）年から十六（一四八四）年にかけて催された歌会・歌合のうち道興が参加したものを摘出すると、以下のとおりとなる。

1．文明十（一四七八）年二月三日「北野社法楽百首続歌」
2．文明十二（一四八〇）年九月十九日「細川道賢十三回忌品経和歌」
3．文明十三（一四八一）年二月・八月・十二月各十八日「内裏月次」
4．文明十四（一四八二）年正月十八日「内裏月次始」

5．同年六月十日「将軍家百番歌合」
6．同年閏七月二十六日か「将軍家十五番歌合」
7．同年八月十一日「将軍家千首」
8．文明十六（一四八四）年九月二月「公夏勧進品経和歌」

これら公式の歌会・歌合ばかりでなく、近衛関白家において催された和漢連句連歌や歌会[8]にも道興はしばしば列席しており、三条西實隆の日記『實隆公記（さねたか）』にも近衛邸での「和漢会」について「関白、聖護院准后、右相府、園宰相、其外家僕等、済々来会」との記事がみえる。また道興は、『古今和歌集』や『拾遺和歌集』の書写も行っている[9]ほか、平安時代末期の歌人顕昭による歌学書『袖中抄』を抄出した歌書『袖中最要抄』の書写も手掛けていることが、吉野朋美氏によって、翻刻・略注とともに報告されている[10]。これらの事実は、道興が、当代の京洛歌壇の一角を占める文化人として活躍していたことを伝えていよう。

修験の霊場や社寺の巡歴を主軸としながら、紀行作品としての『廻国雑記』は、旅の行程ではできる限りの歌枕を訪れ、それぞれの地で詠んだ詠作の記録がむしろ主体となっている。高橋良雄『廻国雑記の研究』[11]によれば、この旅で道興が訪れた歌枕は、大原・三方・敦賀・白山・鳥川・浅間の嶽・武蔵野・古川・富士・野島ガ崎・鎌倉・佐野の船橋・日光・黒髪山・桜川・

筑波山・みなの川・つくば川・まつち山・隅田川・忍の岡・鶴ガ岡・箱根・田子の浦・富士の鳴沢・三保の浦・浮島ガ原・足柄山・霞の関・堀兼の井・塩の山・差出の磯・利根川・白河の関・浅香の沼・浅香山・阿武隈川・武隈の松・末の松山・宮城野・松島・雄島・籬ガ島・塩釜の浦・つつじガ岡・名取川の計四十六ヶ所で、これらの地を読んだ歌は七十一首にのぼり、道興詠の所収歌三四二首のうち約二割を占めているという。その他の歌も、多くが地名を読み込んだもので、『廻国雑記』の道興の旅とは、歌ということばの道標を建てる旅であったという感さえある。

事実、『廻国雑記』の記述内容は、修験の霊場巡りを旅の基軸としつつ、修行の実態や各地の修験者の動向に筆が及ぶことはほとんどなく、訪れる先々での人々との交流や、その地にちなむ詩歌の詠作の記録に終始している。たとえば、白山禅定の際の一節には、

白山（しらやま）禅定し侍りて、三の室に至り侍るに、雪いと深く侍りければ、思ひつゞけ侍りける、

白山の名に顕れてみこしぢや峯なる雪の消ゆる日もなし

とあり、古来仏道修行の霊場とされた北陸の名峰白山（標高二七〇二m）にどのように登頂したか、山容はどのようであったかなどについては描写がなく、嶺の雪に言及するばかりである。

白山の雪への関心が、『古今和歌集』の羇旅歌「消えはつる時しなければ越路なる白山(しらやま)の名は雪にぞありける」（巻第九・四一四・凡河内躬恒）に因ることは、歌の詞句から明らかであろう。こうした古歌・名歌を本歌としてふまえ、歌枕を実見した感慨を詠歌によって記録することに重きを置き、修験者としての視点は背後に潜められているという述作態度は、本作全体に認められる。道興が訪ねた先掲の歌枕四十六ヶ所のうち、白川の関以北の奥州十三ヶ所の歌枕を含む行程（文明十九〈一四八八〉年三月以降）に修験の霊場はなく、ひたすら歌枕を巡歴する旅となっていることも留意される。紀行執筆の企画と表裏する旅の動機に、遠国の歌枕を実見し実作に生かすという歌人としての意識があったことは疑えない。

注目されるのは、本作所収歌に、在地の人々から歌や発句を「所望」されたのに応じての詠作が少なくないということである。たとえば下総国稲穂では、

ある少人の許より、暮秋紅葉といへる題をたびて、歌よみてと侍りしかば、その使ひをまたせて、

帰るさを思ひたつ田の秋とてや山も錦のをりをしるらむ

とあるように、別当の坊の「少人（稚児）」からの題詠の要望に応えて一首を詠み、また武蔵

国川越里では、

此の里に月よしといへる武士の侍り。聊連歌などたしなみけるとなむ。雪の発句を所望し侍りければ、言ひつかはしける、

庭の雪月よしとみる光りかな

と、連歌百韻興行のための発句を「月よしといへる武士」から請われ、これに応え贈っている。武蔵国の山家（十玉坊）では、老僧に求められて扇の画賛と和歌を進呈した。

かの老僧扇の賛を所望し侍りき。かの絵に、山路に雲霧を分け侍る行人、橋に行きかかりたる所、

同遊相引歩徐々　靄霧阻レ山前路虚

独木橋辺人不レ見　松間鐘勤（動）夕陽初

同じ心を和にて書きそへ侍りける、

山もとの村の夕暮ことゝへばまだ程遠し入あひの声（かね）

こうした「所望」に応えての詠作は、もとより社交的な目的に発するものであっただろうが、在地の人々にとっては、貴重な教示とも記念とも受け取られ、長く記憶されることとなっただろう。道興に詠出を求める東国各層の期待と熱意は、都の和歌文化が、東国各地に定着・浸透していることの証左でもあった。和歌や発句といった文芸が遠国にまで根を広げ享受されている実態を著述として残し、証立てる行為は、時の天皇家・将軍家とも深い親交をもっていた歌人道興の旅を貫く理念でもあったと考えられるのである。

4　『廻国雑記』の和歌 ―― 富士山詠を中心に

北陸・東国・奥州の霊場を経廻りながら歌枕を実見し、それらを題材に詩歌を吟詠しつつ、在地の人々と交流を果たすことは、道興のような廻国修験の僧侶にこそ可能な体験であった。修験者であり歌人でもあった道興の紀行作品としての『廻国雑記』の特質を、ここでは、富士山詠三首をとりあげて掘り下げてみたい。

まず一つめが、文明十八（一四八七）年十月に訪れた武蔵国岩つき（埼玉県岩槻市）での詠である。本文には、「岩つきといへる所を過ぐるに、富士のねには雪いとふかく、外山には残んの紅葉色々にみえければ、よみて同行の中へ遣しける」という前文に続き、次のような歌が記されている。

　ふじのねの雪に心をそめてみよ外山の紅葉色深くとも

裾野に近い山々の紅葉と対照的な富士山頂の冠雪の白に心を染めよとの独創的な表現は、古来の白色に対する神聖感とともに、富士山頂がしばしば八葉（八つの花弁）の蓮華になぞらえられたこととも関わっているだろう。富士山の頂を蓮の花とみる観念は、はやく、鎌倉時代後期の臨済僧虎関師錬（こかんしれん）が富士登頂を果たした際の漢詩の詞句「雪貫㆓四時㆒磨㆓璧玉㆒　岳分㆓八葉㆒削㆓芙蓉㆒」（芙蓉はハスの花を指す）にみえ、十五世紀初頭に玄棟が著した説話集『三国伝記』に「峯ハ冥シテ㆓円頓ノ実相㆒ヲ顕セリ㆓三蜜同体ノ理㆒ヲ。八葉白蓮ノ霊岳、五智金剛ノ正体也」（第三十富士山事）、さらに、『廻国雑記』と同時代の十五世紀末頃に成立した説話的雑纂書『塵荊鈔（じんけいしょう）』に「其形合蓮花ニ似テ頂上ハ八葉也」（第十一）とあることなど、室町時代後期の仏教者たちには周知のイメージであったと思しい。

第二・三句の「心を染む」も、仏教語「染心（ぜんしん）」をふまえた語とみられる。ただし、仏教語としての「染心」が「性欲、利欲などの煩悩にけがれた心」（『日本国語大辞典』）を表すのに対し、この歌では、俗世の煩悩を思わせる華やかな紅葉と対比的に、清浄無垢の仏性の喩である白蓮華に富士山頂をなぞらえ、その白雪に心を染めることを、煩悩を離れる意に用いている。あるいは、漢詩もよくした道興は、盛唐の詩人孟浩然が詠んだ「看二取蓮花浄一　方知二不染心一」（題義公禅房）という詞句を念頭に置いていたとも考えられよう。第三句「染めてみよ」には、同行の修行者らに向けられたものであるとともに、自身への戒めの語気がこもっていようか。

二つめの歌は、村山（静岡県富士宮市）にある富士山修験の登拝口（村山三坊）を訪れた際の、富士山の雪についに足を踏み入れた感激を詠んだ一首である。

よそに見し富士の白雪今日分けぬ心の道を神にまかせて

富士の神に導かれ、仰ぎ見続けてきた富士山の麓についにやって来たこと、なかんずく、その神聖性を象徴する雪に直接触れたことへの格別の感慨が、ここでは「よそに見し」という過去と「今日分けぬ」という現在の対比によって表現されている。村山もまた、富士山を霊場とする修験道の拠点となった地であり、末代上人に縁起をもつ大日如来が祀られていた。

三つめとして、翌文明十九（一四八八）年二月に訪れた甲斐国吉田で、涅槃会（二月十五日）の夜の富士山を入滅した釈迦になぞらえ、次のように詠んだ歌がある。

きさらぎやこよひの月の影ながらふじも霞に雲隠れして

富士北麓の富士山信仰の拠点であった吉田には、現在も北口本宮富士浅間神社をはじめ富士山を祀る神社が数多く存在している。右の歌が詠まれた陰暦二月十五日はちょうど釈迦如来が入滅した日に当たり、各地の寺院では涅槃会が伝えられてきた。室町時代後期の年代記『勝山記』文明十九（一四八七）年丁未条に「聖護院甲州・武州へ下、関東乃至奥州マテ下リ玉フ」[12]との記述がみえ、道興の来臨が、当時の人々には明記すべきことと据えられていたことがわかる。

当夜はあいにく月も富士山も霞に隠れていた。富士山詠の定番である月との取合せを実見できなかったことを残念がるようでありながら、道興はむしろ、釈迦と月と富士山とが「隠る」という語を介してつながった偶然に興を感じたらしい。結句「雲隠れ」は貴人の逝去を意味する語だが、鎌倉時代中期の歌人藤原為家（ふじわらのためいえ）が、正嘉元（一二五七）年に蓮生（れんじょう）（宇都宮頼綱）の八十の賀を祝って詠んだ「常にすむ世のことわりも如月や今日望月の光にぞ知る」（『為家集』下・一五四三）や、鎌倉時代末期の伏見天皇が詠んだ「如月やなかばの春のこのごろに月と花との盛りをぞ見る」（『伏見院御集』花・五八七）など同趣の先行歌と較べると、道興歌が、景（「こよひの月」と「ふじ」）と言葉（「雲隠れ」）の符合に触発された、着想本意の詠であることがわかる。あるいは、天台教学における胎蔵曼荼羅の中台八葉院の外側に位置づけられる釈迦院を念頭に置いたとの可能性もあるが、むしろここで想起されたのは、鎌倉時代初期の出家遁世者による先駆的規範的紀行『海道記』の、「霊山といへば、定めて、垂迹の権現は釈迦の本地たらんか」という富士山についての一節とみるべきかもしれない。道興にとって富士山は、求道者としての道心を顧みさせる特別な霊山であった。旅の路次、この山を仰ぎ見るたびに詠出されたこれらの歌が、そのことを浮き彫りにしている。

5　詠歌と道心

地名を中心に掛詞を構え、古歌に目配りしつつ即時的に詠歌するという道興のスタンスは本作全編に一貫し、地名からの着想や機知、詠作方法への関心の傾きを示す一方で、道興の旅の核心に道心が据えられていたことを垣間見せた歌として、甲斐国で詠まれた次のような一首があることも見逃せない。

是より七覚山といへる霊地に登山す。衆徒山伏、両庭歴々と住める所なり。暁更に至る迄、管弦酒宴、興を尽し侍りき。宿坊の花やう〱咲き初めけるを見て、

蕾枝の花も折知るこの山に七の悟り開きてしがな

「七覚山といへる霊地」とは七覚山円楽寺（山梨県甲府市）のことで、甲府盆地と駿河国を結ぶ中道往還の沿道に数々の大規模な堂宇が構えられていたと伝えられる。当時この寺院は、すなわち柏尾山大善寺とともに甲斐国における「修験ノ渠魁（首領）」（『甲斐国志』巻之九十二）、すなわち修験の本拠とされた。前文に記されるような寺域の規模や賑わい、道興に対する歓待ぶりからも、その隆盛のさまがうかがえる。

このとき、道興らの到着を待ち受けていたかのように円楽寺では桜の花がほころび始めた。その慨嘆と喜びを、「蕾」の縁語「開く」を掛詞（花が開く意と悟りを開く意）として詠んだのが右の一首である。第四句「七の悟り」は、七覚支を指し、当寺の山名はこの仏教語に由来する。この歌で道興が「七覚支」をキーワードに詠じたことは、もとより円楽寺への敬意に発するものであるとともに、一首の主景である「花」すなわち桜花が、古の修験者たちの道心を想起させたことも発想の契機となったと推察される。

念頭に置かれたと考えられるのは、まず、平安時代中期の花山院（九六八〜一〇〇八年）による次のような歌である。

木のもとをすみかとすればをのづから花見る人になりぬべきかな

（『詞花和歌集』巻九・雑上・二七六）

即位後二年足らずで退位し出家した花山院（花山天皇）が、失意を抱えて身を投じた熊野那智での参籠修行中、山桜の花を見て詠んだと伝えられる一首で、俗世間を離れ山中での厳しい行にうちこむ身でありながら「花見る人になってしまいそうだ」と告白する下句には、風雅への執心をなお断ち切れぬ業と、深々とした孤独が滲んでいる。

後年、修行のためにこの地を訪れた平安時代後期の行尊（一〇五五～一一三五年）は、花山院の歌をふまえて、

もろともにあはれと思へ山ざくら花よりほかに知る人もなし

（『金葉和歌集』巻九・雑上・五二一）

と詠んだ。彼もまた、大峰の「生の岩屋」で詠んだ「草の庵なにつゆけしと思ひけん漏らぬ岩屋も袖はぬれけり」（『金葉和歌集』巻九・雑上・五三三）などの歌で知られるように、熊野大峰での入嶺修行をはじめ、諸国行脚の苦行を重ねた公家出身の歌人僧であった。

さらにまた、平安時代末期の歌人西行（俗名佐藤義清・一一一八～一一九〇年）も、那智参籠中に花山院ゆかりの桜を拝した感慨を、次のような歌に詠んでいる。

木のもとに住みける跡を見つる哉那智の高嶺の花を尋て　（『山家集』上・雑・八五二）

花山院ゆかりの庵の傍らに立つ「年古りたる桜の木」（詞書）は、孤独な修行者たちと心を通わせ名歌を生むよすがとなった聖なる桜であった。

七覚山での桜花との僥倖を喜ぶ道興歌には、孤独な修行に耐えつつ歌を詠んだ古の歌人たちへの尊敬と憧憬が見え隠れしている。彼らが皆、熊野大峰を修行の場とした修行者であったことも、彼らへの尊崇の念をあらためてかきたてたであろう。この歌は、仏道と歌道に専心した先人たちの精神的系譜に連なろうとする道興の心根を、七覚山の桜花に託して表現した歌となっているのである。

鎌倉時代中期の禅僧無住道暁（一二二七～一三一二）は、和歌の詠作にうちこむことが仏道を修すための徳行となることを、その著書のひとつである仏教的説話集『沙石集』（巻第五）において縷々説いている。

これを案ずれば、世務を薄くし、これを詠ずれば、名利を忘る。事に触るる観念、折に従ふ修行、進みやすく、忘れがたし。飛花を見ては、無常の風の逃れがたき事を知り、朗

月に臨むでは、煩悩の雲の掩ひやすき事を弁ふべし。　（巻第五末ノ六）

冒頭で「これ」と言われているのは和歌を指し、和歌を詠ずれば世間的な名利を離れて修行が進みやすくなることから、和歌を詠むことは悟りを得るための方便となるというのである。

和歌とはすなわち仏法の真理を凝縮した呪文である陀羅尼にひとしく、「仏の詞」でもあるという無住の理念を、二百年後の道興が学んだという確証は得難いが、花山院・行尊・西行ら修行僧歌人を念頭に置いての詠や、青年期から老年期に至るまで仏道修行と並行して和歌・連歌などの文芸に携わり続けたということは、無住が唱えたような道心と詠歌への追究心を一如と捉える観念が、道興のような修行僧歌人にも確固たるものとしてあったことを示しているのではないだろうか。道興にとって、歌を詠み続けることはすなわち仏道を窮めることに通じ、旅は一期一会をこころに刻む修行であった。『廻国雑記』とは、熊野修験の領袖としての道興と京洛歌人としての道興、それぞれの担った使命が合致したところに成立した紀行作品であるということができるだろう。

注

（1）和歌森太郎『修験道史研究』第三章第一節（一九七二年・平凡社）／宮家準『修験道　その歴

史と修行』第二章（二〇〇一年・講談社学術文庫）

（2）首藤善樹・坂口大郎・青谷美羽編『住心院文書』二〇一四年・思文閣出版

（3）南北朝時代の天台僧。二条兼基の子。園城寺長吏・熊野三山検校・四天王寺別当をつとめ、大僧正となった。

（4）首藤善樹『修験道聖護院史要覧』二〇一五年・岩田書院

（5）注（2）前掲書「解説」（一六四〜一六五頁）によれば、三条家の息で、三井修験の流れを汲み熊野参詣先達職を務めた僧正という。

（6）その後、住心院が保有していた甲斐国の先達は、応永年中に勝仙院の厳尊が買得している。注（2）前掲書「解説」一七三〜一七四頁参照

（7）井上宗雄『中世歌壇史の研究　室町前期〔改訂新版〕』（一九八四年・風間書房）所収

（8）「申刻許聖門被レ来、今夜可レ有二逗留一云々、入レ夜和漢連句連歌等各一折張行之」（『後法興院記』文明十一年十二月四日条）・「聖門、実門被レ参、有二御法楽御連歌一」（同文明十四年九月十九日条）など

（9）注（7）前掲書二一七頁／高橋良雄『廻国雑記の研究』（一九八七年・武蔵野書院）三九〜四〇頁／吉野朋美「東京大学国文学研究室所蔵『袖中最要抄』について」（『東京大学国文学論集』第二号、二〇〇七年五月）など

（10）吉野氏注（9）前掲論文のほか、「聖護院道興筆『袖中最要抄』の翻刻と略注（一）」（『中央大学文学部紀要　言語・文学・文化』第一〇五号・二〇一〇年三月、「聖護院道興筆『袖中最要抄』

の翻刻と略注（二）」（同上第一一一号・二〇一三年三月）・「聖護院道興筆『袖中最要抄』の翻刻と略注（三）」（同上第一一九号・二〇一七年三月）
（11）高橋氏注（9）前掲書三三頁
（12）『山梨県史　資料編6中世3上　県内記録』（二〇〇一年・山梨県）所収
（13）『総合仏教大辞典』（一九八七年・法蔵館）に、「三十七道品のうちの第六番目の行法。覚とはさとりの智慧を意味し、これらの七種の法はさとりの智慧を助けるから覚支という」とある。

※　本稿は、平成二十九年二月十八日、富士河口湖町中央公民館において開催された富士山世界遺産センター・富士河口湖町教育委員会主催平成二十八年度富士山総合学術調査研究シンポジウムにおける講演にもとづく。

四 契沖の和歌
——『詠富士山百首和歌』をめぐって——

1 学者契沖と歌人契沖

真言僧であり数々の古典注釈や仮名遣研究の著作を手掛けた契沖〔寛永十七〈一六四〇〉年～元禄十四〈一七〇一〉年〕の学問を高く評価した最初の言は、契沖の没後間もなく伝記をまとめた安藤為章(あんどうためあきら)[1]によるものであろう。水戸彰考館の寄人として『万葉代匠記』の編纂に関わり、後に契沖の門人のひとりとなった為章は、その随筆『年山紀聞』に収められた「円珠庵契沖阿闍梨行実」(『年山紀聞』元禄壬午〔元禄十五〈一七〇二〉年〕正月十一日)の前半部で、契沖が悉曇文字や漢籍に精通していたこと、日本紀をはじめとするあらゆる国書を読破していたこと、また「専好二倭歌一、博探二歌書一」(『日本随筆大成』第二期16所収より)すなわち和歌に専心していたことを記し、中盤では、水戸光圀（源義公）からの依頼で『万葉代匠記』を執筆するに至った経緯を、後半部では、契沖の業績の総括を述べている。為章は、計十三作に及ぶ契沖の著作【表1参照】を挙げ、仏教関係の著作も若干存することを特筆する。総じて「契沖行実」は、僧侶としてまた古典研究者としての契沖の偉業と人柄を讃える見方で一貫しているのだが、和歌に関しては「嗚呼師乎。歌学高深」と、契沖歌学で提示された見識の高さ・深さを讃嘆する一方で、「雖ㇾ然問ニ師之所ㇾ業。則釈氏之教也。倭歌則其余事也」とも述べ、契沖の学問の中心はあくまでも仏教思想に立脚した僧侶としての著述にあることを強調し、和歌はその余事であったという言でしめくくる。

表1　契沖の著作年譜

年号	西暦	年齢	著作	参考
寛文十	一六七〇	三一		下河辺長流『林葉累塵集』
延宝二	一六七四	三五		和泉国池田村万町の伏屋へ
六	一六七八	三九		妙法寺住職となる
九	一六八一	四二	『漫吟集』（自撰漫吟集・契沖延宝集）四月	下河辺長流『自撰晩花集』（長流延宝集）
天和三	一六八三	四四	『万葉代匠記』初稿本起稿『詠富士山百首和歌』	

貞享元	一六八四	四五	『妙法寺記』	
二	一六八五	四六	『源偶編』『正語仮字篇』	
三	一六八六	四七		長流、没。六三歳
四	一六八七	四八	『詞章正採抄』『万葉代匠記』初稿本成稿	
元禄三	一六九〇	五一	『万葉代匠記』精撰本成稿	円珠庵に隠棲
四	一六九一	五二	『和字正韻』『厚顔抄』	
五	一六九二	五三	『百人一首改観抄』『古今余材抄』『勢語臆断』	
六	一六九三	五四	『和字正濫鈔』成稿	
八	一六九五	五六	『河社』『和字正濫鈔』刊行	
九	一六九六	五七	『蜻蛉日記校本』『源註拾遺』（注釈部）『勝地吐懐編三巻本』この頃『拾遺集考要』『首書新撰菅家万葉集』刊行	似閑・若冲らに『万葉集』を講義
十	一六九七	五八	『類字名所補翼抄』『和字正濫通妨抄』『後拾遺集難評』「都氏文集」を書写（九月）『延喜式取要』『延喜式密門宝鍵』	
十一	一六九八	五九	『和字正濫要略』	
十二	一六九九	六〇	※若山栞刊行『富士百首』（竹風園蔵）奥書	
十四	一七〇一	六二		正月二五日、寂。六二歳

※右の年譜は、久松潜一『契沖』（一九六三年・吉川弘文館）所収「略年譜」ならびに同『契沖伝』（一九六九年・至文堂）所収「契沖年譜」をもとに作成した。

契沖の学問的業績に対する評価については、江戸中期の神道家・国学者・故実家であった多田南嶺の随筆『南嶺子』第八十七（寛延三〈一七五〇〉年）に、「大坂に契沖といへる人ありて、和歌の学に達し、万葉集代匠記、古今集余材集、百人一首ノ改観鈔、和字正濫、源中拾遺、川社、雑記、勢語臆談を始数部の書を著し、先達不勘の誤を正し、古人未発の義理を明にするに、旧文に徴を取、後学の亀鑑となす事多し。誠に千載の一人ならくのみ」とあるのが、早い時期の評として注目される。南嶺は、契沖の学問が革新的であったのは、語義・解釈を先行文献の事例を徹底的に博捜したうえで検証し正したことと、後学の模範となる点が多々あったことにあると述べ、徹底した博引考証を行なうという学問方法において傑出しているとする。その後に著した『秋斎間語』でも、「其人にはあらで傑出の才、時殊にして弟子とならざりし事くやむにいとまなし。日本開闢以来かゝる人まれにぞ。荻生先生、此人、和漢両論の才、たれか是を押んや」（多田南嶺『秋斎間語』巻一・三十七（宝暦三〈一七五三〉年刊））と記し、江戸の荻生徂徠と並ぶ「日本開闢以来」の「和漢両論の才」と契沖を評し、傑出した学才を讃えている。

他方、契沖の和歌研究については、「然るにたゞ万葉を以て主として、後世の歌を論ず。…（中略）…杜預に左伝の癖あり。契沖に万葉の癖あり。契沖は歌学の達人といふべし。歌道の達人とはいふべからざるか」（『南嶺子』）と、万葉偏重の態度を難ずる評言を提示している。万葉歌に準拠してあらゆる時代の和歌を論ずるのは「当時の風」（時代に固有の興趣）を顧慮しないものであるとして、契沖は歌学の達人ではあるけれども歌道の達人ではないとの見方を示すのである。

これらの評言からみてとれるのは、契沖の没後約五十年後の識者に、その学問の画期性が徹底した考証の方法にあると認知されていたこと、また、和歌の鑑賞や実作に関しては、評価の対象とはされていなかったということである。

契沖の和歌研究および歌業に対する評価という観点から、江戸時代中期の国学者本居宣長[4]の初期の歌論『排蘆小舟（あしわけおぶね）』（宝暦七〈一七五七〉年頃の執筆か）に記された次のような言も見逃すことができない。

[①]契沖師ハ、ハジメテ一大明眼ヲ開キテ、此道ノ陰晦ヲナゲキ、古書ニヨツテ、近世ノ妄説ヲヤフリ、ハシメテ本来ノ面目ヲミツケエタリ…（中略）…予サヒハヒニ此人ノ書ヲミテ、サツソクニ目ガサメタルユヘニ、此道ノ味、ヲノツカラ心ニアキラカニナリテ、近世ノヤウノワロキ事ヲサトレリ、コレヒトヘニ沖師ノタマモノ也、[②]シカルニ沖師ハ訓詁ニノミ力ヲツクシテ、歌ノヨミカタ風体ナトノ事ニ論ジ及ホサス、モトヨリ自分ノ詠歌モ、タヽ万葉時分ノ本来ノ体ノミ也、オシキ事也、故ニ沖師ハ道ヲシラズト云人アレド、サニハ

アラズ、沖師ノ云ル事、コト〳〵ク道ノ本意ニカナヘハ、道ニ明カナル人也、故ニ予此人ノ説ニヨツテ、始テ道ノ本意ヲサトレリ、③ヨツテ詠歌ハトヲク定家卿ヲ師トシテ、ソノオシヘニシタガヒ、ソノ風ヲシタフ、歌学ハチカク契沖師ヲ師トシテ、ソノ説ニモトツキテ、ソノ趣キニシタカフモノ也

（『本居宣長全集』第二巻所収・筑摩書房）

宣長はここで、①契沖は、中世以来の古今伝授を重んじる歌学の「妄説」を考証によって糺すという大きな功績を残した先学であるが、②その注釈にあたっては訓詁にのみ重点が置かれ、歌の詠み方や風体などについては論究されない、③それゆえ自分としては、詠歌の道（歌道）は定家を師とし、和歌の本意を明らかにする道（歌学）は契沖を師とする、と述べている。宣長自身の学びの拠って立つところを表明する趣旨の一節である。二十代の京都遊学中に、堀景山から借りたと思しい『百人一首改観抄』を読んで契沖学に開眼し、以後、宣長がその学問に深く傾倒したことはよく知られている。[5]『百人一首改観抄』は、契沖の高弟今井似閑の門人であった樋口宗武と堀景山が寛延元（一七四八）年に刊行した書で、景山自身も契沖の学問に私淑していた。景山を介して宣長は、学問形成のうえでの大きな影響を契沖から受けたということになる。契沖の学問に感化された宣長が憾みとするのは、歌の注釈において訓詁に重点が置かれるものの、歌の詠み方や歌風・情趣などには論及されず、自らの詠作も万葉風のものが多

いという点であった。契沖の古典研究が画期的かつ傑出したものであるという認識を、宣長もまた共有する者のひとりであったにもかかわらず、その歌業についてはほとんど触れていない。

後代の国学者らに受け継がれてゆく古典研究の方法を確立した契沖の、和歌研究（歌学）と和歌実作（詠歌）は、実際には表裏するかたちで展開された。事実、延宝九（一六八一）年に成立した『漫吟集』（『自撰漫吟集』『契沖和歌延宝集』[6]）を増補・改訂して成った『漫吟集類題』[7]に集大成されるような、六千首余りに及ぶ歌作をものした歌人としての契沖には、『契沖全集』第十三巻によれば、『四季出題和歌』『行かひ歌』『和歌唱和集』『詠百首和歌』『詠富士山百首和歌』『三十六人謌仙賛』『一題一首倭歌集』などにまとめられた和歌の著作も数多くあり、下河辺長流編『林葉累塵集』『萍水和歌集』などにも、契沖の詠が多く収められている。歌人契沖に対する最初の評者は、歌の師であり歌友でもあった長流であった。龍公美本『漫吟集』[8]には、長流による序が付され、契沖を万葉歌人の沙弥満誓や中世の西行・寂然といった歌人僧の流れを汲む者と位置づけたうえで、本作が契沖との共編であることと、「今より後、かのちにも、やまと歌にこころをえて、みることとあきらかならん人は、これを見あらはし、聞くことさとからん人は、これにおどろかざらめやは」と、和歌の真意を解する読者は、この家集から神来を得るであろうとの見解が開陳されている。

『万葉集』『古今和歌集』をはじめ、古典和歌に関する学問的業績が夙くから高く評価されてきた半面、和歌実作者としての契沖やその歌業については、なお論じ残されている点が多い。本稿では、『詠富士山百首和歌』という百首歌をとりあげ、その表現の特徴を検証することを通して、契沖の歌業の内実ならびに契沖の学問と和歌詠作との関係を考える糸口を探ってみたい。

2　『詠富士山百首和歌』について

『詠富士山百首和歌』（以下『詠富士山』）は、その名の表すとおり契沖の富士山詠を百首歌としてまとめた作品である。本作は『漫吟集類題』にも収められているが、契沖の生前に単独の著作としてまとめられ、没後たびたび刊行されていることがわかっている【表2参照】。

表2　契沖著作の刊行年次

年号	西暦	没後刊行された著作（和歌に関するもの）	参考
元文四	一七三九	『和字正濫鈔』刊	
延享五	一七四八	『百人一首改観抄』刊	寛延元年
寛延三	一七五〇		※多田南嶺（義俊）『南嶺子』
宝暦三	一七五三		※多田南嶺（秋斎）『秋斎間語』

天明二	一七八二	①『ふし百首〈詠富士山百首和歌〉』（岩瀬文庫蔵本）刊 龍公美筆写校訂『漫吟集』（四冊）刊	（岩瀬文庫蔵本・簗瀬一雄氏による翻刻が碧冲洞叢書第九十四輯に所収）
七	一七八七	『漫吟集類題』刊	※瀬下敬忠『長春随筆』（二十巻四冊本。下河辺長流序・龍公美の校刻本をもとに再編集された『漫吟集』）
寛政二	一七九〇		※伴蒿蹊『近世畸人伝』（五巻五冊）
四	一七九二	『勝地吐懐編〈勝地吐懐篇補註〉』刊	伴蒿蹊補注
九	一七九七	『河社』刊	※中川昌房『契沖事蹟考』
十一	一七九九	②『詠富士山百首和歌〈契沖法師富士百首〉』刊	寛政十一年版刊　契沖真蹟の模刻
十二	一八〇〇	③『詠富士山百首和歌』刊	
享和二	一八〇二	『勢語臆断』刊	
文政八	一八二五		※大田南畝『仮名世説』
天保四	一八三三	④『詠富士山百首和歌〈冨士百首〉』刊	
五	一八三四	『源註拾遺』刊	
七	一八三六	⑤『詠富士山百首和歌』刊	

※右の一覧は、久松潜一『契沖伝』（一九六九年・至文堂）所収の「略年譜」をもとに、『国学者伝記集成』第一巻（上田万年・芳賀八一校閲／大川茂雄・南茂樹共編・一九六七年・名著刊行会）を参照して作成した。

『国書総目録』「詠富士山百首和歌」の項には、別名として「富士百首・冨士百首和歌・契沖法師富士百首」とある。写本には、「富士百首」(貞享四年自筆・大阪円珠庵蔵)など五本があり、版本には、「天明二年版」(岩瀬文庫蔵版)、「寛政十一年版」(国会図書館他十四本)、「寛政十二年版」(関西大学蔵他二本)、「天保四年版」(東京大学蔵)、「天保七年版」(東北大学狩野文庫蔵他一本)などのほか、刊年不明版本も五本挙げられる。『契沖全集』巻第十三所収の本文の底本「西尾市立図書館岩瀬文庫蔵版本」ほか四つの写本・版本についての久松潜一氏による解説の概略は、以下のとおりである。

1．西尾市立図書館岩瀬文庫蔵版本(一七八二年)／版本・題簽「ふし百首」／高昶跋に「壬寅上元之日」(天明二〈一七八二〉年一月十五日)

2．妙法寺本／妙法寺蔵・写本・契沖自筆／天明二年版と歌順の違いはあるが、歌の出入りはない

3．元禄九年奥書本(一六九六年)／伝平瀬露香旧蔵・自筆本・所在不明／天明二年版と歌順の違いはあるが、所在不明のため歌の出入りについては確認できない／契沖による奥書あり

4．寛政十一年版本（一七九九年）／契沖真蹟の模刻／天明二年版と歌も歌順も同じ。多くの版本がこれと同版。刊行に際しての安田躬弦の一文、来歴についての村田春海の一文が付されている

5．寛政十二年版本（一八〇〇年）／契沖真蹟の模刻／契沖による奥書／天明二年版と歌順の違いはあるが、歌の出入りはない／若山栞による序、荒木田久老による跋が付されている

こうした書誌的情報から写本の流布・版本の刊行を概観すると、『ふし百首』（岩瀬文庫本・天明二〈一七八二〉年刊）以降、天明七（一七八七）年の『漫吟集類題』刊行を経て、寛政年間から天保年間にかけての時期に本作が広い読者層を得る作品となったことが知られる。『詠富士山』が、天明年間以降、人々に広く知られる作品となっていた状況を裏付ける資料のひとつとして、文政二（一八一九）年に刊行された『水無瀬殿冨士百首』の清水浜臣（しみずはまおみ）(9)による序の、次のような一文がある。

ちかき頃、歌人の家にもてさわぐ円珠庵阿闍梨の不二百首といふもの有けるにも、歌ごとにひとふしありて、詞巧にこゝろあたらしくよみ出られしものなれば、世のめでものにするもことわりぞかし。

（国会図書館本より翻刻。なお、原文の清濁を分かち、適宜句読点を付した）

『水無瀬殿富士百首』は、江戸時代前期の公卿水無瀬氏成（元亀二〈一五七一〉年～正保元〈一六四四〉年）の富士山詠百首をまとめたもので、これを目にする機会を得た浜臣によって刊行されることとなった。本百首歌には、伝統的な富士山詠を踏まえた詠作ばかりでなく、たとえば写し絵の富士山と実景とを比す発想の一連や、富士山と桜花を取り合わせる一連など、独自の詠み方による歌も少なくない。この書を入手した浜臣は、「阿佐里（阿闍梨）の百首は此中納言の百首を本にて是にならひてよませしにや有けむ」と、契沖の『詠富士山』はこの氏成の百首歌にならって成立したものと推測している。

寛政年間には、『詠富士山』は二度刊行され、寛政十一（一七九九）年版には、刊行に関する安田躬弦の文章と来歴についての村田春海の文章が、寛政十二年版には、若山棐による序文と荒木田久老による跋文が付された。「歌のしらへのをゝしきも、鳥の跡のみやびたるも」（躬弦）、「よくいにしへ人の筆のこゝろをまねひ得たる」「歌もおのつからひとつのすかたにておもふかまゝをいひつらねてこゝろいたらぬくまなきはめつらかなりといふへし」（春海）、「三名之綿かくろき墨つきの跡谷河瀬の鶴のたつ〳〵しからす、堀江に生るあしつぬのをかしきふし」（棐）などの言に示されているのは、『詠富士山』を、完成された詠歌のスタイルと古式に則った筆跡の点で優れているとする見方である。契沖の仮名真蹟を伝える貴重な書として特筆する点は、天明二（一七八二）年版の高昶による跋文も同様である。

　右僧契沖自書百首和歌者、某氏所蔵也。師之於二和歌体裁一、自成二一家一。然余素不レ習二和歌一、不レ能三論二其格調高下如何一。已至如二其書一、則余所レ好…（中略）…余竊謂、昔王右軍為二善書一、所レ掩二其徳一、論者以為レ憾、如二師之書一、世亦唯称二其学一、而識二其佳手一者少矣。甚可レ恨。是以余特為二摹刻一、以伝云

高昶は、中国の「王右軍」（王羲之）に匹敵する書の「佳手」（名人）として契沖を称え、その筆跡を広く世に伝えるために『詠富士山』を模刻し刊行することとした旨を記している。躬弦・春海・栞・久老らの評言[10]はこれを踏襲しつつ、歌そのものの味読を促すものとなっているのである。こうした、寛政年間における賀茂真淵門（県居門）の国学者・歌人やその周辺に集った人々に本作が顧みられ、彼らによる歌人かつ能書家としての契沖の再評価が、本作の再版に繫がったと考えられる。

　その後の『詠富士山』の享受の拡がりについては、たとえば、文化年間の小林一茶による句文集『株番』（文化九〈一八一二〉年～文化十〈一八一三〉年）巻の二に、「契沖法師富士百首」と

題し、「寛政十年三月板　平春海編」として『詠富士山』所収歌十首が引かれているほか、本居大平編『八十浦之玉』上巻末（文政十二〈一八二九〉年刊）には、「ふじの歌の中に」として（〔　〕内は、『詠富士山』の重出歌の歌番号。以下同様）、

ふじ川のたゆることなくゆきかへりみるともあかじ雪のたかねは　（二〇八）〔八三〕
雪の山人の国にもきこゆれどわがふじの根ぞ高くたふとき　（二〇九）〔八五〕

の二首が収められていることなどからも、その一端を知ることができよう。

また、万延元〈一八六〇〉年に刊行された百首狂歌『富士山百景狂歌集』[11]には、『詠富士山』の「大かたの草木はなくて富士の嶺は雲の林の雪の花のみ」〔一二三〕を本歌とする「富士の山木はなけれとも四季ともに雲の林に雪の花咲」（二十六ウ）、「登るより空にま近き富士の嶺は心にかくる雲のかけはし」〔一八〕を本歌とする「ふじさんに登れば欲に天までと心にかける雲のかけはし」（二十七ウ）といった狂歌や、「布司のね」〔八八〕という『詠富士山』特有の表記を用いた「布司さんを見ずに作つた実語教是弘法の筆の誤り」（八ウ）といった狂歌もみえ、幕末に至って読者の裾野をいっそう広げていた実態をうかがい知ることができる。

『詠富士山』所収歌の詠作を、契沖がいつ頃から手掛けていたかについても、若干の考察を

加えておきたい。確認できる最も早い時期の歌は、下河辺長流が撰集した地下歌人の歌集『林葉累塵集』（寛文十〈一六七〇〉年刊）第十九（雑歌五）に、「ふしの哥あまた読ける中に」の題で収められた次の三首である。

富士のねに昔くたりし天をとめふりけむ袖や今の白雪　（一二九七）〔四七〕
ふしのねにをよひて高き山のへのあやしき哥も雪とふりつゝ　（一二九八）〔一九〕
やま人のすめる山とやとこしへに夏冬ゆきのふしにみゆらん　（一二九九）〔五二〕
（『近世和歌撰集集成』第一巻・一九八五・明治書院）

『林葉累塵集』には、長流自身をはじめ同時代の地下歌人らによる富士山詠が多く収載されており、長流周辺の地下歌人らとの交流の中で、『契沖延宝集』や『契沖法師富士百首（富士百首）』に収められるような歌々が詠出されていたことを推測させる。『林葉累塵集』に次いで撰集された『萍水和歌集』（延宝七年〈一六七九〉頃成立）にも、「ふしの山をよめる」という題で、

都にてこゝろのなせるふしのねはふもとを見てもふもとなりけり　〔五〕

富士のねのしろきをみれはそめいろの山のみなみも東なりけり　〔八〕

（佐佐木信綱編『契沖全集附巻 長流全集　上巻注釈及歌学』）

の二首が載り、右二首ならびに四・七九歌の計四首が、延宝九（一六八一）年に成った『漫吟集』（『自撰漫吟集』『契沖延宝集』）に収められていること、長流と契沖が相互編集した唱和歌集『和歌唱和集』（文化十二〈一八一五〉年刊）巻末の、長流による富士山の題詠歌三十六首（五五〜九二）の詞書に、「契沖か富士の哥百首よみけるを見て、我もよみて見んとてよめる　契沖富士百首、みつからかきける本もて、先に梓に行はるゝゆゑに、畧す」と記されることなどを併せ考えると、少なくとも長流没の貞享三（一六八六）年頃までには、契沖は、詠みためていた富士山詠を百首歌にまとめていたと推測される。

一方、延宝九（一六八一）年の『漫吟集』に、「名所のうた」の題で、

みやこにて心のなせるふしのねはふもとをみてもふもとなりけり　（四五九）〔五〕

久かたの天の御はしら神代よりたてるやいつこふしのしは山　（四六〇）〔七九〕

ふしのねは山の君にて高みくら空にかけたるゆきのきぬかさ　（四六一）〔四〕

ふしのねにおよひて高き山のへのあやしきうたも雪とふりつゝ　（四六二）〔一九〕

ふしのねにむかしくたりし天少女ふりけんそてやいまのしらゆき　（四六三）〔四七〕

という五首が歌順を大幅に変えて『詠富士山』にも収められていることや、同じ「名所のうた」中の「ふしのねとゝもにおいんの契りあれは（や 全集）きえせぬ雪のおなししら山」（四七〇）、龍公美本『漫吟集』中の「ふしのねは今いかならん都たにゆきけにひえの山おろしの風」（十・一八五二）といった歌々が『詠富士山』に入れられていないという事実は、契沖が自らの富士山詠を吟味したうえで百首歌にまとめる過程があったことを示していよう。

他にもたとえば、国会図書館本『漫吟集類題』第十九「雑歌三」に載る、

鳴沢の音に聞こえし富士の嶺の雪の鏡に目をぞ貴ぶ　〔一〕

の初句に傍らに「可レ入二百首一」という朱書があり、『詠富士山』には第三句を「富士の嶺は」と訂正して入れられていること〔六〕、「詠富士山百首和歌」の題で載る九十八首中の冒頭歌の結句「ふしの白山」が、『詠富士山』では「不仕の志ハ山」と訂正されていること、同様に、三十歌結句「ふしの白山」が天明二年版『ふし百首』では「時やいつ空にしられてしら雪の夏さへきえぬふしのしはやま」となっていることなどは、『漫吟集類題』が成って以降も、『詠富

士山』所収歌の出し入れや辞句の訂正が契沖自身によって重ねられていたことをうかがわせる。

　契沖が百首歌を多く手掛けていたことは、『漫吟集』中に、「はじめてよみける百首の歌の中に　十七歳」（二三一・他三首）、「百首の歌の中に」（六〇・他十五首）、「母が立てける願にかへて、菅家の聖廟に百首の歌たてまつらんとしける中に」（三三〇・他二十七首）などの詞書をもつ歌々が多数みえることから知られる。そのなかで『詠富士山』は、契沖が自作の中から撰歌し、加筆訂正を加えつつ単独の作品として完成させることを企図した唯一の百首歌であった。元禄十二（一六九九）年の契沖による『詠富士山』の奥書に、「老手戦掉、強以㆓揮筆㆒。寔足汗目而、招㆑嘲矣。用㆓假名法㆒、中葉已來其謬不㆑鮮。今據㆓古書㆒耳。元禄十二年五月上旬」と記されるように、契沖は晩年にも本作を筆写しており、同じ元禄十二（一六九九）年七月十八日の日付で石橋新右衛門直之に宛てた返書（『契沖全集』第十六巻「書簡」二〇）には、契沖が和泉国萬町の伏屋長左衛門に託して『富士百首』を石橋新右衛門の手元に届けた旨がしたためられていることなどからも、契沖にとってこの百首歌は、歌人としての活動の長きにわたって意を傾けた作品であったことが看取できる。

　『詠富士山百首和歌』を通して、契沖の歌業の内実を探ることの妥当性を、以上のようなことがらから担保しうると考える。

3　『詠富士山百首和歌』所収歌の表現1　万葉歌の利用

『詠富士山百首和歌』所収歌の表現の特徴として第一に指摘できるのは、『万葉集』の歌を典拠とする歌が多くみられるという点である（以下、『詠富士山』所収歌の引用は『契沖全集』第十三巻の「詠富士山百首和歌」の本文に拠る。なお、私に仮名を漢字に改めた箇所、濁音を分かった箇所がある）。たとえば、

空にみつ大和嶋ねにふたつなき宝となれる富士の柴山　〔一〕
日の本の国を鎮めて動きなき富士の高嶺の鳴沢の石　〔二〕
こもまくら高き富士の嶺いかなれば横折り伏さで世を鎮むらん　〔三〕

などにみられるように、富士山を「宝」「鎮め」とする表現は、『万葉集』高橋虫麻呂歌集の長歌中の「日の本(もと)の　大和の国の　鎮めとも　います神かも　宝とも　なれる山かも　駿河なる　不尽(ふじ)の高嶺は　見れど飽かぬかも」（三・三一九・詠富士山歌）という詞句に拠っており、

直道(ただち)とてたのむに難く富士の嶺は鳥ものぼらず行く雲もなし　〔七〇〕

の下二句も、同じ三一九番歌の「不尽の高嶺は　天雲も　い行きはばかり　飛ぶ鳥も　飛びも上らず」に拠るものである。『万葉代匠記』における当該歌の注には、山を国の「鎮め」と詠む典拠として、『文選』賦篇所収の後漢張衡による「東京賦」（賦乙）の「大室作レ鎮」とその李善注「大室、嵩高別名也。…（中略）…言以二嵩高之嶽一、為二国之鎮一也」[12]ならびに西晋左思による「呉都賦」（賦丙）の「指二衡岳一以鎮レ野」[13]が掲出されている（初稿本・精撰本とも。ただし精撰本に「東都賦」とあるのは「東京賦」の誤り）。契沖は、富士山を「国の鎮め」と讃美する虫麻呂歌集歌の表現を自作にとり込む際、それが中国の高峰太室山や名山衡岳を詠んだ『文選』の賦を典拠とすることを諒解していたのであろう。

三一九番歌と並んで、『詠富士山』所収歌に最も影響を与えたとみられる万葉歌が、「天地の　分れし時ゆ　神さびて　高く貴き　駿河なる　不尽の高嶺を　天の原　ふり放け見れば　渡る日の　影も隠らひ　照る月の　光も見えず　白雲も　い行きはばかり　時じくそ　雪は降りける　語り継ぎ　言ひ継ぎゆかむ　不尽の高嶺は」（三・三一七・山部赤人）である。たとえば、この歌の第四句は、

雪の山人の国にも聞こゆれどわが富士の嶺ぞ高く貴き　〔八五〕

の下句に引用され、日月を対句的に配して富士山の超絶的な高さを表す第九〜十二句は、

月と日の光を遮くる人国の山も富士には隠ろひぬべし　〔六三〕

の上句に踏まえられている。さらに、富士山の神秘性と貴さを後世に伝えることを表す結びの三句は、

東路はをちこち人の言ひ継ぎて行くも帰るも富士の柴山　〔六一〕
富士の嶺は唐土までも言ひ継ぎて消たれぬ雪ぞ音にふりゆく　〔八七〕
布司の嶺の絶えぬ煙の末の世も語り継ぎてや雪はふりなん　〔八八〕

など三首の歌で用いられている。

また、赤人歌の「富士の高嶺」という称は、『詠富士山』所収歌中十二首に用いられ、「富士の鳴沢」（十一首）、「富士の柴山」（八首）など本作で頻用される地名も、「天の原富士の柴山木の暗の時ゆつりなば逢はずかもあらむ」（十四・三三五五）、「さ寝らくは玉の緒ばかり恋ふらく

は富士の高嶺の鳴沢のごと」（十四・三三五八）のような『万葉集』東歌（駿河国）に例がみえるものである。三三五五番歌は、雑木の鬱蒼と生い茂る近景の山として富士山を詠んだ一首だが、『詠富士山』六一歌では、むしろ富士山の別名として扱われている。こうした詠み方には、『万葉代匠記』の三三五五番歌の語釈にみえる、「俗に柴山芝山など申山にや。柴かる山ははけ山となれはそれにたとへていふか」（初校本）、「俗ニ柴刈山ヲ云ヒ、或ハ芝ノミ生ル（ヲ）山ト云。…（中略）…柴刈ル山ハ草木トモ云ハス皆刈リ払ヒ、芝山ハ本ヨリ木ナトノ生ヒヌヲ云ヘハ、富士ノ半腹ヨリ上ツ方ニハ草木モナキヲ、右ノ二ツノ内ニ譬ヘテ云歟」（精撰本）といった注解との一貫性が認められ、「富士のしば山」という語を、富士山の中腹以上には草木が生えていない山容の特徴を遠景で捉えた語という理解にもとづく詠み方がなされているということになろう。

こうした、『万葉代匠記』における語釈との一貫性は、次のような一首にも見い出せる。

み空ゆく神の乗るてふ竜の駒つまづく跡や富士の鳴沢　〔三〇〕

「たつのこま」は、『日本紀竟宴歌　上』（延喜六〈九〇六〉年）所収歌に「斗都恵阿末理　夜都恵遠胡遊流　多津能胡麻　幾美須佐米然婆　於伊波伝奴弊志〔とつゑあまりやつゑをこゆるたつのこまきみすさめねばおいはてぬべし」」（二一六）とあるのを念頭に置いたとみられるが、『万葉集』には「竜の馬も今も得てしかあをによし奈良の都に行きて来むため」（五・八〇六・旅人）などで知られる漢語「竜馬」の翻訳語「竜(たつ)の馬(ま)」がある。竜馬は翼をもつ空飛ぶ馬とされ、『芸文類聚』（巻第九十九・祥瑞部下・馬）には「竜馬者、仁馬、河水之精也。高八尺五寸、長頸、骼上有翼、旁垂毛。鳴声九音」と記される。

「つまづく」は、「塩津山打ち越え行けば我が乗れる馬ぞつまづく家恋ふらしも」（三・三六五・笠金村）など馬の「ためらい進みかねるさま」（岩波文庫『万葉集』㈠二六九頁）を表す語だが、『万葉代匠記』二では、三六五番歌の「つまつく」について、「つまつくは蹶の字なり」（初稿本）とし、「…道守の　問はむ答へを　言ひ遣らむ　すべを知らにと　立ちてつまづく」（四・五四三）を例に、「立テ爪衝トハ、心ノウハノ空ナル故ナリ」（精撰本）、「心こゝにあらねは、ふと物につまつくなるへし」（初稿本）と注解し、万葉歌のツマツクを、爪先が物に当たって体勢を崩す意と捉えていることがわかる。

結句「富士の鳴沢」については、『万葉代匠記』六に「なる沢は此山のいたゝきに大なる沢あり。山のもゆる火の気と此沢の水と相克して常にわきかへりなりひゝくゆへになるさはといふ」（初稿本）と注されていて（顕昭『袖中抄』の説に依拠するとみられる）、それを「竜の駒のつまづく跡」であると詠む三〇番歌は、これを、十八丈余り（日本紀竟宴歌）の巨大な幻獣「竜馬」の爪先が当たった跡と見立てたものということになり、万葉歌語をめぐる契沖の思考と和歌詠作の発想の間に連続性をみてとることができるだろう。

富士の嶺の焼かぬに燃ゆる思ひをば消ちこそ知らね鳴沢の水　〔四二〕

のような詠も、「鳴沢」[14]を、山頂にある沢とみなすことでこそ意味をなすのであり、砂の流れる音が水の流れる音に聞こえることに由来すると解する説（『詞林采葉抄』など）によっては、こうした詠み方は成り立たない。

右に挙げた事例のように直接的な引用をもつ歌ではないが、

富士の嶺に及びて高き山の辺のあやしき歌も雪とふりつつ　〔一九〕

の「山の辺（やまべ）」は、三一七番歌の詠者山部赤人の氏名「山部（やまべ）」を響かせた語と思しく、三一七番歌の反歌「田子の浦ゆうち出でて見れば真白にそ不尽の高嶺に雪は降りける」（三一八）と長歌とを併せ、古来知られたこれらの「あやしきうた（＝神秘的な歌々）」も、富士山の雪も、ともにフリ（「降り」と「古り」の掛詞）続けるのだと、俳諧的な発想で赤人歌への敬意を表した歌も見出せる。

『詠富士山』所収歌にみられる万葉歌のふまえ方は、しかし、こうした語句レベルでの引用のみにとどまらない。たとえば、

やま人の住める山とやとこしへに夏冬雪の富士に見ゆらん　〔五二〕

は、柿本人麻呂が仙人の姿を詠んで忍壁皇子に献じた「とこしへに夏冬行けや裘扇放たぬ山に住む人」（九・一六八二）の世界観を引き取りつつ、仙人常住の山として富士山を措定し、その永遠性を証明するのが残雪なのだと詠んでおり、

ますらをが故郷恋ひて泣く涙空ふり放くる富士の柴山　〔六七〕

では、大伴家持が防人の心情を詠んだ長歌「大君の　命かしこみ　妻別れ　悲しくはあれど　ますらをの　心ふり起し　とり装ひ　門出をすれば…（中略）…はろばろに　家を思ひ出　負ひ征箭の　そよと鳴るまで　歎きつるかも」（二十・四三九八）の詞句を換骨奪胎し、駿河国の東歌に用いられる「富士の柴山」という地名を用いて望郷の念をかきたてる東国の山富士山を

詠んでいる。また、

富士の嶺は土とて踏むも雪なれば猶やをとめが心空なる　〔七二〕

の「土とて踏むも〜心空なる」という対句的な措辞は、『万葉集』所収の「たもとほり行箕（ゆきみ）の里に妹を置きて心空なり土は踏めども」（十一・二五四一）、「立ちて居てたどきも知らず我が心天（あま）つ空なり土は踏めども」（十二・二八八七）、「我妹子（わぎもこ）が夜戸出（よとで）の姿見てしより心空なり土は踏めども」（十二・二九五〇）といった相聞歌の類句にみられるもので、それをここでは、「乙女」の心がここにあらずの状態であるのを表す表現に用い、なおかつ、古今序注などに富士の煙の本説として引かれる〈竹取説話〉における、富士山の仙宮に帰ったかぐや姫の心持ちをかたどる一首としている（第四節に後述）。

他方、万葉歌の枕詞を転用した次のような事例もある。

やま人の煙（けぶり）の衣日に染めて名も紫に高き富士の嶺　〔七三〕

第四句の「紫」は、「紫の名高（なだか）の浦のなのりその磯になびかむ時待つ我（われ）を」（七・一三九六）、

「紫の名高の浦の靡き藻の心は妹に寄りにしものを」（十一・二七八〇）など、万葉歌では地名「名高の浦」にかかる枕詞に用いられ、契沖による歌枕・名所の解説書『勝地吐懐編』・『類字名所補翼鈔』にもこれらの用例が挙げられている。『万葉代匠記』三では、「紫としもつゝくるは、紫は官位高き人の衣をそむる物にて、色の中に名高く、紫を上服にきる人は、時に取て名高ければ、かくはつゝくるなり」（初稿本）と、枕詞と地名の意味上の繋がりが説かれていて、この七三番歌で「紫に」に「高き」を下接し「富士の嶺」に続けるのは、こうした「紫」と「高し」との繋がりを承知したうえでの創意なのだろう。

　万葉歌をふまえた詠としていま一首注目しておきたいのは、

　　空の海のあまをとめごも塩や焼く煙の下の富士の白雪　〔九一〕

である。この歌は、「……網の浦の　海処女らが　焼く塩の　思ひそ燃ゆる　我が下心」（一・五・軍王）など、『万葉集』において海辺の景を詠む表現として用いられる「海処女」を「天処女」に転じ、天を海に見立てた作である。富士の煙を空の海で「あまをとめご」が塩を焼く煙に見立てるという発想の端緒には、『万葉集』巻五所収の「松浦川に遊ぶ序」（八五三）に記された「漁夫の子」と自称する仙女・女仙のイメージと、平安時代以降、「藻塩焼く難波をとめが葦の屋のひまなくくゆる下煙かな」（隣女和歌集・一・一四七）と詠まれるような、藻塩を焼く海辺に住まう乙女の和歌的イメージとがあったはずだが、契沖は九一番歌でそれらを交差させ、あらたな興趣を作り出すことを企図したと思われるのである。[15]

4　『詠富士山百首和歌』所収歌の表現2　仙境としての富士山

九一番歌の「あまをとめ」という語は、道教的世界観における仙女・女仙の印象を喚起するという一面ももっている。そうした印象を前面に押し出した詠として、次の二首を挙げることができる。

不尽の嶺に昔くだりしあまをとめ振りけむ袖や今の白雪　〔四七〕
あまをとめ袖うち振りし富士の嶺に猶立ち舞ふは煙なりけり　〔五〇〕

いずれも、富士山頂で「あまをとめ」が袖を振る姿を、雪と煙という古来富士山の属性とされてきた景物をとり込んで描く歌となっている。同趣の発想は、はやく鎌倉時代の紀行『東関紀行』（仁治三〈一二四二〉年頃）中の一首「富士の嶺の風にただよふ白雲を天津乙女が袖かとぞ見る」にみられ、契沖はこの歌を念頭に置いたとも考えられる。『東関紀行』と『詠富士山』

がともに典拠とするのが、平安時代前期に多数の漢文・漢詩を著した文章博士都良香（みやこのよしか）による「富士山記」（八七五年までに成る・『本朝文粋』巻十二記部所収）における「又貞観十七年十一月五日、吏民仍レ旧致レ祭。日加レ午天甚美晴。仰二観山峰一、有二白衣美女二人一、双二舞山巓上一。去レ巓一尺余、土人共見」という記述である。

この一節は、富士山に言及する多くの作品に引用され、富士山を仙境・仙界とみなす定型イメージの重要な典拠のひとつとなった。(16)『万葉代匠記』二の三一七、三一九、三二〇番歌の注には、「記云」としてこの一節が引かれていて、契沖は元禄十（一六九七）年に『都氏文集』の書写を行なっていることなども勘案すると、「富士山記」の辞句を熟知したうえで詠作に応用したことは確かかと思われる。その他、

やま人の宿の玉垂れ緒絶えして富士の裾野にあられ降るなり　〔四一〕

もまた、「富士山記」の「蓋神仙之所二遊萃一也。承和年中、従二山峰一落来珠玉、玉有二小孔一。蓋是仙簾之貫珠也」という一節を典拠としているほか、

唐国（からくに）の虎と見る石こゝにてもなほ鳴沢の富士の山風　〔四五〕

の「唐国（からくに）の虎と見る石」という特異な表現も、「富士山記」における富士山頂の様態を詳述した記述「其頂中央窪下、体（かたち）如㆓炊甑（すゐそう）㆒。甑（こしき）底有㆓神池㆒、池中有㆓大石㆒。石体驚奇、宛（あたかも）如㆓蹲虎（そんこ）㆒」に拠るものである。

「富士山記」に、富士山が「神仙の遊萃する所」と記され、山麓の古老による「白衣の美女二人」が「双び舞ふ」という言い伝えが記されたことは、仙境富士のイメージ形成に大きく与るものとなったのだが、意外にも、そうした発想で和歌が詠まれることは、契沖以前にはほとんど例がないようである。いま、右の四一番歌に用いられる「やまひと（＝仙人・神仙）」という語に着目すれば、たとえば、江戸時代前期の堂上歌人として多くの富士山詠を残している烏丸光広（からすまるみつひろ）や飛鳥井雅章（あすかいまさあき）の歌、また契沖の富士山百首歌に触発され四十首ほどの富士山詠をものしている下河辺長流（しもこうべちょうりゅう）の歌にも、この語の用例はみえない。「やまひと」は、契沖の富士山詠において初めて富士山と結びついたともいえ、こうした語をあえて用いることで契沖は、仙境富士を独自の歌題としたとみられるのである。以下に、「やまひと」を詠んだ歌々を挙げる。

やまひとの登り下れる跡なれや鹿（か）の子まだらの富士の雪間は　〔二九〕

やま人の老いせぬ薬鳴沢のならすや富士の白く見ゆらむ　〔三一〕

やま人の宿の玉垂れ緒絶えして富士の裾野にあられ降るなり　〔四一〕
富士の嶺の風こそ吹雪けやまひとの蓑代衣雪払ふとて　〔四三〕
やま人の住める山とやとこしへに夏冬雪の富士に見ゆらん　〔五二〕
天地のうちと思ひし富士の嶺を浮世の外と住める山ひと　〔五三〕
やま人の煙の衣日に染めて名も紫に高き富士の嶺　〔七三〕
富士の嶺に世をふる雪もやまひとの死なぬ薬のしるしをぞ見る　〔八九〕
紅の雪は降りぬと富士の嶺に遠山人の来てや賞づらむ　〔九三〕
やま人の集へる時や富士の嶺に群れたる鶴の雪と見ゆらん　〔九八〕

無季の別天地〔五二・五三〕で不老不死の生を生きる〔三一・八九〕という「やまひと（＝仙人・神仙）」は、空中を浮遊し〔二九〕、鶴に乗り〔九八〕、玉の簾の掛かった仙宮に住んで〔四一〕、皮革などの「蓑代衣」を着用することもある〔四三〕、というのが、右の歌々で契沖が描き出す富士山の「やまひと」の総合的なイメージである。富士山を、古代中国で蓬萊・方丈・瀛洲と称された仙境・仙界（『史記』始皇帝本紀封禅書）として和歌で描くことは、契沖独自の歌境であった。

これらのうち、用例の稀な「紅の雪」という神秘的な景物を詠み込んだ九三番歌は、契沖の詠歌のレファランスを知るうえで、興味深い事例である。「紅の雪」の先行例はきわめて少ないが、ここでは西行の「紅の雪は昔のことと聞くに花の匂ひに見つる春かな」（『聞書集』雑・七七三・一八三）が踏まえられているとみられる。西行歌は、吉野の早春の桜花の色が雪に照り映えるさまを「紅の雪」に譬え、仙境的な吉野山のイメージを描き出した一首となっているが、この「紅の雪」という表現は、中国の神話に伝えられる西王母（せいおうぼ）の不老不死の仙薬「絳雪（こうせつ）」の翻訳語であるという（岩波文庫『西行全歌集』補注一八三）。

　このことについては、『秘蔵抄』上（古今打聞躬恒撰之・天文三〈一五三四〉年写国会図書館本）に、「業平　山人のたちぬひもせぬそでなべて紅ふかきゆきをみるらん」（一一・業平）という一首ならびに「山人とは仙人なり、せん人きたる衣は、たちぬふ事なし。仙家にふる雪は紅なり」とする注がみえ、『芸文類聚』巻二（天部下・雪）の「漢武内伝曰、西王母云、仙之上薬、有二玄霜絳雪一」という一節を典拠とするらしいことからすると、九三番歌は、こうした「紅の雪」の典拠を踏まえたうえで西行歌を本歌とし、吉野山ならぬ富士山に降る雪を仙薬「絳雪」になぞらえて、異国の神仙が富士山に飛来した事由と詠みなした一首ということになる。

　「紅の雪」の数少ない歌例には、契沖とほぼ同時代に生き、堂上歌壇で活躍した飛鳥井雅章の家集『飛鳥井雅章詠歌集』（伊達文庫蔵本）中の「朝日影ふしの霞にうつろひてくれなゐふかき雪もこそあれ」（一一七・古典文庫『飛鳥井雅章集』下）があるが、西王母や仙薬のイメージを削ぎ落とされていて、叙景的な表現としている点が契沖歌と相違する。このことは、契沖が「やまひと」すなわち神仙にまつわる歌語として「紅の雪」に着目し、仙境富士のイメージをむしろ積極的に描き出そうとする姿勢を、対照的に浮かび上がらせてもいる。

　神仙の飛来地もしくは仙境・仙界として富士山を描くことを契沖が独自の着想として詠作を重ねたことは、次のような「あまをとめ」の歌々にもみてとれる。

天をとめ富士の煙（けぶり）を緒（を）にすげて調べことなる鳴沢の水　（一五）
不尽の嶺に昔くだりしあまをとめ振りけむ袖や今の白雪　（四七）
あまをとめ袖うち振りし富士の嶺になほ立ち舞ふは煙なりけり　（五〇）
をとめごが富士のみ雪の下襲（したかさね）天の羽衣馴るゝ世もなし　（八六）
天未通女装ひ待たで草木だに富士の高嶺は飾らざりけり　（九二）

　これらにおいては、天の乙女（少女・処女・をとめご）を意味する「あまをとめ」が、仙境に住まう仙女・女仙として詠まれている。四七・五〇番歌の典拠である「富士山記」に、「蓋神仙之所二遊萃一也」と記されたことがらを具体化し、富士山頂で空中を舞い飛ぶ白衣の美女を仙女・女仙とみる観念を「あまをとめ」という語に凝縮して、一首の要に据えた歌々である。

注目したいのは、右五首のうち四首が「あまをとめ」の衣装のさまに焦点を当てているという点で、これらはいわゆる〈羽衣説話〉に着想を得た詠であることを示していよう。同様のことは、

有度浜(うどはま)の天の羽衣たち返り昇るは富士の煙なりけり　〔五一〕

にもみられ[17]、契沖が、これらの詠作のうえで〈羽衣説話〉を念頭に置いていたことは確かであろう。直接的な典拠としては、謡曲「羽衣」（一説世阿弥作・十五世紀前半頃）の詞章が念頭に置かれていた可能性も考えられる。「羽衣」は、シテを天女、ワキを漁夫白龍とし、白龍に奪われた「天の羽衣」を、舞を舞うことと引き換えに天女が取返し昇天するという筋立ての一曲で、物語は駿河国三保松原を舞台に展開する。以下に、第三節の終盤から第五節末までの詞章の一部を引用する。

シテ「いや疑ひは人間にあり、天に偽りなきものを」ワキ「あら恥かしやさらばとて、羽衣を返し与ふれば」シテ「少女(をとめ)は衣を着しつつ。霓裳羽衣(げいしやううい)の曲をなし」ワキ「天の羽衣風に和し」…（中略）…地「白衣黒衣の天人の。数を三五に分つて。一月夜々の天少女(あまをとめ)。奉仕

を定め役をなす」シテ「われも数ある天少女」…（中略）…地「落日の紅は蘇命路の山をうつして。緑は波に浮島が。払ふ嵐に花降りて。げに雪を廻らす白雲の袖ぞ妙なる」シテ「南無帰命月天子。本地大勢至」地「東遊の舞の曲」シテワカ「或は。天つ御空の緑の衣」地「又は春立つ霞の衣」シテ「色香も妙なり少女の裳裾」地「左右左。さいふ颯々の。花をかざしの。天の羽袖。靡くも返すも。舞の袖」…（中略）…時移つて。天の羽衣。浦風にたなびきたなびく。三保の松原。浮島が雲の。愛鷹山や富士の高嶺。かすかになりて。天つ御空の。霞にまぎれて、失せにけり」

富士山を遠景に、舞いながら昇天する天女を指す「天乙女（あまをとめ）」「少女（をとめ）」という称をはじめ、「天の羽衣」「衣」「白衣」「袖」「舞」「霓裳羽衣の曲」といった〈羽衣説話〉のモチーフを散りばめた右の詞章は、「袖」「舞」「下襲」「装ひ」などの語で構成された契沖歌の趣意と照応する。

さらに、「富士の嶺の白きを見れば蘇命路の山の南も東なりけり」〔八〕で富士山を指す「蘇命路の山」が、この引用箇所でも富士山の別称として用いられていることなど併せ考えると、富士山に飛来する天女「あまをとめ」を主軸に富士山を詠出する際、契沖が『羽衣』の詞章を念頭に置いた蓋然性は高いといえるのではないだろうか。

ところで、この「天の羽衣」というモチーフは、『竹取物語』においてかぐや姫が帝に残した歌として記される、「今はとて天の羽衣着る折ぞ君をあはれと思ひ出ける」に詠まれたものとしてもよく知られる。平安時代前期に成立した『竹取物語』においてすでに、かぐや姫のイメージに〈羽衣説話〉の天女の姿が重ねられていることについては指摘があるが[18]、たとえば鎌倉時代前期の紀行『海道記』（貞応二〈一二二三〉年頃）には、「昔はこの峰（富士山頂）に仙女常に遊びけり。…（中略）…かれも仙女なり、これもまた仙女なり」と、仙界の仙女となった中国の楊貴妃（かれ）と併記するかたちで、かぐや姫（これ）もまた仙女であったとする観念の展開がみられる。

　こうしたかぐや姫像は、『古今和歌集』仮名序の「富士の煙によそへて人を恋ひ」という一節の由来を説く仮名序注において変奏される〈竹取説話〉を中心に展開していった。鎌倉時代以降に相次いで現われる仮名序注の〈竹取説話〉では、帝もしくは駿河国国司と結ばれた後にかぐや姫が富士山に帰ってゆくとされ、かぐや姫を鶯の卵から生まれた「仙女・天女・天人」、富士山を「仙宮（『塵荊鈔』では蓬萊）」とし、富士山で燃えているのはかぐや姫が遺した鏡・不死の薬・反魂香の箱などとする点が特徴となっている。『曾我物語（真名本）』（一説に一二八五、一三二一、一三六一、一三八八年に漸次成立した軍記物語）、『詞林采葉抄』（由阿・貞治五〈一三六六〉年・『万葉集』注釈書）『神道集』巻第八（十四世紀後半頃成立した説話集）『塵荊鈔』巻第十一（十四世紀末頃成立した説話集）、『三国伝記』（玄棟・応永十四〈一四〇七〉年・説話集）、『定家流伊勢物語註』（鎌倉末以後）や『和漢朗詠集和談鈔〈歌注〉』（応永十二〈一四〇五〉年）などの古典注釈書、瑞渓周鳳の日記『臥雲日件録抜尤』（文安三〈一四四六〉年〜文明五〈一四七三〉年）、さらには慶長八〈一六〇三〉年以降多くの写本・刊本が世に出た御伽草子『富士の人穴の草子（富士の人穴草子・富士草子）』など、同趣の説話は幅広い時代・ジャンルの作品に見出すことができるのである。

契沖の富士山詠は、『古今為家抄』（弘長三〈一二六三〉年か・片桐洋一『中世古今集注釈書解題』一所収）をはじめ、二条派や冷泉派の歌学における古今序注の本説講釈において多様に変奏された、こうした〈竹取説話〉に取材しているとみられるのである。

あまをとめ恋ひぬ富士の嶺煙（けぶり）立ち昇るや何の下に燃ゆらむ　〔四四〕

天処女（あまをとめ）人の宝の富士の嶺も雪の鏡をよそめとは見ず　〔五四〕

富士の嶺は土とて踏むも雪なれば猶（なほ）やをとめが心空（こころそら）なる　〔七二〕

右の四四番歌が、「天つ姫こひし思ひの煙とて立つやはかなき大空の雲」（『海道記』五二）など、富士の煙を心中の恋情の燃え（恋ひ・思ひのヒ）の証と詠む古今集歌に倣った先行歌を踏まえていることは明らかであろうし、「あまをとめ」と「鏡」を結びつける発想（五四）や、富士山頂に登っていった「をとめ」の心持ちを憶測する発想（七二）も、「あまをとめ・をとめ」が〈竹取説話〉のかぐや姫を指すとみることで初めて、その趣向を一体的に解することができるのだろう。

5　契沖の詠歌

『詠富士山百首和歌』の歌々には、「先行歌を呼び込む装置[19]」である〈題〉としての富士山が、まさに多面的に描き出されているといえるだろう。

契沖の場合は、実景らしさというところに主たる関心はなく、いかにして新しい美的な光景を描出し得るかを第一のテーマとしているようである。そのためには利用できる古歌は利用する。結果、堂上派と重なりあうこともまま生じる。そのことにもほとんど意を払わない、ということになるようであり、こうした傾向は、『漫吟集』全体にもほぼ及ぼすことができるようである[20]。

と林達也氏が指摘したことは、契沖が、富士山詠の基点を万葉歌（赤人歌・虫麻呂歌集歌・東歌など）に置きつつ、『古今和歌集』をはじめとする後代の勅撰和歌集や私家集・定数歌、さらには同時代の歌人の詠作まで、幅広く参照している事実とも見合う。「富士山記」のような山水記や『竹取物語』『伊勢物語』などの平安時代の物語を詠歌の典拠とすることは、古今の富士山詠にもみられるものではあるが、『海道記』『東関紀行』などの鎌倉時代の紀行、『古今集』序注、和歌注釈書、室町時代の謡曲など、多様な範疇の先行作品を積極的に摂取するというありかたは、契沖の富士山詠にきわだった特徴といえる。

そうした詠歌の特徴をよく現わしている詠として、次の三首にも触れておきたい。

富士の嶺の白きを見れば蘇命路（そめいろ）の山の南も東なりけり　〔八〕

この歌の「蘇命路（蘇命盧）の山」は、仏教的世界観における宇宙の中心にそびえる須弥山（しゅみせん）を指す。須弥山を取り囲む最も外側の山の南麓には、人間世界に相当する南贍部洲（なんせんぶしゅう）（南閻浮提）が存するという（『總合仏教大辞典』）。八番歌の「蘇命路の山の南」とは、この南贍部洲を謂う表現である。「蘇命路の山」も和歌に用例の少ない語だが、室町時代後期を代表する歌人で、後代の堂上歌壇における権威的存在となった三条西実隆は、この語を詠み込んだ歌を数首残している。私家集『雪玉集』には、富士山を蘇命盧の山と詠む「富士の嶺は大かたにやは人の見むこの世のうちの蘇命盧の山」（十二・五二二七・名所百首和歌　不尽）のほか、「蘇命盧の山の南の秋つしま秋を時とや月もすむらん」（三・一一二八・秋　山月）のように、八番歌と同形の「蘇命盧の山の南」という語句をもつ一首もみえ、契沖が、こうした実隆歌に触発されて「蘇命路の山」を自作に詠み込んだ可能性を思わせる。富士山を須弥山になぞらえるという発想そのものが、僧侶としての契沖にとって、受け入れやすいものであったのかもしれない。契沖自撰の『漫吟集』の「秋歌下雁」の歌には、「雁の住む常世やそなた蘇命盧の山のそとものくると聞かなば」（一四七八）という一首もあり、「そめいろの山」は、契沖の歌の材のひとつとなっていたようである。

興味深いのは、この八番歌における「蘇命路の山の南も東なりけり」という不可解な表現が、謡曲「歌占（うたうら）」（観世元雅作）を見合わせることによって理解可能となるという点である。「歌占」では、シテの男神子（おとこみこ）「渡会何某（わたらいのなにがし）」が差し出した短冊をツレの里人が引くと、そこに「北は黄に南は青く東白西紅の蘇命路の山」という歌が記されていたとされる（『謡曲大観』巻第二）。仏教的世界観では須弥山（蘇命路の山）の東には銀という色が当てられるのを、この謎めいた歌では「白」と詠まれている。契沖が八番歌で、蘇命路の山になぞらえた富士山の南面もじつは東であるとするのは、この「歌占」の歌を介するかたちで、富士山では東西南北がなべて雪の白に覆われているのを機知的に詠みなしたということなのではないだろうか。

一方、歌の材を広範な文献に求めることが仏典や漢籍にまで及んだ詠として、

雪の山人の国にも聞こゆれど我が富士の嶺ぞ高く貴き　〔八五〕

という一首がある。下二句が万葉の赤人歌をふまえているのは明らかだが、そのように高貴な富士山を「人の国」の著名な「雪の山」と詠んでいることから、『大般涅槃経（だいはつねはんぎょう）』巻十四に記された釈尊の本生譚（ジャータカ）に現われる天竺（インド）の聖山ヒマラヤが想起されるという点である。[21] 過去生で雪山大士（雪山童子）として苦行を重ねていた釈尊が、羅刹（じつは帝釈天）から「諸行無常　是生滅法　生滅滅已　寂滅為楽」といういわゆる無常偈（雪山偈）を授かろうと、我が身を羅刹に投じるというこの本生譚は「雪山童子施身聞偈」とも呼ばれる。契沖はこれを念頭に、その山より富士山を上位に置くという独自の発想で八番歌を詠んだとみられるのである。仏典における聖山ヒマラヤと日本の富士山とを、「雪山」という点において繋いだところに妙をもつ一首といえよう。

あるいはまた、

唐土（もろこし）に山まつりする山よりも富士の煙ぞ上（かみ）に立ちける　〔一〇〇〕

における「唐土に山まつりする山」のように、『史記』巻二十八封禅書巻六に載る春秋斉の管仲の言葉「古者封㆓泰山㆒禅㆓梁父㆒者七十二家、而夷吾所㆑記者十有二焉」（鼎文書局印行）を踏まえ、古代中国の帝王が封禅（天の神・地の神を祀る儀式）を行なったとされる泰山（岱山・太山）に比すことで富士山の崇高さを強調するという、和歌には他に類のない発想による一首もある。

　こうした幅広い出典に着想を得ての詠は、逐一、証歌・典拠を博捜して得られたというより、知識として蓄積されていた先行歌や文献の辞句が、発想の根となり表現の一部ともなったと捉えるべきなのだろう。典拠の幅広さはもとより、複数の典拠による語を一首に併せ用いていることや、『万葉代匠記』をはじめとする自著の注釈書との照応・一貫性が認められることからも、かつて思考した、もしくは現在思考中である歌語に関する知見がおのずから詠歌の源泉となったというありかたが想定される。用例を緻密に積み上げて言葉を分析してゆく注釈・研究とは異なり、和歌の詠作においては、言葉と言葉が出会うことで新たな意味世界が立ち現れてくる。富士山をとりまく分厚い歌語の地層の上に立ちつつ、それを押し広げ、新たな歌境を生み出すことを契沖は愉としていたようにも思われる。歌語の意味・用法を遡及的に追尋する注釈の営為と地続きでありながら、和歌を詠むことは、歌語が内包する意味作用の可能性を追究する実践的行為でもあった。『詠富士山百首和歌』は、そうした契沖の思考の精華としてまとめられた作品のひとつといえるのだろう。

注

（1）安藤為章（安藤年山）は、江戸中期の儒学者・国学者。万治二（一六五九）年〜享保元（一七一六）年。為章が著した「契沖行実」は、龍公美本『漫吟集』にも付され、伴蒿蹊が『近世畸人伝』（寛政二〈一七九〇〉年刊）所収契沖伝の執筆にあたって、高野山での修行時代以来契沖の法弟であった義剛の撰による『義剛遺事（録契沖師遺事）』とともに資料としたことでも知られる。

（2）別名多田義俊・桂秋斎。随筆『南嶺子』『秋斎間語』『旧事記偽書明証考』等などのほか『鎌倉諸芸袖日記』など浮世草子も手掛けた。元禄十一（一六九八）年〜寛延三（一七五〇）年。

（3）本文は少年必読日本文庫第十二編所収『秋斎間語』（一八九一年・博文館）による。なお私に句読点を付した。

（4）賀茂真淵に師事。『古事記伝』、『源氏物語玉の小櫛』などの古典注釈書、随筆『玉勝間』、語学書『詞の玉緒』、家集『鈴屋集』他多数の著作がある。享保十五（一七三〇）年〜享和元（一八〇一）年。

（5）岩田隆『本居宣長の生涯　その学の軌跡』（一九九九年・以文社）第五章

（6）久松潜一「契沖の和歌」（『契沖全集』第十三巻解説〈一九七三年・岩波書店〉）によれば、『漫吟集』は『契沖和歌延宝集』とも称され、文化十（一八一三）年刊本の内題に「延宝九年四月十八日　沙門契沖四十二歳自集」とみえ、「三家和歌集跋によると、湖海狂士が木下長嘯子の歌を下河辺長流にえらばせ、また長流自身の歌もえらばせた。ついで契沖にもその歌の自撰を求め成ったのが自撰漫吟集である。この三つを一書として三家和歌集と言ったのである」（六三八頁）という。

（6）前掲解説に詳解されている。

（7）『漫吟集類題』が『漫吟集』を増補・集成して成ったものであることについては、久松潜一注

（8）龍公美筆写校訂『漫吟集』（四冊）は、『漫吟集』の第二版本。本居宣長序・龍公美叙・龍善昌序・下河辺長流序・龍世華題辞・安藤為章「契沖行実」。版木は天明八〈一七八八〉年の大火で焼けたが、校正刷が富岡鉄斎、佐佐木信綱に受け継がれ、『契沖全集』第七巻に活字化されて収録。諸本中、十巻本として公美の刊行した本に最も近いとされる写本が、『碧冲洞叢書』第九十四輯に翻刻されている。龍公美本『漫吟集』には、僧良舜とともに契沖自筆の『漫吟集』を借り受けて書写した契沖の門人龍善昌（彦根伏水の人。台真翁）による序に、「此漫吟は、はやうよりよみ出でたまひしを、手づからかいあつめ置きたまひしなり」という一文がみえ、『漫吟集』が契沖自身が若い頃からの詠作を自撰して成った歌集であることを伝えている。

（9）清水浜臣は、江戸時代後期の江戸歌壇を代表する歌人・国学者・医者。村田春海に師事。賀茂真淵（県居門）の門人らとも関係が深かった。浜臣は、『自撰漫吟集』（文化八〈一八一一〉年刊）に序を寄せており、契沖の歌業を深く知る識者の一人であったとみられる。

（10）安田躬弦は、宝暦三（一七五三）年～文化十三（一八一六）年。『国学者伝記集成』第一巻によれば、上賀茂神社の祠官・堂上歌人で村田春海と親交のあった賀茂季鷹の門人。村田春海は、

延享三（一七四六）年〜文化八（一八一一）年。賀茂真淵の門人。「寛政年間には歌友加藤千蔭と協力して県門江戸派を樹立（『本居宣長事典』二〇〇一年・東京堂出版）。若山棐（わかやまひさき）は、生没年未詳。「荒木田久老ときわめて親しい関係にあって、久老が賀茂真淵の『祝詞考』を出版するにあたって相談にあずかっている」（『本居宣長事典』）。荒木田久老（あらきだひさおゆ）は、延享三（一七四六）年〜文化元（一八〇四）年。伊勢内宮権禰宜で賀茂真淵の門人。著作に、『日本紀歌解槻乃落葉』『万葉考槻落葉』がある。

（11）『富士山百景狂歌集』は、作者は真入亭富士江こと蘭学教師であった片田哲蔵作の狂歌百首。本文は、石川博「影印・翻刻・解題『富士山百景狂歌集』」（『世界遺産　富士山』第二集・二〇一八年三月）による。

（12）「東京賦」には、周の成王が東京（洛陽）を経営した時、崇山（すうざん）の高峰である太室山を王土の鎮めとしたとある。

（13）「衡岳を指す」とは、婺女（ぶじょ）・翼軫（よくしん）の二星が楚の名山衡岳を指さして呉の鎮めの山としたことをいう。

（14）現在の地名となっている山梨県南都留郡鳴沢村は、富士山の北麓の西部から南部にかけての地域を指す。地名の由来については、剣ヶ峰と雷岩との亀裂である大沢に岩が転落する音によるとする説や、富士山八葉の池水が沢を落下する音による説などがある（吉原栄徳『和歌の歌枕・地名大辞典』二〇〇八年・おうふう）。

（15）富士山を舞台にした祝言的な色合いの濃い謡曲「富士山」（十五世紀前半頃）にも、中国から皇帝の使者が不死の薬を求めて「仙郷」富士山にやって来、出逢った「海士少女（あまをとめ）」（シテ）を仙女としてのかぐや姫とする設定がみられる。

（16）拙稿「富士山像の形成と展開―上代から中世までの文学作品を通して―」（『山梨英和大学紀要』第十号・二〇一二年二月、本書Ⅱ総論）。

（17）有度浜（うどはま）は、駿河国の歌枕。羽衣伝説の舞台と伝えられる久能山（有度山）の南麓とされる（『日本国語大辞典』）。

（18）奥津春雄『竹取物語の研究―達成と変容―』（二〇〇〇年・翰林書房）第四章第一節

（19）佐佐木幸綱「題詠とは何か」（『論集〈題〉の和歌空間』一九九二年・笠間書院）五頁

（20）林達也『江戸時代の和歌を読む―近世和歌史への試みとして―』（二〇〇七年・原人舎）一五〇頁

（21）鉄野昌弘氏のご教示による。

※付記　本稿は、西澤一光氏を代表研究者とする平成二十八年度～平成三十年度・独立行政法人日本学術振興会科学研究費助成事業・基盤研究（C）・『万葉代匠記』の歴史的意義と思考的背景について」（課題番号16K02378）による共同研究（研究協力者　関隆司氏／連繋研究者　石田千尋）の一環として執筆した。

五　紅く燃えるふじ
――北原白秋の富士山――

1　歌人白秋

詩人としてまた童謡・歌謡の作詞家としてのイメージの強い北原白秋だが、その創作活動の原点は、歌にあった。明治三十五（一九〇二）年十七歳の時、地元「福岡日日新聞」に投稿短歌が掲載され、また雑誌『文庫』に投稿した一首「ほの白う霞漂ふ薄月夜稚き野の花夢淡からむ」（初案第二句「菜の葉に霞む」）が採録されて以降、白秋は歌作に本格的にとりくみ始める。十九歳で早稲田大学英文科予科に入学してからは、同級の若山牧水や、少年時代から憧れを抱いていたという『明星』の同人たち（与謝野鉄幹・晶子をはじめ、吉井勇・石川啄木ら）、さらには森鷗外主宰の観潮楼歌会に集う文学者・歌人たち（佐佐木信綱、伊藤佐千夫・斎藤茂吉ら）とも親交を持ち、影響を与え合いながら、独自の作風を創り上げていった。二十八歳で刊行した第一歌集『桐の花』（大正二〈一九一三〉年刊）で歌壇の注目を集め、以後、『雲母集』（大正四年刊）、『雀の卵』（大正十年刊）、『黒檜』（昭和十五〈一九四〇〉年刊）など全十数作に及ぶ歌集を上梓。[1]五十歳で「多磨短歌会」（昭和十年）を創立し、歌誌『多磨』を創刊、多くの門下を擁する結社の主宰として、その活動に生涯うちこんだ。歌は、白秋文学の背骨であり続けたのである。

2　れいろうたる不尽 —— 新生への意志

松島俊子という人妻との出会いは、明治四十三（一九一〇）年、白秋二十五歳の時のことであった。俊子は、当時青山にあった白秋宅の隣人で、約二年間、二人は恋愛関係をもつ。明治四十五年七月、俊子の夫の告訴によって姦通罪に問われ、白秋は市ヶ谷の未決監に拘置された。俊子とはその後いったん離れたが、再会を機に結婚を決意。大正二（一九一三）年、白秋は両親と俊子をともなって、三浦半島の三崎に移り住む。第二歌集『雲母集』（大正四年刊）所収の「新生」と題された歌群は、当時の心境の刻々が写し取られた作品で、白秋の富士山詠はこのときに始まる。

不尽（ふじ）の山れいろうとしてひさかたの天（てん）の一方におはしけるかも

（「新生」「三崎新居、不尽抄」）

ほがらかに天に辷りあがる不尽の山われを忘れてわがふり仰ぐ　（同右）

わがこころ麗らかなれば不尽の山けふ朗らかに見ゆるものかも　（同右）

不尽の山麗らかなればわがこころ朗らかになりて眺め惚れて居る　（同右）

大正初期といえば、『万葉集』のテキスト・注釈書・論考等が多数出版され、歌壇に万葉調の潮流が大きく押し寄せた時期であった。(2) 右の歌々も、『万葉集』巻三所収の山部赤人作「望不尽山歌」に依りつつ、富士山の印象と当時の白秋の心境とが二重写しにかたどられた歌々となっている。(3)

「れいろう」は、珠玉が美しく照り輝くさまを表す「玲瓏」という漢語を平仮名表記した語で、富士山の冠雪のきらめきを表しているとともに、「うららか」の「麗」、「ほがらか」の「朗」を組みあわせた「麗朗」とも解せる。破滅的な恋のために制裁を受け、その女を妻として新たな生活に踏み出した白秋の、まさに「新生」の感覚を反映する対象として富士山が仰ぎ見られているのである。

六年後に刊行された第三歌集『雀の卵』には、『雲母集』時代の自作を「何も彼も麗かづくめで躍り跳ね過ぎてゐたのであつた」（『雀の卵』大序）と振り返る言が見える。たしかに、「麗らかに頭さらしてその童泣けばこの世がかなしくなるも」（「童子抄」）・「日は麗ら薔薇（さうび）あまりに色紅しわっと泣かむと思へどもわれ」（「山海経、寂しき日」）など、同集所収歌には「うらら（か）」の語がたびたび用いられ、「新生」の富士山詠はその代表的なものとなっている。しかしそうした白秋自身の評価を措いてこれらの歌を読むとき、己れの心境と富士山への敬仰とを重ねる迷いのないまなざしが、人生の暗闇から抜け出たことの晴れやかさに発していることは疑いないと思われる。類句から成る数首がここに一括されていることも、これらが、流露する「麗朗」とした心持ちから生まれたことをうかがわせよう。

『雲母集』時代は、無情光明の光明方面を強調した時代」と晩年したためているように（「新秋歌話」『短歌の書』〈昭和十七年刊〉所収）、白秋は三崎で光明を見た、あるいは見ようとしたのだった。世間から指弾され、両親や俊子との関係にも苦悩の絶えなかった白秋が、新たな生を歩み始めた記念碑というべき側面を「三崎新居」の歌々はもつ。相模湾越しに見る初夏の富士山は、顔を上げ新たな生を拓いていこうとする心のうちをぴたりと映すのに相応しい景そのものと、白秋の目には捉えられていたのであろう。

3　雪の焔　紅い不尽

万葉歌の語彙・語法に対する白秋独自の解釈を五七調の長歌体作品に結実させた作品が、

「黎明の不尽」である。大正十一（一九二二）年に刊行された本作所収の長歌集『観想の秋』の序には、「長歌は万葉に由来するが、わたくしのものは万葉のそれとも違ふ。わたくしの詩の内容にその形式を採ったのである。此の形式のすぐれたところは、かの弦楽の如く絶えんとして続き、続きつつ縹渺としてまた絶えんとする一流れのリズムの起き伏しにある」とあり、所収歌はいずれも詩として創作されたものであるという。長歌の特長を、「一流れのリズムの起き伏し」にあると白秋はとらえ、その形式によって音楽的な韻律をもった歌（詩）の詠作が試みられたということになる。この歌（詩）は、白秋の富士山詠の代表作のひとつとなった。

大正七（一九一八）年、鈴木三重吉が創刊した児童芸術雑誌『赤い鳥』の童謡欄執筆をきっかけに、白秋はしばらく童謡等の作詞に創作の軸足を移していたのだが、大正十（一九二一）年には再び歌作にも力を注ぐようになる。そうした折、「大正十年秋、妻菊子とともに御殿場を経て伊豆吉名温泉に行く、その時の詩」（序）として「黎明の不尽」は詠まれた。詠作の契機には、「妻菊子」の存在があったのである。白秋は、最初の妻俊子との離婚後、四年間連れ添った詩人江口章子（あやこ）とも大正九年に離別、翌十年四月、佐藤菊子と三度目の結婚を果たした。新妻菊子と伊豆半島中心部の吉名（よしな）温泉に向かう途上、二人は御殿場に宿泊し夜明けの富士山を仰ぎ見る。その感動をつづった「黎明の不尽」は全一一二句からなる大作で、次のような荘重な詞句によって歌い出されている。

天地の闢けしはじめ、成り成れる不尽の高嶺は、白妙の奇しき高嶺、駿河甲斐二国かけて、八面に裾張りひろげ、裾広に根ざし固めて、常久に雪かつぐ峰、かくそそり聳やきぬれば、厳しくも正しき容、譬ふるに物なき姿、いにしへもかくや神さび、神ながら今に古りけむ。たまたまに我や旅行き、行きなづみ振りさけ見れば、妻と来てつつしみ仰げば…

右の一節を含む第一段では、まず、倭大后「天智挽歌」・柿本人麻呂「吉野讃歌」、山部赤人「望不尽山歌」・高橋虫麻呂歌集「詠不尽山歌」といった万葉儀礼歌の詞句をふまえ、「天地の闢けしはじめ」「白妙の奇しき高嶺」「行きなづみ振りさけ見れば」などの句によって、雪を戴きそそり立つ、神さながらの富士山の威容が讃美される。

続く第二段で、未明の山麓に響きわたる狩猟者の一団の騒擾によって眠りが中断されたことが散文的に叙され、第三段では、胸中に沸き起こる「益良夫ごころ」に導かれて見遣った中空に、富士山の姿を見出した驚きと感動がつづられてゆく。

あなあはれ不尽の高嶺ぞ、今し今、一きは清き紫の朝よそほひに出で立ち立てれ。夢か、こは、まことなりけり。夢ならず、現なりけり。起きよ起きよ。まことこれ日の本の不尽、木花咲耶姫の神、神しづまりに鎮まらす不尽の御嶽ぞ、見よ目に見えて近ぢかと明け初むるなれ。起きよとて妻揺りたたき、目ざめよとまた呼び覚まし、口漱ぎ、さて、身をきよめ、さむざむと袂合(あ)はし、しみじみと二人い寄り、ひたすらにかくて見恍(ほ)れぬ。……

「不尽の高嶺」「日の本の不尽」など、随所に赤人歌・虫麻呂歌集歌の辞句をとり込みつつ、早朝の富士山との劇的な出逢いを描き出している。そして、この不意におとずれた驚きと感動は、「起きよ起きよ」と妻を揺り起こす衝動へと繋がってゆくのだった。この箇所には、大学時代の朋友である歌人若山牧水作の「たづね来て泊れる人をゆり起す夏めづらしき今朝の富士見よ」（『山桜の歌』〈大正十一年刊〉所収）が意識されているとも見られるが、あるいはそうであったにせよ、富士山との邂逅による心の覚醒を長歌の韻律で詠むという着想が、白秋独自のものであることはまちがいないのだろう。

富士山の神性顕現の現場に立ち合っているという感動は歓喜へ、そしてこの時をともにする妻を得た幸福感へと、しだいに同期してゆく。

観る人も妻とし見れば、飛ぶ鳥も連るるものかも、うれしやと妻は見て云ふ、我もまた微笑みて見つ……

ほどなく詠み手のまなざしと意識は、夜明けの空に立つ富士山の「紅く」光り輝く頂へと絞り込まれる。富士山はこのとき、馴染みある「白妙の高嶺」としてではなく、「紅」く輝く「蓮華」のごとき霊妙な姿を現わし出した。

　薄紅き蓮華の不尽の隅ぐまの澄み明りゆく立姿、頂（いただき）の辺（べ）は更にも紅く、つや紅く光り出でたれ。

夜から朝へと移ろう刹那、暁光に映える富士山に奇跡のような相貌が現出するのを目撃した――。心の昂ぶりそのままに詠み継がれたこの段の詞句には、そうした驚異の念が横溢している。

　いよいよに紅く紅く、ひようひようと立ちのぼる雪の焔の天路（あまぢ）さしいよよ尽きせね、消えてつづき、消えてつづけり。あなあはれ、かのいつくしさ、このかうかうしさ。眺むれど見れども飽かず、言（こと）にさへ筆にさへ出ね。あなかしこ、不尽の高嶺は日の本の鎮めの高嶺、神ながら奇（くす）しき高嶺、この高嶺まれに仰ぎてこの朝新（あしたあらた）にぞ見て、この我や、ただこの妻と、ただ得も云へず涙しながる。

富士山の神性を直感し、心を震わせる二人を描いて、一首は右のようにしめくくられる。結句「涙し流る」は『万葉集』に、「我妹子が植ゑし梅の木見るごとに心咽せつつ涙し流る」（巻三・四五三）という大伴旅人の歌に例があり、白秋はこれをふまえたとみられるが、旅人歌では妻を亡くした悲嘆の涙を流す意の表現としてあるのを、今をともに生きる妻への愛と讃嘆の表現に転用したということになろう。

それにしても、「雪の焔」とはなんと特異な表現であろうか。冒頭で「白妙の」と詠まれた富士山頂が、ここでは雪煙の舞い上がるダイナミックな様相で描かれ、紅く立ちのぼる焔に見立てられている。それはまさに、峻厳（いつくし）にして神々しさ（かうかうしさ）を持つ富士山の神性の徴なのであった。「このかうかうしさ」から「この高嶺」「この朝」「この我」「この妻」へと続く詞句の流れに「この」を畳重して臨場感を現出しつつ、末尾で「ただこの妻と、ただ得も云へず涙しながる」と締めくくることによって、この時を菊子と分かち合うことこそが、感動をいっそう輝かしいものにしていると謳いあげるのである。

あらためて、中盤で「たださへも益良夫ごころ溢れ揺り抑へもあへぬを」と詠まれた「益良夫ごころ」とは、「この妻」との日々を守り抜こうとする心の奮い立ちの謂いであったことに気づかされる。「ますらを」もまた萬葉歌に由来し、「ますらをの弓末振り起し射つる矢を後見む人は語り継ぐがね」（巻三・三六四・笠金村）、「ますらをの心振り起し剣太刀腰に取り佩き梓弓靫取り負ひて」（巻三・四七八・大伴家持）のように、古代宮廷社会における官人・武人としての男子の矜持を表す語であった。万葉歌の用例の大半では「大夫」という表記となっているのに対し、「益良夫」という表記が選ばれていることには、益々良き夫たらんとする白秋の決意が滲んでいようか。

『観想の秋』には、妻との満たされた日常を詠んだ次のような一節をもつ歌も見える。

…この夜さのこの安けさは神ぞただ守りますべき…（中略）…二人なるいのちの息の、おのづから触れかよふかな。親しくもゆき通ふかな。蜜柑など一つむきてむ。近々と火にむかひゐむ。またすこし炭つぎ足して、さて待たむ、二日の朝の海原の紅き日の出を

（「竹林の早春、元旦の夜のこと」）

元旦の夜、「紅き日の出」を待つ夫妻の間には、平穏な時間と温かな空気が流れている。菊子を得てはじめて、「二人なるいのちの息」の触れ合い通い合う日々を、白秋は実現することができた。なにげない生活の細部に幸福は宿り、精神の充実もまたそこに根差す。それを描く

ことこそが、この歌集のテーマであったようにも思われる。その年の春、二人には待望の長子（隆太郎）が誕生する。

「大きなる紅薔薇(べにばら)の花ゆくりなくぱつと真紅(まつか)にひらきけるかも」（『雲母集』）など白秋の歌には「紅(あか)」を詠むものが少なくなく、彼の感性にとってそれが特別な色彩の一つであったことをうかがわせる。白秋が「紅」を見出すとき、そこには、自然界にやどる神秘的な力の発動があった。「雪の焔」を紅く燃え立たせる神としての富士山から彼が感得したのは、おのれの命を支える力だったのかもしれない。

4　不二大観

白秋が再び、富士山を主要なモチーフとして詠むのは、「不二大観」と題された全一七二首においてのことである（木俣修編『海阪』〈昭和十四年刊〉所収）。序に、「大正十三年正月五日、智学田中先生の懇招に応じて、伊豆修善寺を発して三保の最勝閣に赴く。この行父母を奉じ、妻子と伴なり。淹留五日、或は晴れ、或は雨。而も不尽の観望第一なる有徳の間の朝夕は我をして感懐禁ぜざらしむ」とあり、新春を家族そろって三保で過ごした折の作という。白秋一家が訪れた三保貝島の最勝閣(さいしょうかく)は、夫妻と親交の深かった田中智学（法華宗系の宗教団体国柱会の創始者）が明治四十二年に建てた別荘で、蒼い瓦屋根と白い壁をもつ楼閣として知られていた。

不二ヶ嶺は七面(ななも)も八峰(やを)もつむ雪の襞ふかぶかし眩ゆき白光(びやくくわう)　（「不二を仰ぐ」）
不二ヶ嶺はいただき白く積む雪の雪炎(せつえん)たてり真澄む後空(あとぞら)　（同右）

右二首は、沼津経由で江尻（現在の清水駅）に向かう汽車の窓から仰ぎ見た富士山を詠んだもの。田子の浦と呼ばれた駿河湾沿いの富士大観エリアで、白秋は、碧空を背にきわやかな輪郭を浮かび上がらせて輝く富士の山容を望見する。これらにも、赤人の「田子の浦ゆうち出てみればま白にぞ不尽の高嶺に雪は降りける」（『万葉集』巻三・三一八）がふまえられていることは明らかだろう。よく知られた古歌の詠み手の視線に自身のそれを重ねる仕儀で、白秋は富士山をふり仰ぐ。「不二大観」の歌々には、朝に夕に三保周辺から望む富士山を、多彩な景物や人事と取り合わせて詠む手法の闊達さと、表現の緊密性・描写の細やかさに優れた作が多い。
一方、次のような歌々には、彼の富士山詠の新たな局面を見出すことができる。

この殿はうべもかしこししろたへの不二の高嶺をまともにぞ見る
（「最勝閣にまうでて詠める長歌並びに反歌」）
天そそる不二をまともに我が見るとこの高殿に参ゐ(ま)のぼり見る（「不二大観　最勝閣より」）

「不二の高嶺をまともにぞ見る」「不二をまともに我が見ると」と、白秋はここで、自己の心境を投影するイメージとしてではなく、富士山そのものとまっすぐに対峙している。聖なる山というばかりでない、これまでにない富士山との向き合い方が、こうした歌々から見てとれる。「ここゆ見る不二のすがたは二方に裾廻ひき張れ清麗けきまでに」（「不二大観　最勝閣より」）・「雪しろき不二のなだりのひとところげそりと崩えて紫深し」（「不二を仰ぐ」）など、山容全体と細部とに正確に注がれる詠み手のまなざしもまた、この歌群の特徴である。かつて白秋の魂を揺さぶった暁の富士山頂が、このときあらためて、二つとない清麗けき高峰としてとらえなおされている。

他方、富士山頂の「あか」にも、やはり目を留めずにはいられなかったようだ。

ほのぼのと明けゆく不二のいただきは空いろふかし天の戸に見ゆ　（「不二の暁色」）
不二の尾はいまだはねむれ天つ辺の秀の片面よ紅みさしつつ　（同右）
豊かなる不二の茜の秀に燃えてまたく明けたり今日は晴ぞも　（同右）
不二ヶ嶺にいや重きつもる堅雪のゆふべはあかく天に燃えつつ　（「不二の夕照」）

「黎明の不尽」（『観想の秋』）で高らかに謳われた感動はここでは影を潜め、厳冬の空に積雪を戴いて聳える山頂の朝陽夕陽に色づくさまが、「茜の秀に燃えて」「あかく天に燃えつつ」と描出されている。「つつ」と言いさした夕照の歌の結句は、雪の白に投影される「紅」の移ろいを見つめ続ける眼差しを浮かび上がらせ、詠み手と富士山との静かな対話を思わせる。

不二ヶ嶺の眺めゆたけく煮る酒のあなねもごろや父とよろしき　（「柑子照る宿」）

見の飽かず不二を眺めてます母のうしろでゆゑに我は泣かゆも　（「小関」）

長年にわたる両親との葛藤や家庭生活の破綻と困窮は、白秋の苦悩の根幹にあり続けたものだった。しかし、父母を近景に、富士山を遠景に配して詠まれた右のような歌々には、不安や煩悶の影はまったく見られない。富士山を眺めつつ父と燗酒を交わすひとときの安寧、飽かず富士山を眺める母の後姿を見て思わず溢れてくる涙。白秋は三保滞在で、はるか高所から一家の日々を見守り続ける富士山の存在にあらためて気づいたのだろうか。

母父と妻と愛児とうちいでてふりあふぐ空に不二はかかれり　（「三保の松原」）

家族そろって富士山を仰ぎ見ながら、白秋の胸中には、「母父（おもちち）」「妻」「愛児（まなご）」そして自身の今に対する肯定が、ゆるぎないものとして感得されているのだろう。それはまた、清麗（さや）けき本性のままつねにそこにある富士山への感謝の念とも表裏するものであったように思われる。

5　富士五湖遊覧

大正十三（一九二四）年の三保滞在以降、白秋は家族を伴ってしばしば日本各地を旅した。昭和七（一九三二）年十一月には、一家で富士北麓の富士五湖に遊んだ。山中湖・河口湖・西湖・精進湖・本栖湖を経巡りつつ、湖や湖畔に織りなされる晩秋の景を、白秋は二十五首の歌に詠んでいる（『夢殿』所収）。

そのうち「河口湖」と題された三首中の一首には、次のような歌が見える。

鵜の島と舟子（かこ）が呼ぶなる湖（うみ）の島兎跳ねつつ鵜の鳥はゐず（「河口湖」）

河口湖に浮かぶ小島「鵜の島」には兎はいたけれど、肝心の鵜はいなかったよというユーモラスな着想の作で、「鵜の島の兎」は実景とも読めるが、富士河口湖町役場河口出張所の職員石川泰永氏によれば、地元では鵜の島で兎が確認された事実を聞かないという。

白秋はこの頃すでに多数の童謡集を刊行しており、童謡・唱歌の作詞家としても第一人者となっていた。「兎の電報」（大正十〈一九二一〉年）をはじめ、その歌詞にはしばしば兎が登場する。どうやら兎は、白秋のお気に入りのモチーフの一つであったらしい（「あわて床屋」大正十二〈一九二三〉年、「待ちぼうけ」大正十三〈一九二四〉年など）。河口湖畔南東にある天上山（てんじょうやま）（標高八五六m）は、地元ではカチカチ山伝承の舞台として言い伝えられる山だが、あるいは、そうした話を白秋は観光案内などで知って興味をひかれ、諧謔的な一首に仕立ててみたとも考えられよう。

昭和初期の河口湖には、二十人ほどが乗船できる屋形船が遊覧船として周遊していた。先述の石川氏によれば、そうした「遊覧ボート」は「焼きマル」と呼ばれたいわゆる焼玉エンジンを搭載し、運転時にポンポンという音を立てるのが特徴であったという。一家もまた、それに乗りこんだ。このとき白秋の目は、湖面をひらひらと舞うモンシロチョウの影を無心に追っている。

秋の晴れ湖面（こめん）にあそぶ紋白蝶（もんしろ）の影ひとつ見つつぽんぽん舟行く　（「河口湖」）

じつは、これら富士五湖めぐりの連作二十五首において、「ここよりぞ富士は裾野の見わたしと水照（みでり）しづけき四つの湖（うみ）見ゆ」などわずか三首にしか、「富士」は詠みこまれていない。富士山を間近に望む地で、再び白秋が、活力あふれる富士山を詠むことはなかったのである。
それから八年後の昭和十五（一九四〇）年に刊行された第十歌集『黒檜（くろひ）』には、次のような一首が記されている。

　高空に富士はま白き冬いよよ我が眼力敢（まなぢからあへ）なかりけり

（「早春指頭吟、冬光無し」）

鋭敏な感性でことばを研ぎ澄まし、独自の詩的宇宙を紡ぎ続けてきた白秋にとって、「眼力（まなぢから）」とは、芸術を生み出してゆくための創造力の根源であったにちがいない。五十代で糖尿病と腎臓病を患い、数度の眼底出血に見舞われた白秋の視力は、著しく衰えていく。あまたの芸術的霊感を与え続けてくれた富士山を、その目ではっきりととらえることも叶わなくなりつつあった。白秋が残した最後の富士山の歌、

　雪ま澄む富士が見ゆとふ外（と）の窓の内窓ちかく俯居（うつゐ）る我は

（木俣修編『牡丹の木――「黒檜」以後』〈昭和十八年刊〉所収）

には、病牀にあって、窓からすらも富士山を見遣ることのできない嘆きが詠まれている。富士山遠望を求める思いは、今ひとたび生きる力を求めようとする願いと重なっていたのだろうか。昭和十七（一九四二）年、その願いは果たされぬまま、白秋は五十七年間の生涯を閉じた。

注

（1）第四歌集『風隠集』（木俣修編）、第五歌集『海阪』（木俣修編）、第八歌集『溪流唱』（白秋編）、第九歌集『橡』（白秋編）、第十一歌集『牡丹の木（ぼく）―「黒檜」以後』（木俣修編）など、没後刊行されたものも少なくない。

（2）品田悦一『斎藤茂吉』（二〇一〇年・ミネルヴァ書房）参照

（3）赤人歌の解釈については、拙稿「富士山の和歌―上代・中古・中世」（富士短歌会歌誌『富士』創刊五周年記念号・二〇一一年一二月）参照

Ⅳ 付篇

一　『新編国歌大観』における「富士山」用例

『新編国歌大観』（新編国歌大観編集委員会、角川書店、全10巻）の索引により、句頭に「ふじ」（ふし・ふしのね・ふしのたかね・ふしのやま等を含む）の語をもつ和歌ならびに詞書・左注等の用例を拾い出し、その歌番号を掲出した。

第一巻　勅撰集編

古今和歌集……534・680・1001・1002・1028
後撰和歌集……565・647・648・1014・1015・1308
拾遺和歌集……891
後拾遺和歌集……825

詞花和歌集……155・303
千載和歌集……283
新古今和歌集……33・675・975・1132・1614・1615
新勅撰和歌集……687・688・728・987・1295・1296・1297
続後撰和歌集……316・361・518・671・774・775・776・777・855・941・1049
続古今和歌集……390・638・884・1078・1492・1647
続拾遺和歌集……311・830
新後撰和歌集……31・778・796・1302・1609
玉葉和歌集……1165・2801
続千載和歌集……39・672・1102・1103・1166
続後拾遺和歌集……82・640・641・642
風雅和歌集……37・622・819・908・925・1231・1515
新千載和歌集……717・819・881・1120・1121・1122・1123・1124・1125・1126・1647
新拾遺和歌集……27・270・431・982・983・984・985・989・1625・1720・1739・1879
新後拾遺和歌集……564・814・815・921・922・961
新続古今和歌集……7・326・547・1026・1027・1028・1094・1095・1616

新葉和歌集……25・490・540・541・642・643・656・685

第二巻　私撰集編

万葉集……320・321・323・324・2703・2705・2706・3369・3370・3371・3372

新撰和歌……258

古今和歌六帖……734・792・795・909・1021・2501・2504・2505・2665

玄玄集……97

後葉和歌集……298・460

月詣和歌集……6

玄玉和歌集……365・505

新撰和歌六帖……478・569・1549・1907

万代和歌集……1948・1949・1950・1951・2157・2620・3398

夫木和歌抄……919・1399・1400・2457・2910・2997・3018・3030・3220・3556・3653・3700・3718・3729・4087・4776・4777・6099・6442・6443・6444・7050・7091・7683・7983・8076・8436・8437・8613・8614・8615・8616・8617・8618・8619・8620・8621・8622・8696・8855・9045・9046・9047・9104・9720・9721・9768・9769・9770・9887・10514・11382・11383・11384・11475・11479・11672・12397・12398・12399・12498・15671・15962・16591・

第三巻　私家集編Ⅰ　16614・17105・17302・17383

九条右大臣集……60
安法法師集……20
海人手古良集……55
恵慶法師集……282
好忠集……562
千穎集……50
馬内侍集……91
和泉式部続集……131・219
公任集……27
能因法師集……12
相模集……63・64・276・375
四条宮下野集……142
成尋阿闍梨母集……130
為仲集……17
経信集……173
康資王母集……83

江帥集……262・278
散木奇歌集……84・584・655・666・1197
基俊集……93
忠盛集……55
顕輔集……56
田多民治集……36・210
清輔集……77・78・200
頼政集……142
重家集……474
教長集……755
林下集……137
山家集……319・691
西行法師家集……347
長秋詠藻……270
秋篠月清集……160・731・1103・1237
拾玉集……30・402・520・787・943・1987・3050・3674・3692・3827・4184・4187・4189・4285・5159・5160

注・5168
壬二集……………………………128・380・447・663・783・1080・1490・1621・1879・1961・2354・2653・2654・2875
拾遺愚草…………………………1257・1371

第四巻　私家集編Ⅱ

金槐和歌集………………………366・468
明日香井和歌集…………………359・522・868・1185・1534
後鳥羽院御集……………………565・1293・1447・1473・1646・1652
兼好法師集………………………72・78
草庵集……………………………511・512・513・794・861・931・1271・1272
続草庵集…………………………314・505・596
慶運法印集………………………4・121・240
堀河百首…………………………1376
永久百首…………………………496
為忠家初度百首…………………357
為忠家後度百首…………………239

久安百首……133

正治初度百首……435・630・861・1450・1516・1970

建保名所百首……515・674・675・682・985・986・987・988・989・990・991・992・993・994・995・996

洞院摂政家百首……70・77・379・413・447・460・773・921・929・940・971・993・1003・1019・1080・1551

宝治百首……364・2175・2178・2568・2572・2573・2586・2590・2594・2597・2699

弘長百首……13・226・464・616

嘉元百首……381・954・1253・1579・1763・2183・2383

文保百首……3・873・980・1271・2365・2399・2598・2830・3264

延文百首……73・573・644・673・803・941・1102・1373・1493・1773・1998・2373・2424・2498・2606・2702・3127・3273

永享百首……20・214・754

御室五十首……36

為尹千首……405

藤川五百首……35・422

守覚法親王集（書陵部本拾遺）……61

慶運法印集（高松宮本）……1

第五巻　歌合編

定家物語……………8・9
和歌口伝……………56・283・284
井蛙抄……………516
兼載雑談……………2
西行物語（文明本）……111
沙石集……………69
蜻蛉日記……………59
海道記……………48・49
東関紀行……………42・44・45
十六夜日記……………52・53・54・113
とはずがたり……………87・88
平中物語……………52・53
住吉物語（藤井本）……2・3
住吉物語（真鍋本）……4・5

第六巻

松花和歌集……116
臨永和歌集……29・281・603
藤葉和歌集……352・353・427
安撰和歌集……226
六華和歌集……156・357・358・359・493・495・688・790・962・1228・1265・1364・1543・1544・1638・1639
津守和歌集……180
菊葉和歌集……915・1112
新三井和歌集……12
題林愚抄……1079・2628・2755・4157・5764・5900・5910・5932・6367・6368・7341・7528・7529・7538・7539・7550・7557・7562・8489・8589・10025・10026・10060・10088
林葉累塵集……646・699・1056・1075・1295・1296・1297・1298・1299・1300・1301・1302・1303・1304・1305
麓のちり……344・386・478
難波捨草……367・481・661・710・711
鳥の迹序……22・178・199・480・737・738・739・740・810
新明題和歌集……305・311・2261・2820・3082・3090・3772・3773・3955・3956・3957・3958・3959・3960・3961・3962・3963・3964・3965・3966・3967

霞関集……29・463・651・729・899・900・901・902
八十浦之玉……98・99・100・101・120・128・176・209・228・250・266・972
大江戸倭歌集……356・491・744・889・1127・1555・1669・1670・1671・1678・1679

第七巻

躬恒集……336
忠岑集……99・126
村上天皇御集……46・119
為信集……58・120
能宣集……187・229・362
定頼集……244
経衡集……97・195
為忠集……72
基俊集……40
出観集……15・247・439・652
風情集……66・153

禅林瘀葉集……………3
長秋草……………71・140
閑谷集……………38・127・231・232
隆房集……………81
艶詞……………68
無名和歌集……………80
光経集……………346・478
露色随詠集……………239
土御門院御集……………366
範宗集……………83・243・461・473・688
如願法師集……………32・44・139
紫禁和歌集……………443・697・960・1047
寂身法師集……………125・166・536
後鳥羽院定家知家入道撰歌……200
前長門守時朝入京田舎打聞集……22・91・118・231
信実集……………101・132・136・157

茂重集……171
後二条院御集……72
仏国禅師集……11
為理集……703
他阿上人集……23・24・123・227・1055・1056・1454
俊光集……451・575・576・577
藤谷和歌集……113・185
拾藻鈔……284
慈道親王集……148・175
権僧正道我集……60・79
光吉集……5・154・176
公賢集……143・397・745
李花和歌集……473・474・479・735・737
公義集……60・130
経氏集……328
中御門大納言殿集（伝俊成筆本）…7

第八巻

基綱集……176

閑塵集……120・339・340

碧玉集……811

柏玉集……585・819・1261・1523・1546・1692・1693・2188・2292・2375

春夢草……300・444・582・721・1226・1562・1992

雲玉集……387・388・419・490

雪玉集……50・64・763・1192・1515・1520・1712・1736・2064・2195・3041・3861・4233・4628・4657・4794・5216・5217・6238・6425・6640・7300・7825・8096

称名院集……637

通勝集……370・562・588・1265

惺窩集……94・95・161

雲玉集（島原図書館松平文庫蔵本）……17

第九巻

衆妙集……76・773・778

黄葉集……198・247・326・833・997・998・1061・1185・1240・1241・1242・1243・1244・1245・1246・1247・

楫取魚彦家集……6・33
佐保川……5・396・397
筑波子家集……155
六帖詠草……633・1264・1493・1549・1842
鈴屋集……152・321・948・985・1447・1604・1606・1607・2211
うけらが花初編……7・42・45・50・455・737・1230・1231・1307
藤蔓冊子……442・443・445・446・447・454・544・554・585
琴後集……44・747・1342・1405
亮々遺稿……1131・1313・1314・1315・1316・1318・1319・1320・1321・1322・1323・1324
三草集……107・258・259・262・679・680・681・682・683・684・685・686・771・821
桂園一枝……556・558・657・695
桂園一枝拾遺……23・592・593・594・595
柿園詠草……242・730・908・925
浦のしほ貝……506・1098・1325
志濃夫廼舎歌集……162
調鶴集……718

第十巻

5103・5104・5105・5106・5107・5108・5109・5110・5111・5112・5113・5114・5115・5116・5117・5118・5119・5120・5121・5122・5123・5124・5125・5126・5127・5128・5129・5130・5131・5132・5133・5134・5135・5136・5137・5138・5139・5140・5141・5142・5143・5144・5145・5146・5147・5148・5149・5150・5151・5152・5153・5154・5155・5156・5157・5158・5159・5160・5161・5162・5163・5164・5165・5166・5167・5168・5169・5170・5171・5172・5173・5174・5180・5182・5183・5184・5185・5188・5203・5204・5259・5265・5281・5317・5327・6655

飛月集……207

朗詠題詩歌……36

三百六十首和歌……175・176・330

百詠和歌……239

佚名歌集（穂久邇文庫本）……69

荒木田永元集……67

色葉和難集……181・291・657

蓮性陳状……3

了俊日記……70

古今和歌集古注釈書引用和歌……402・413

IV 付篇 264

二　古典文学作品（上代〜中世の散文・歌謡等）における「富士山」用例

史書・地誌・年代記・法典

番号	書　名	掲載書籍・巻数等	用例と記載頁・行
1	『常陸国風土記』筑波郡条	新編日本古典文学全集『風土記』	「福慈の神」178-7「福慈の岳」361-5
2	駿河国風土記逸文	新編日本古典文学全集『風土記』	「富士の山」453-16、454-3
3	『続日本紀』巻第三十六、桓武天応元年七月条	新日本古典文学大系『続日本紀』五	「富士山」205-6
4	『日本三代実録』四、清和貞観六年六・八月・同七年十二月条	国史大系『日本三代実録』前編	「富士郡」135-2「富士大山」137-11「富士山」138-11「富士大山」167-8
5	『延喜式』「神名帳」巻九浅間神社条	国史大系『交替式　弘仁式　延喜式』前編	「富士郡」229-1「富知」229-3

6	『日本紀略』延暦十九年六月条、延暦二十一年正月、貞観六年六月・八月・同七年十二月条	国史大系『日本紀略』前編	「富士山巓」275-11「富士山」277-4、425-2「富士郡」424-6「富士大山」424-13
7	『扶桑略記』大宝元年正月条	国史大系『扶桑略記　帝王編年記』	「富慈峰」71-7、72-1、72-3「富慈明神」71-10
8	『本朝世紀』久安五年四月条	国史大系『本朝世紀』	「富士上人」648-8「富士山」648-8
9	『吾妻鏡』建仁三年六月条、治承四年八月、治承四年十月、治承四年八月、文治二年七月、文治二年七月、建仁三年六月、承久元年三月	国史大系『吾妻鏡』第一（〜366頁）第二（367〜800頁）	「富士大菩薩」35-12「富士北麓」40-7、49-15「富士山麓」42-8「富士領」235-7「福地社」235-7「富士狩倉」602-9「富士浅間宮」756-16「富士山」475-10「富士」581-12
10	『帝王編年記』十四　清和貞観十七年十一月条	国史大系『扶桑略記　帝王編年記』	「富士峰」210-16

説話・物語

1	『日本霊異記』（日本国現報善悪霊異記）上巻第二十八	新編日本古典文学全集『日本霊異記』	「富岻の嶺」91-16
2	『竹取物語』	新編日本古典文学全集『竹取物語　伊勢物語　大和物語　平中物語』	「ふじの山」77-7
3	『聖徳太子伝暦』	真福寺善本叢刊第二期『聖徳太子伝集』	「附神」220-6「附神岳」235-9

<table>
<tr><td>4</td><td>『伊勢物語』</td><td>新編日本古典文学全集『竹取物語　伊勢物語　大和物語　平中物語』</td><td>「富士の山」121-14「富士の嶺」122-2</td></tr>
<tr><td>5</td><td>『平中物語』</td><td>新編日本古典文学全集『竹取物語　伊勢物語　大和物語　平中物語』</td><td>「富士」473-8「富士の嶺」473-11</td></tr>
<tr><td>6</td><td>『三宝絵詞』上</td><td>古典文庫『三宝絵詞』上</td><td>「富士の峯」173-6</td></tr>
<tr><td>7</td><td>『源氏物語』若紫巻・鈴虫巻
紫式部</td><td>新日本古典文学大系『源氏物語』一・四</td><td>「富士の山」一・154-7「富士の峯」四・71-14</td></tr>
<tr><td>8</td><td>『本朝神仙伝』大江匡房</td><td>日本古典全書『本朝神仙伝　附　古本説話集』</td><td>「富士の山」338-4</td></tr>
<tr><td>9</td><td>『今昔物語集』巻十一・十七・二十四</td><td>新日本古典文学大系『今昔物語集』三・四</td><td>「富士ノ峰」三18-3「富士」四21-5「富士ノ宮」四21-6「富士ノ山」四451-5</td></tr>
<tr><td>10</td><td>『平家物語』巻第三・五</td><td>新編日本古典文学全集『平家物語』①</td><td>「富士」200-2「富士の嵩」380-7「富士のすそ」402-11</td></tr>
<tr><td>11</td><td>『源平盛衰記』</td><td>中世の文学『源平盛衰記』(二)</td><td>「富士ノ高ネ」56-10</td></tr>
<tr><td>12</td><td>『承久記』</td><td>新日本古典文学大系『保元物語　承久記　平治物語』（財）水府明徳会彰考館蔵本）</td><td>「富士の沼」346-10「富士」253-11「富士の裾野」286-11</td></tr>
<tr><td>13</td><td>『承久記』</td><td>古典文庫『新訂承久記』（元和四年古活字本）</td><td>「富士の高峯」52-13</td></tr>
</table>

No.	作品	出典	用例
14	『住吉物語』	新日本古典文学大系『落窪物語　住吉物語』	「富士の嶺」303-5、10
15	『住吉物語』（広本系）	新日本古典文学大系『落窪物語　住吉物語』	「富士の嶺」357上6、13
16	『撰集抄』（近衛本）第五	岩波文庫『撰集抄』	「富士山」137-2「富士の山」137-4
17	『富士縁起』（断簡）	『金沢文庫の中世神道資料』	「般若山」57-4、21、23
18	『曾我物語』（真名本）	新日本古典文学全集『曾我物語』（真名本）（内閣文庫蔵本門寺系腐食以前本）	「富士郡」413上11、414上19、415下3「枝折山」413上5「富士の嶺」414上18「富士山」414下4「富士の山の仙宮」414下21「富士」415上13、21「富士浅間」415下6、9、17「富士の高嶺」416上7
19	『曾我物語』（訓読本）	新日本古典文学全集『曾我物語』（訓読本）（大石寺本）	「富士」214-16、239-13「富士の高嶺」259-3「富士の嶺」260-4「富士の山」262-2「富士山」296-13「富士の麓」298-3「富士の嶺」330-2「ふじのね」369-1
20	『神道集』安居院作	神道大系　文学篇1『神道集』	「富士浅間大菩薩」225-8、10、226-8、227-3、4「富士山」226-2、4、6、227-1「不死」226-7「富士」226-7、10、10「富士ノ根」227-2、5
21	『太平記』	新編日本古典文学全集『太平記』①	「富士の高嶺」77-13「富士」102-8
22	『三国伝記』巻第十二	中世の文学『三国伝記』（下）	「富士山」313-10、11「富士郡」313-13「富士」314-9「富士嶽」316-3

番号	作品	底本	用例
23	『地蔵菩薩霊験記』巻第二	（二巻本）続群書類従　巻二十五輯下	「富士ノ御岳」58上11
24	『地蔵菩薩霊験記』巻第二	（十四巻本）十四巻本地蔵菩薩霊験記（上）	「富士」102-14「富士ノ御岳」112-3
25	『塵荊鈔』巻第十一	古典文庫『塵荊鈔』下	「富士浅間大菩薩」371-11「富士峯」372-3「千眼大菩薩」372-5「富士」372-5、11、373-8、375-8、9、376-2「飛来峯」372-8「富士山」372-6「富士乃高根」373-6「般若山」373-1「四八山」373-2「浅沼嶽」373-3「藤岳」373-3「鳴沢」373-3「不尽」373-9「不死」373-10「蓬莱」373-10「新山」374-3「見出山」374-4「三重山」374-4「神路山」374-4「常盤山」374-4「三上山」374-4「婦志」375-11、11
26	『法華経鷲林拾葉鈔』巻十二・二十　尊舜	永井義憲解題『法華経鷲林拾葉鈔』三・四（慶安三年刊版本の複製）	「富士郡」三51-2、四124-9「富士嶽」四125-8「富士山」四125-9「富士」四125-10、126-1、2
27	『法華経鷲林拾葉鈔』巻十　尊舜	日本大蔵経　第三十巻	「富士山」361上10「ソメイロノ山」361上14
28	『桂川地蔵記』	改訂史籍集覧　第二十六冊	「富士」532-4
29	『富士山縁起』	修験道史料集〔Ⅰ〕	「富士山」411上4、6、8、415上12、416上19、416下1「富士」415上16、416上13、417上1、3

30	『俵藤太物語』	新日本古典文学大系『室町物語集』下	「富士」121-12
31	『富士の人穴の草子』	室町時代物語大成　第十一（赤木文庫本）写本（慶長八年／1603）	「ふし」429下14、20、430上11、450下18　「ふしあさま大ほさつ」435上15、450下12、15
32	『浅間御本地御由来記』	室町時代物語集　第二	「不二」266下11
33	『竹斎（竹斎狂歌ばなし・下り竹斎）』富山道治	岩波文庫『竹斎』	「ふじの山」82-6　「ふじのね」82-6　「せんげん大ぼさつ」82-9　「ふじのやま」82-11、84-11　「ふじ」83-4
34	『月刈藻集』	続群書類従　第三十三上	「富士」96下4、97上4、6　「富士山」96下10
35	『本朝神社考』林羅山	日本庶民生活史料集成　第26巻	「富士山」142下16、16、143上15、17、143下7　「富士」142下26、143下28、144上13　「富士浅間」143下16
36	『聖徳太子伝記（聖徳太子伝）』	伝承文学資料集成1	「富士嶽」160-18　「富士の峯」167-13、170-10　「富士」170-15、171-3、6、12、13、13　「富士明神」171-11　「富士の山」171-3

歌論書・歌学書・注釈書

1	『能因歌枕』（略本）能因	日本歌学大系　第一巻	「富士の山」94-5
2	『和歌童蒙抄』第二　藤原範兼	日本歌学大系　別巻一	「ふじの根」152-15、153-8　「富士」152-16　「富士山」152-16、153-7
3	『古今序注』	新日本古典文学大系『古今和歌集』	「フシノネ」419下12　「フシノヤマ」420上5

4	『古今集註序注』顕昭	日本歌学大系　別巻四	「フジ」145-5「フジノ山」145-6、147-15「フジノヤマ」147-11
5	『古今集註』顕昭	日本歌学大系　別巻四	「フジノネ」372-7、8
6	『袖中抄』第六・七　顕昭	歌論歌学集成　第四巻（袖中抄上）	「富士の峯」151-2「富士のなるさは」180-1、7、10、15「富士の山」180-3、9、181-11「富士」180-8、15、181-14「富士の嶺」181-2「富士の高嶺」181-4、8
7	『無名抄（長明無名抄・無明密抄）』鴨長明	大曾根章介・久保田淳編『鴨長明全集』	「ふじのなるさは」68上15
8	『顕注密勘（顕註密勘抄・古今秘註抄）』藤原定家	日本歌学大系　別巻五	「富士のね」289-8「ふじ」289-9、11「ふじの山」289-9「富士山」289-10
9	『定家物語（定家卿相語）』藤原定家	日本歌学大系　第四巻	「ふじのたかね」261-13、15、18
10	『秋風抄序』真観（葉室光俊）	日本歌学大系　第四巻	「富士のね」54-16
11	『三秘抄古今集聞書』藤原為家か	片桐洋一『中世古今集注釈書解題二』	「ふじのやま」212-4「ふじのね」256-4
12	『古今為家抄』（大阪府立図書館本）為家か	片桐洋一『中世古今集注釈書解題二』	「ふじのみね」108-9
13	『古今序抄』藤原為家	片桐洋一『中世古今集注釈書解題二』	「ふじ」186-13、191-1、3「ふじの山」186-14、191-4「ふじのやま」190-13

14	『万葉集註釈（万葉集抄・仙覚抄）』仙覚	万葉集叢書　第八輯	「不盡山」109-5、7「不盡能高根」109-8「富士山」110-1、11「富士ノ山」110-1、11、14「富士」110-3、5「フシノネ」110-13
15	『明疑抄』藤原為家か	片桐洋一『中世古今集注釈書解題一』	「ふじの山」271-7「富士ノ山」271-8
16	『古今和歌集序聞書三流抄』藤原為顕	片桐洋一『中世古今集注釈書解題二』	「富士」260-4、5、261-1、2、2、268-2「富士」260-14「フジ」260-14
17	『古今集註（為相註）』（京都大学本）冷泉為相か	『京都大学国語国文資料叢書48古今集註』	「ふし」106-1、118-4、5、119-13、14「富士」106-2、15「ふしの山」106-2、13、118-2「富士の山」106-14「ふしのね」107-2「富士山」118-7「富士」119-15
18	『古今集註（大江広貞・為相註）』（宮内庁書陵部本）冷泉為相か	片桐洋一『中世古今集注釈書解題一』	「富士」92-5、109-14「ふじ」92-7、12「ふじの山」109-12「富士の山」109-13
19	『六巻抄』二条定為・為世	片桐洋一『中世古今集注釈書解題三下』	「フジ」380-1、12、12、14、381-5「富士ノ山」381-4「フジノ山」381-10、13、382-2、5、12「ふじのね」514-4「富士」514-4
20	『定家流伊勢物語註』	『国文学論叢　第二輯　平安文学研究と資料―源氏物語を中心に』	「富士ノ山」229上15
21	『古今集註（毘沙門堂古今集註）』	『古今集古註釈大成　古今和歌餘材抄・古今集註・古今秘註抄』	「フシ」16下16、17上15、139下15「富士ノ山」17下7「富士」19下9、13「フシノ山」139下13

22	『古今和歌集序注　伝頓阿作』	片桐洋一『中世古今集注釈書解題二』	「ふじ」324-10、13、325-9「ふじの山」324-11、325-9、12、331-5「ふじの根」324-12
23	『井蛙抄』頓阿	日本歌学大系　第五巻	「富士の山」98-3
24	『詞林采葉抄』由阿	万葉集叢書第十輯	「富士山」65上13、69上16「富士」65上15、65下8、66上1、66下5、「富士ノ嶺」66下3「不死の山」66下4「不尽山」66下11「フシノタカネ」66下14、68上15、69上5「フシ」67下2、68下10「フシノネ」67下4、68上9、11、68下13「富士権現」67下11「フシノ山」68上5「フシノシハ山」67上5
25	『和漢朗詠集和談抄』（歌注）	和漢朗詠集古注釈集成　第三巻	「富士」578-11「富士山」578-17「不尽」579-3
26	『古今序注』了誉聖冏	片桐洋一『中世古今集注釈書解題二』	「フジノ山」115-3「フジノネ」115-4「富士」115-9、9、117-4、118-3、15「富士山」117-12、118-3「婦人山」117-12「不死山」117-12「斛聚山」117-13「枝折山」117-13「塩尻山」117-13「不死」118-1「富士ノ山」119-4
27	『源氏物語提要』巻二　今川範政	源氏物語古注集成2	「ふしの山」115-12「ふし」115-12「不二の山」115-12「不二浅間大菩薩」115-13
28	『正徹物語』正徹	日本古典文学大系『歌論集　能楽論集』	「富士」217-6、7、7、8、8、9、10、11、12
29	『東野州聞書』東常縁	日本歌学大系　第五巻	「富士のね」346-16
30	『心敬私語（ささめごと）』	日本歌学大系　第五巻	「富士の根」309-3

31	『古今和歌集両度聞書』宗祇	片桐洋一『中世古今集注釈書解題三下』	「富士の山」665-10、11「ふじのね」695-10、785-7「富士のね」785-8
32	『蓮心院殿説古今集註』飛鳥井雅親（栄雅）	片桐洋一『中世古今集注釈書解題四』	「ふじ」300-3、302-1「ふじのね」300-4、302-6「富士」302-5
33	『聞書』（宮内庁書陵部本「古今集抄」所収）	片桐洋一『中世古今集注釈書解題五』	「富士の根」406-5「ふじ」406-6、462-5、470-11、11「ふじのね」462-4、470-10
34	『仮根の遊み（仮寝能寸佐美）』東胤氏（素純）	日本歌学大系　第五巻	「富士」437-10
35	『時秀卿聞書』西洞院時秀	続群書類従　第十七輯上	「富士」15下14
36	『冷泉家流伊勢物語抄』	片桐洋一『伊勢物語の研究　資料篇』	「ふじの山」310上12、310下1、5、311下15、312上6、312下3「ふじの御山」310下1「ふじ」310下6、312上6「ふじのね」311上8
37	『伊勢物語愚見抄』一条兼良	片桐洋一『伊勢物語の研究　資料篇』	「ふじ」515上14「ふじのね」516上11「富士の山」516下1、15
38	『伊勢物語肖聞抄』牡丹花肖柏	片桐洋一『伊勢物語の研究　資料篇』	「富士の山」599上4「富士のね」599上6「ふじのね」599上7「富士」599上12
39	『聞書全集』細川幽斎	日本歌学大系　第六巻	「富士のね」106-14
40	『伊勢物語闕疑抄』細川幽斎	片桐洋一『伊勢物語の研究　資料篇』	「ふしの山」747上8「ふしのね」747上9、11「富士のね」747上13
41	『耳底記』烏丸光広	日本歌学大系　第六巻	「富士のね」208-8

42	『名所三百首注』（疎竹文庫旧蔵）	赤瀬知子『院政期以後の歌学書と歌枕』	「不二の山」278-18、279-2「富士のね」278-18「不二のね」279-1「富士山」291-16「ふじのね」291-17「富士のしば山」292-1、3「ふじの山」292-2
43	『名所三百首注』（伊達文庫蔵）	赤瀬知子『院政期以後の歌学書と歌枕』	「富士」336-15、353-1、4、7、8「富士の根」336-17、18、352-19「ふじ」336-19、19、353-4「富士山」352-18「ふじの柴山」353-3
44	『古今和歌余材抄』（国文註釈全書版）契沖	古今集古注釈大成『古今和歌余材抄　古今集註　古今秘註抄』	「ふし」25下19、29上14、18、265上2「ふしの山」26上1、28下6、8、29上11、20、264下16、19、456下5「ふしのね」26上24、29下5、319上20、435上17、456下4、12「富士」28下15「富士山」28下16「富士のね」456下2「富士の根」456下13
45	『ふるの中道』小澤蘆庵	日本歌学大系　第八巻	「富士の山」190-15「不盡」191-4
46	『歌のしるべ』藤井高尚	日本歌学大系　第八巻	「ふじのね」408-9「富士」408-10、11、12、14、14、409-2
47	『歌の大意』長野義言	日本歌学大系　第八巻	「ふじの根」424-5「ふじの嶺」424-6
48	『歌林一枝』中神守節	日本歌学大系　第九巻	「ふじ」150-1「ふじの山」150-3、6「ふじのね」150-5、159-2「富士の山」159-1
49	『八雲のしをり』間宮永好	日本歌学大系　第九巻	「ふじのね」288-18
随筆・日記・紀行			
1	「富士山記」（『本朝文粋』巻第十二所収）都良香	日本古典文学大系『懐風藻　文華秀麗集　本朝文粋』	「富士山」413-8、10「富士」414-7

番号	作品・作者	底本	用例
2	『更級日記』菅原孝標女	新編日本古典文学全集『和泉式部日記　紫式部日記　更級日記　讃岐典侍日記』	「富士の山」289-6、290-4
3	『中右記』藤原宗忠	増補史料大成『中右記　四』	「富士山」210下14、212上15「富士」216下12
4	『山槐記』藤原忠親	史料通覧『山槐記　二』	「富士」201下1
5	『明月記』藤原定家	稲村栄一『訓注明月記』第二巻	「富士山」477-10
6	『海道記』	新編日本古典文学全集『中世日記紀行集』	「富士の高峰」19-1「富士の山」50-5、51-4、53-16「富士」51-6、54-3「富士の峰」53-5「不死の峰」54-2
7	『東関紀行』	新編日本古典文学全集『中世日記紀行集』	「富士」131-4「富士の山」131-7、16「富士の麓」132-4「富士の高嶺」131-12、132-15「富士の嶺」132-1
8	『信生法師日記』（信生法師集）	新編日本古典文学全集『中世日記紀行集』	「富士の高嶺」93-15、100-10
9	『うたたね（うたたねの記）』阿仏尼	新日本古典文学大系『中世日記紀行集』	「富士の山」174-15
10	『都路のわかれ』飛鳥井雅有	古典文庫　第二十五冊	「ふじの山」100-9
11	『十六夜日記』廿六日条　阿仏尼	新編日本古典文学全集『中世日記紀行集』	「富士の山」283-4「富士山」381-9「富士」299-6、381-12「富士のね」283-9、12
12	『春の深山路（春のみやまぢ）』飛鳥井雅有	新編日本古典文学全集『中世日記紀行集』	「富士の山」343-17、381-3「富士山」381-9「富士」381-12「富士の腰」383-17、384-3「富士の裾」384-4

13	『とはずがたり』後深草院二条	新編日本古典文学全集『建礼門院右京大夫集　とはずがたり』	「富士」426-15、429-8「富士の嶺」427-1
14	『都のつと』宗久	新日本古典文学大系『中世日記紀行集』	「富士の山」350-8「不尽の高嶺」350-11「富士の嶺」350-12
15	『看聞日記（看聞御記）』御崇光院（伏見宮貞成親王）	続群書類従　補遺第二上	「富士」58上10、14、58下4、59上5、16
16	『富士紀行』飛鳥井雅世	新校群書類従　第十五巻	「富士」129上5、131下5、132上8「ふじの高ね」131下13「ふじ」132上12、132下7「ふじのね」132上16「富士のね」132上19、132下10「富士の高根」133上5
17	『覧富士記』堯孝	新編日本古典文学全集『中世日記紀行集』	「富士」458-6、467-15、17、468-4、6、8、11、469-14、471-2、5、11、475-9、15、476-6「富士の嶺」459-4、6、464-15、17、467-13、469-17、470-3、471-8、15、472-1、6、10、13、16、473-4、9、16、474-2、4、476-2、477-1、3、6「富士の高嶺」468-2、472-3、8、473-14、474-7「富士権現」470-15「富士の芝山」471-3
18	『富士御覧日記』	新校群書類従　第十五巻	「富士」142上8、16、142下2、14「ふじ」142上10、18、142下4、16、143上4、22、143下2、8、10、16、19「ふじの高ね」142上14「ふじのね」142上20、22、142下7、9、22、144上1、7、11、14「富士のね」142下11、18、143上18、143下12、144上5「富士の高ね」142下20「ふじのたかね」143上2「ふじの根」143上20「ふじの高根」143下17「富士の根」144上9「不じのね」144上12

No.	作品・作者	出典	用例
19	『満済准后日記』満済准后（法身院准后）	続群書類従　補遺第二下	「富士」406下6、436上10
20	『臥雲日件録抜尤』瑞渓周鳳	大日本古記録　第十三	「富士」11-14、12-5、142-6、6、161-7「富士山」11-15、12-1、4、93-11「不死」12-5「富士大宮司」161-6「富士浅間権現」161-7
21	『平安紀行』太田道灌	群書類従　巻第十八	「富士の山」649上11「不二の芝山」649上12「ふしのね」649上16
22	『正広日記』正広	日本紀行文集成　第四巻	「富士」159-5、160-8、10、12、164-2、6「ふじ」160-15、1161-2、3、4、5、6、7、8、9、10、11、164-9、165-5「富士浅間」161-12
23	『筑紫道記』宗祇	新日本古典文学大系『中世日記紀行集』	「富士」425-15
24	『関東海道記』藤原雅康	日本紀行文集成　第四巻	「富士」199-1、201-10、205-6、13、206-3、208-5、10、12、14「ふじの高根」205-8「富士の根」205-9「ふじ」205-10、12、205-14、206-1、5、7「富士の高根」205-11「ふじのね」205-15「ふじの根」206-2
25	『北国紀行（吾妻道記・東路紀行）』堯恵	新日本古典文学大系『中世日記紀行集』	「富士」441-6、9、442-11、443-5、446-9「富士の嶺」441-11、443-8、446-10
26	『実隆公記』三条西実隆	『実隆公記』巻一下	「富士」732-3、3、3

27	『廻国雑記』道興	新校群書類従　第十五巻	「ふじのね」184上13、21、189上14、16、19、195上16、199上17「富士のね」189下3、195上6、13「富士の高ね」194下14、16「ふじ」184上16、19、189上13、195上8、199上12、15、19「ふじの麓」199上11「富士」199上13
28	『富士歴覧記』飛鳥井雅康	新校群書類従　第十五巻	「ふじ」147下1、6、8、9、10、12、16、148下4、12、14「ふじの高根」147下4「富士のね」147下5「不二の高ね」147下7「ふじのね」147下11、13「富士」147下15、18「ふじの山」148下16、18
29	『宗祇終焉記』宗長	新日本古典文学大系『中世日記紀行集』	「富士の嶺」452-8「富士」454-10
30	『東路のつと』宗長	新編日本古典文学全集『中世日記紀行集』	「富士の嶺」506-10「富士」507-9
31	『宗長手記』宗長	岩波文庫『宗長日記』	「ふじ」24-2、51-3、55-7、66-8、10、79-5、128-11「不尽」51-4、53-16、75-7「富士」66-6、122-8
32	『宗長日記』宗長	岩波文庫『宗長日記』	「富士」146-6、147-12、158-1、161-10「不二」146-8
33	『あづまの道の記』尊海	新校群書類従　第十五巻	「富士」238下10、239上10「ふじのね」238下12「富士のね」239上11
34	『東国紀行』宗牧	日本紀行文集成　第四巻	「富士」211-1、238-15、239-2、250-4、261-11、14「富士の根」215-6、232-12「富士のね」232-14、239-4、249-13「ふじ」246-12「ふじのね」262-2（「高嶺」250-14）

35	『紹巴富士見道記』紹巴	新校群書類従 第十五巻	「富士」255上13、260上10、261上8、22、262上3「富士浅間」261上3、261下15「富士の嶽」262下16
36	『總見院殿追善記』大村由己	古典文庫『信長記』下	「富士山」204-8
37	『東国海道記』細川幽斎	日本紀行文集成 第四巻	「富士」277-8、10、16「ふじ」278-7「ふじの高根」278-9
38	『甲陽軍鑑』巻九・十・十一・十二・十三・十五・十八・十九・二十 高坂昌信・春日惣三郎・大蔵彦十郎か	酒井憲二『甲陽軍鑑大成』本文篇上・下	「ふじの大宮」（上）315上17、382下17、418上4（下）75下16、122下7「ふじ大宮」153下3「富士浅間」（上）324上12、363上7、18「富士」（上）363上3、512上14（下）124下14、125上7「ふじ」（上）383上1、447下2（下）100上16、18、106上3、182下5、8「ふじせんげん」（上）385上3「富士北室」（上）422上5
39	『信長公記』太田牛一	史籍集覧 第十九巻	「富士之根」242-11「富士の山」243-1
40	『勝山記（妙法寺記）』	流石奉『勝山記と原本の考証』	「冨士」88-6、111-13「富士山」95-6、107-3、111-11、139-6、150-2、153-15「内院」116-10「富士」101-6、104-5、117-12、119-8、120-2、6、148-2「御富士」142-12

歌謡・連歌・謡曲・能楽論

1	『梁塵秘抄』巻第二（今様）	新編日本古典文学全集『神楽歌 催馬楽 梁塵秘抄 閑吟集』	「富士の山」267-14「富士の高嶺」297-2
2	『宴曲集』巻四・五（早歌）	中世の文学『早歌全詞集』	「富士のね」79-12「富士の山」91-5
3	『宴曲抄』（早歌）	中世の文学『早歌全詞集』	「富士の明神」120-12
4	『拾菓集』（早歌）	中世の文学『早歌全詞集』	「富士の高根」191-11

5	『異説秘抄口伝巻』（早歌）	中世の文学『早歌全詞集』	「富士山」309-3
6	『撰要両曲巻』（早歌）	中世の文学『早歌全詞集』	「富士の山」327-16
7	「紫野千句」（連歌）	続群書類従　巻十七上	「富士のね」371上19「ふしのね」379上8
8	「熊野千句」（連歌）	続群書類従　巻十七上	「ふし」471上19「富士の山」484下18
9	「大神宮法楽伊予千句」（連歌）	続群書類従　巻十七上	「富士のね」507上19
10	『五音』世阿弥（能楽論）	日本思想大系『世阿弥　禅竹』	「富士山」208上5、6、208下6「富士の嶺」208上11、228上2
11	『申楽談義（世子六十以後申楽談義）』世阿弥（能楽論）	日本思想大系『世阿弥　禅竹』	「富士」280-8
12	「富士山」（謡曲）	謡曲大観　第四巻	「富士山」2683-1、2685-15、17、2688-3、2690-9、2692-2、4、2693-6、2694-5「富士」2686-7、2687-2、5、2688-11、2689-10、2690-5、7、2691-3、2692-6、2694-2「富士の根」2686-5「富士の嶽」2688-10「不死山」2688-13「富士の山」2688-15「富士の嶺」2689-6、2691-1、2693-1「富士の高嶺」2691-11、2695-9「富士の御嶽」2693-20、2695-5「富士浅間」2694-16
13	「富士太鼓」（謡曲）	新日本古典文学大系『謡曲百番』	「富士」638-4、5、6、11、639-8、641-1
14	「羽衣」（謡曲）	謡曲大観　第四巻	「富士」2493-7「富士の高嶺」2495-2
15	「小袖曾我」（謡曲）	新日本古典文学大系『謡曲百番』	「富士」75-21、23、76-2、80-10「富士権現」78-1「富士の根」76-8、80-6
16	「夜討曾我」（謡曲）	新日本古典文学大系『謡曲百番』	「富士の根」282-25、25「富士」283-2、3、6、6、8

17	「生贄」（謡曲）	校註謡曲叢書　第一巻	「富士」144-11、145-3、146-11、12、148-8「富士の郡」148-15「富士権現」149-8「富士の嶺」150-2
18	「富士見小町」（謡曲）	古典文庫　未刊謡曲集　六	「富士山」216-8「富士の嶽」217-1、12、13、218-1「富士」217-2、217-6、10、219-4「富士の根」217-5、218-8、220-5「富士の高根」218-9
19	「富士天狗」（謡曲）	古典文庫　未刊謡曲集　十三	「富士」166-7、167-8、11「富士山」166-10「富士のみ山」167-12
20	「富士浅間」（謡曲）	古典文庫　未刊謡曲集　二十	「富士」172-8、13、176-3「富士浅間」175-2「不二」175-4、176-1「浅間の嶽」176-2
21	「富士見小町」（異本）（謡曲）	古典文庫　未刊謡曲集　二十三	「ふじ」211-3「富士山」211-8「富士の嶽」212-5、14、213-1「富士」212-6、12、214-3「富士の根」212-9、213-7、215-3「富士の嵩」213-3「ふじの高根」213-9
22	「富士上人」（謡曲）	古典文庫　未刊謡曲集　三十	「ふじのみね」99-5、10「ふじ」99-14、100-5、5「ふじ大ごんげん」100-14「ふじのみたけ」101-9
23	「ふじの猪」（謡曲）	古典文庫　未刊謡曲集　三十	「ふじせんげん」104-8「ふじ」104-11、12、105-6、8
24	『閑吟集』（小歌）	新編日本古典文学全集『神楽歌　催馬楽　梁塵秘抄　閑吟集』	「富士」424-3
25	「腰越」（幸若舞）	新日本古典文学大系『舞の本』（寛永整版本）	「富士の高根」343-2「富士の嶺」343-6、8

26	「夜討曾我」（幸若舞）	新日本古典文学大系『舞の本』（寛永整版本）	「富士」518-18、519-1、4、16、537-16、540-2、543-7「富士山」519-2「富士の嶺」542-6
27	「隆達小歌集」（百五十章本）（小歌）	小野恭靖編『「隆達節歌謡」全歌集　本文と総索引』	「富士の山」5-3、48-9「富士」36-7、38-7、48-8、49-1
28	「富士松」（狂言）	新日本古典文学大系『狂言記』	「富士」178-7、8、9、9、15、179-15、17

三　報告書抄

――富士山と〈竹取説話〉・説話に見られる〈竹取説話〉・実録的日記に記された富士山――

1　第一期調査の総括と第二期用例調査の方針

文学部会の第一期調査報告では、上代から近現代までの韻文・散文作品から「富士山」を指す語の用例を拾い出して一覧表を作成し、ジャンルごとの用例の特徴・傾向を、作品の時代背景や文学史の流れをふまえて概説した。富士山の文学史の根幹をなす古典和歌についてはとくに、『新編国歌大観』所収歌における「ふじ」（不尽・富士・不二なども）の用例の拾い出しを中心に行なった。和歌を基盤として近世に成立した韻文のジャンルである俳諧・川柳・狂歌についても、『日本俳書大系』・『誹風柳多留全集』・『狂歌大観』・『江戸狂歌本選集』所収作品を対象として、索引検索ならびに通覧による用例調査を行なった。また、近代の短歌・俳句については、『明治文学全集』を中心に調査した。以上のような第一期調査によって、韻文における富士山を指す語の調査については網羅的な成果を出すことができたが、漢詩文については調査が及ばず課題として残った。なお、第一期の用例調査・概説執筆は、石田千尋（上代～中世）、石川博（近世）・高室有子・井上康明（近現代）が担当した。

今回の第二期調査報告書では、第一期報告書の一覧表を補遺・補訂するとともに、第一期の調査結果をふまえた各論的テーマを各時代で設定し、それぞれの用例調査の分析・研究を行なうこととした。また、第一期で未調査であった漢詩文の用例調査とそれらについての概説を増補した。第二期文学部会による報告内容と各担当者は、1「〈竹取説話〉と富士山―中世の古今集注釈書を中心に―」（石田委員）、2「漢詩文に描かれた富士山―五山文学を中心に―」（堀川貴司調査員）、3「近世文学と挿絵の富士山」（石川博調査員）、4「飯田蛇笏・飯田龍太の富士山」（高室有子調査員）となっている。

今回、石田担当の調査では、第一期報告書資料編におけるⅣ文学資料表1を補訂するかたちで、「古典文学作品（上代～中世）における『富士山』用例一覧」（資料編Ⅳ文学資料表1、本書Ⅳ付篇二）を作成した。

なお、近世以前の作品と内容面で深い関わりをもつ作品や同じシリーズに収載されている同ジャンルの作品については、近世の作品も一部調査の対象とした。

2　文学における富士山像の形成

富士山をめぐる文学表現は、現実の富士山の相貌を描写することよりむしろ類型的イメージの形成と変容を軸に進展していった。山頂に常在する冠雪と絶えることのない噴煙に特徴づけられる高峰という富士山像は、上代に始まる日本文学の始発から連綿と受け継がれてゆく。『万葉集』『古今和歌集』に収められた和歌や、『竹取物語』『伊勢物語』における物語のモチーフとしての富士山など、上代から中古にかけて成立した規範的古典における富士山をめぐる表現、さらには、漢詩文作成の範例集として重んじられた『本朝文粋』(藤原明衡編)巻第十二所収の「富士山記」(都良香作)の記事、『日本霊異記』を始めとする説話作品に収められた役行者(えんのぎょうじゃ)・聖徳太子(厩戸皇子)ら日本仏教の始祖的人物をめぐる伝承なども、類型的富士山像の形成に大きな影響を与えた。

富士山を特徴づける標徴(アイコン)としての山頂の冠雪は、最古の和歌集『万葉集』所収歌に、「時じくそ雪は降りける」(山部赤人・巻三・三一七)すなわち時の流れを超越した富士山の悠久性を讃える表現に現われ、平安時代前期の歌物語『伊勢物語』の「時知らぬ山は富士の嶺いつとてか鹿の子まだらに雪のふるらむ」のような歌とともに、山頂の冠雪を富士山固有の神秘の現われとみる視点を文学表現のなかに定着させる典拠となっていった。

他方、『万葉集』作者未詳歌においては、「我妹子に逢ふよしをなみ駿河なる不尽の高嶺の燃えつつかあらむ」（巻十一・二六九五）など、富士山の「燃え」と恋情の「燃え」を重ね、恋情の昂揚と鬱屈を表現する相聞歌がみられる。火山としての富士山特有の現象である山頂からの噴煙・噴気を、胸中で昂揚し鬱屈する恋情になぞらえる発想の恋歌である。こうした発想は、『古今和歌集』の仮名序において恋歌の常套的な表現方法として特筆されたことで、富士山詠の規範のひとつとなっていった（後述）。「思ひ」「恋ひ」のヒと火を掛け、燃える恋情を富士の煙に託す表現は、和歌ばかりでなく『曾我物語』・『太平記』・『住吉物語』〈広本系〉・『看聞御記（看聞日記）』など幅広いジャンルの作品に見出すことができる。

富士山頂から立ち昇る噴煙・噴気は、やがて、富士山が神であり仏でもあることの証という象徴性を担うようになる。その端緒となったのも、『古今和歌集』仮名序の一節とその注釈であった。平安時代後期以降さかんになる歌論・歌学の諸書において、恋情を託す典型的景物である「富士の煙」の付会説話として引用されたのが、『竹取物語』をベースにした〈竹取説話〉である。恋思の喩としての富士山の噴煙の由来譚にアレンジされた〈竹取説話〉を作中に引く初期の作品に、『海道記』（作者未詳）があるが、そこでは「富士の煙」を詠む歌の後に〈竹取説話〉が引かれ、「是よりこの峰に恋の煙を立てたり」と締めくくる一文が記されている。鎌倉時代以降、古今集注釈書や説話集を中心に、恋思の喩としての「富士の煙」の由来を〈竹取説話〉の援用によって説く記述をもつこうした作品が数多く生み出された。

　以下、富士山の類型的イメージの形成・展開に深く関わるとともに、富士山信仰の進展を支えていたと見られる〈竹取説話〉を含む作品を中心に、その表現内容の特徴と傾向を概観することとする。

3　富士山と〈竹取説話〉

(1)〈竹取説話〉とは

『竹取物語』（作者未詳）は、『源氏物語』絵合巻に「物語の出で来はじめの祖なる竹取の翁」と記され、また、中古に成立した作品に書名等の引用が見えることから、九世紀末頃までには成立していたとみられる。筋立ての概略は、以下のとおりである。竹節の中から竹取の翁によって見出されたかぐや姫が、光り輝く美女に成長し多くの人々を魅了するとともに翁・嫗に福をもたらす。一方、姫に求婚した五人の貴公子たちはそれぞれ難題を提示されて挑むものの、ことごとく失敗する。最後の求婚者である帝と姫は心を通わせ合うが、天人の迎えがやってきて、ともに月の世界へと帰ってゆく。このような物語の最後の場面において、姫の遺した「文（手紙）」と「不死の薬の壺」とを燃やすよう帝が命じたのが富士山の山頂であったと記され、使いの武者が大勢で登った山、すなわち「士」に「富」む「山」であることを「富士山」の地名起源とする付加的な一段で締めくくられる。

こうしたオリジナルの『竹取物語』終盤の場面に重点を置く〈竹取説話〉が、富士山にまつわる逸話として中世以降のさまざまな作品に引用されるようになる（第一期報告書）。それらのほとんどが難題求婚譚の要素を持たず、かぐや姫との愛別をめぐって帝や翁・嫗がいかに悲嘆にくれたか、また遺されたかぐや姫の形見の品がいかにして富士山頂に送られることとなったかの経緯に重点を置くものとなっている。『竹取物語』における登場人物や筋立てを素材として再構成されたこれらのヴァリエーションを、〈竹取説話〉と呼ぶ。

〈竹取説話〉を記す作品のジャンルは多岐にわたるが、なかでも第一勅撰和歌集『古今和歌集』（十世紀前半／紀友則・紀貫之・凡河内躬恒・壬生忠岑撰）所収歌ならびに仮名序（貫之）の注釈書において、かぐや姫と帝の関係や形見の品々をめぐる逸話を歌語「富士の煙」の由来を説く本説として引くことが中世を通じて継承され、富士山の文学のひとつの潮流をなしていたことが注目される。富士の煙に恋情を託す詠歌の典拠を、かぐや姫ゆかりの品が山頂で燃え続けていることによるとする発想は、古今和歌集注釈書において始まり、他のジャンルの作品でも応用されるようになったと推測される。

（2）古今和歌集注釈書所引の〈竹取説話〉

古今集仮名序における「富士の煙によそへて人を恋ひ」という一節は、「人知れぬ思ひをつねにするがなる富士の山こそわが身なりけれ」（恋一・五三四・よみ人知らず）・「富士の嶺のならぬ思ひに燃えば燃え神だに消たぬむなし煙を」（雑体俳諧歌・一〇二八・紀乳母）といった所収歌とともに、富士の煙を恋情の喩として詠歌することの典拠とされた。これらはいずれも、「思ひ」「恋ひ」の「ヒ」と「火」を掛け、「燃ゆ」「煙」といった縁語を配して、かなわぬがゆえに燃える恋情を託す景物として富士山を詠む点で共通する。富士山を恋思の火に燃える山とし、その煙を鬱勃たる恋思の証とする発想の類型化は、以後の勅撰和歌集所収歌の用例からも明らかである。和歌の表現世界において、「富士の煙」＝「恋思の煙」という類型的発想が定着していった背景には、『古今和歌集』仮名序の一節の注釈において、歌語「富士の煙」の由来を説明する付会説話として〈竹取説話〉が引用されるようになったこと、やがてそれらの言説がさまざまなジャンルの作品に波及し受容されたことなどが考えられる。

（3）「富士の煙」の本説としての〈竹取説話〉

「富士の煙」に関する注釈は、早く顕昭『古今集注』（文治元〈一一八五〉年）の歌注に「フジノネノケブリハ、タエヌモノナルヲ」と記されるのが見え、絶えることがないという特徴から一途な恋情を託す景として詠まれたと説かれており、藤原定家『顕註密勘（顕註密勘抄）』（承久三〈一二三一〉年）でもその説が踏襲されている。

用例一覧（付篇二）《歌論書・歌学書・注釈書》の項目に挙げたように、古今集注・序注における富士山の用例は二十作品余りに見出せ、そのうち〈竹取説話〉を載せるのは、『古今和歌集聞書（三流抄）』・『古今為家抄』・『古今集註（為相注・大江広貞注）』・『古今集註（毘沙門堂古今集註）』・『古今和歌集頓阿序注（古今集序注）』・『古今序注（古今序註・了誉序注）』の六作品である。これらのうち、『古今集註（為相注・大江広貞注）』以外の書は、二条為氏（にじょうためうじ）に始まる二条家の歌学を受け継ぐ二条派の歌人の手になったとされる（片桐洋一1971〜1987）。「富士の煙」が「恋ひ」「思ひ」の煙となった本説として〈竹取説話〉を用いることは、鎌倉時代末期から南北朝時代初め頃の成立とみられるこうした二条派の仮名序注を中心に展開していった。各書に若干の文辞の相違は見られるが、大概としては、かぐや姫（赫奕姫・カクヤヒメ等とも）を金色の鶯の卵から出現した天女とすること、帝（御門）の妃として三年過ごした後、姫が遺した鏡に帝の「思ひ」が燃え付いたため富士山頂にこれを送り置いたことで「富士の煙」が絶えなくなったとすること（不老不死の薬を焼いたためとするものもある）などが、主要なモチーフとしてほぼ共通する。

また、古今集序注における本説講釈の特徴として、「今は富士の煙もたゝずなり」（仮名序）のタゝズが、「不断」「不絶」すなわち「富士の煙」を絶えることのないものの典型として挙げていると解するか、「不立」すなわち「富士の煙」をすでに絶え失せたものの典型として挙げているると解するかで説が分かれている。前者は二条派の、後者は冷泉派の主張するところで、両派の争点のひとつともされていた（片桐洋一1971〜1987）。〈竹取説話〉を「富士の煙」の本説として重視したのは二条派の歌人たちであったとみられ、冷泉為相（れいぜいためすけ）によるかともされる冷泉家流の『古今集註（為相注・大江広貞注）』では、竹取の翁が鶯の卵から見出した女が帝の妃となった後に去る話は載るものの、かぐや姫という名称も鏡のモチーフも記されておらず、本説講釈の要になるはずの歌語「思ひ」と「富士の煙」が結びつく由来に言及していないなど、二条家流の注釈と一線を画している（冷泉派の古今注としては他に、『蓮心院殿説古今集註』（飛鳥井雅親〈栄雅〉の講説の聞書）などがある）。

「富士の煙」の由来を説くのに〈竹取説話〉を援用することは、鎌倉時代末期以降の成立とされる『定家流伊勢物語註』にも見え、「又煙モ不ㇾ絶立ナリサレハ思ハ山トナリ恋ハ煙トナル」すなわち、胸中の思いは山に恋心は煙になると言われるようになったとする解釈が古今集序注とは異なるものの、記載内容には『古今和歌集序聞書（三流抄）』と共通点が多い。二条派の古今集注・序注を中心に進展していった〈竹取説話〉のヴァリエーションが、『伊勢物語』の注釈書にも影響を及ぼしていたことを示す例である。古典注釈書としては他に、『源氏物語提要』（永享四〈一四三二〉年八月・今川範政）が、帝の求婚を姫が拒むかたちの〈竹取説話〉を引くが、そこでは「姫は不二の山より天女となりて上り給ふ。此則、不二浅間大菩薩也」と、かぐや姫の本性について「不二浅間大菩薩」とする記述があり、後述するような仏としての富士山の縁起譚との融合がみてとれる。

仏教説話との融合というありかたは、同時期の古今集序注にも見られる。『古今序注（古今序註）』（応永十三〈一四〇六〉年の奥書・了誉聖冏）は二条家流の注釈とされる（片桐洋一1971〜1987）が、反魂香や不死の薬を富士山頂で焼いたことによるものとする細部は古今集注・序注に見られないもので、「仙女」かぐや姫が「仙宮」富士山に帰るとする点、かぐや姫を「婦人赫奕仙絹」と称する点、また「富士の煙」を帝に対するかぐや姫の「思ひ」の現われとする点など、仏教思想を背景にした独自の記述が多くみられる。古今集注・序注においてヴァリエーションを多様化させた〈竹取説話〉が、15世紀頃には、神仏習合による富士山縁起と関わりを深めながら、かぐや姫を仏としての富士山の前身として語る説話に展開していった軌跡をここに見てとることができる。

4　説話に見られる〈竹取説話〉

第二項であげた『海道記』をはじめとし、以下のような古今和歌集注釈書以外のジャンルの作品にも〈竹取説話〉のヴァリエーションが見られる。その早い例として、『真名本曾我物語』

〈軍記物語〉が挙げられる。そこでは、「あの富士の巓の煙を恋路の煙と申し候ふ由緒は」という前文で〈竹取説話〉が語り起こされ、「これらを思ふに、昔の赫屋姫も国司も富士浅間の大菩薩の応迹示現の初めなり」と、かぐや姫は仙女でありかつ富士浅間大菩薩であったと締めくくられる。このほか、『定家流伊勢物語註』（鎌倉時代末以後）、『詞林采葉抄』（由阿・十四世紀後半）、『神道集』（安居院作・十四世紀後半頃）、『和漢朗詠集和談鈔』（十五世紀前半）、『三国伝記』（玄棟・十五世紀前半）、『源氏物語提要』（今川範政・十五世紀前半）、『臥雲日件録抜尤』（瑞渓周鳳・十五世紀中頃）、『塵荊鈔』（十五世紀末頃）、謡曲「富士山」（世阿弥、金春禅鳳・十五世紀後半）、『法華経鷲林拾葉鈔』（尊舜・十六世紀初期頃）、謡曲「富士見小町」（十六世紀後半頃）、『富士山縁起』（諄栄書写・室町時代）など、紀行・注釈書・説話集・日記・謡曲など多岐にわたるジャンルの作品に〈竹取説話〉が引かれ、その多くが、富士山の本地〈本体としての仏〉にまつわる縁起譚となっている。これらに共通するのが、かぐや姫を鶯の卵から見出すとすること、帝（『真名本曾我物語』『神道集』では駿河国司）との結婚、かぐや姫の形見の鏡に燃え付く「思火」といったモチーフで、古今集序注における富士の煙の本説としての〈竹取説話〉の影響を示している。

なかでも、『塵荊鈔』（説話的雑纂書）・『法華経鷲林拾葉鈔』（『法華経』の談義書）における、かぐや姫の形見の鏡に帝の「思ノ火」「胸の火」が燃え付き、富士山頂にこれを送り置いたことから「富士の煙」を恋歌に詠むようになったとする〈竹取説話〉は、『古今和歌集序聞書（三流抄）』のそれに近いかたちが認められる。『塵荊鈔』が、「山は富士煙も富士の煙にて知らずはいかにあやしからまし」という和歌を記すのも『古今和歌集序聞書（三流抄）』と同様で、成立の過程で古今集序注が参照された可能性が高い。

一方、『和漢朗詠集和談鈔』（『和漢朗詠集』の注釈書）・『三国伝記』（説話集）のように、歌語「富士の煙」の本説に言及しない作品には、かぐや姫に去られた帝の「御胸ノ炎」が鏡に燃えついて天に沸き上がり、山が「一由旬」高くなったと記すものもある。両書は同時代の作品とみられ、かぐや姫の美貌を「倩眄美質」と記すこと、形見の鏡を「真澄鏡」とすること、帝の胸の「八分の肉段」が集まって富士の「八葉ノ霊峰」となったとすることなど、表現の細部に共通点が多く見られる。

「富士の煙」に「恋思」を託して詠歌する由来を〈竹取説話〉で説明することが『古今和歌集』の注釈において始まり、やがて、本来その中核であった煙の由来譚が富士山の本地譚に置き換えられるかたちで、神仏習合による信仰対象としての「浅間大菩薩」（初出『吾妻鏡』）の縁起に展開していった経路が認められよう。

また、これらとは対照的に、『詞林采葉抄』（『万葉集』の注釈書）は、万葉歌における「富士山」の注として、富士山麓に伝わる「富士縁起」の「古老伝」を載せるが、〈竹取説話〉のモチーフとしては、竹節に見出され翁に養育された輝く少女に帝が求婚するという部分にとどまる。求婚を拒んだ少女が富士山（般若山）の岩窟に入ったのを帝が追って行き、王冠を置いたとする筋立てや、翁・嫗が愛鷹明神・犬飼明神となったとすること、少女の名や煙の由来は特定しないことなど、古今集序注とは異なる〈竹取説話〉のヴァリエーションとなっている。筆者由阿は、富士山の注記に多くの紙数を割き、さまざまな書承口承の説を列挙して、富士山に関する「カクヤヒメノ異説」を追究することの必要性を強調している。

富士山は、上代に成立した『常陸国風土記』の古老伝や『万葉集』の歌々にも見えるように、古来神として仰がれた山であった。富士山の神は、平安時代前期の史書『日本三代実録』に「浅間大神」（貞観六年五月条）・「浅間名神」（貞観六年八月条）・「浅間名神」（貞観七年十二月条）などの名称が見えるほか、『延喜式』（神名帳）に「浅間神社名神大」（駿河国富士郡・甲斐国八代郡）、都良香による漢文山水記「富士山記」（『本朝文粋』所収）に「名二浅間大神一」などと見え、古くはアサマと呼ばれたらしい。中世以降、神の本体を仏とみなす本地垂迹思想を背景に、信仰の対象としての富士山は「浅間大菩薩」と称されるようになった。

「浅間大菩薩」の由来を語る縁起として現存する最も古い資料は、十四世紀前半頃に鎌倉極楽寺の僧侶全海が書写したとされる「富士縁起（断簡）」（称名寺聖教）で、『詞林采葉抄』の「古老伝」に酷似する内容となっているが、『詞林采葉抄』にはない「位ヲ大日覚王之身是ナリ」という一文があり、富士山の本地仏を「大日覚王（大日如来）」と明示している。後代の『富士山縁起』（室町時代）における「内ニハ深妙之極位ヲ秘シ、大日覚王ノ身是也。外ニハ和光塵形ヲ現シ、浅間大菩薩ヲ顕ワス」といった記述が、「富士縁起（断簡）」と源を同じくすることは確かといえよう。

富士山の本地に関する記述としては他に、「垂迹の権現は釈迦の本地たらんか」（『海道記』）、「本地胎蔵界大日ナリ」（『万葉集注釈』）、「本地、千手観音にてましませば」（『真名本曾我物語』）、「富士権現ハ信濃国浅間ノ大神一体両座ノ垂迹ニテオハシマストカヤ。両山共ニ浅間大菩薩ト申故也」（『詞林采葉抄』）、「此ノ山ハ、大日遍照ノ平等智ノ霊嶽」（『三国伝記』）、「大日如来ヲ中台トシテ、卅七尊、生身説法ノ浄刹也」（『和漢朗詠集和談鈔』〈歌注〉）、「法体ハ金剛毘盧舎那ノ応作、男体ニ顕玉フベキニ女体ニ現ジ玉ヘリ」（『地蔵菩薩霊験記』）、「彼千眼大菩薩ト申ハ、愛染明王ノ御垂迹」（『塵荊鈔』）、「富士の御嶽は、金胎両部の形を顕し」（謡曲「富士山」）、など、鎌倉時代から室町時代にかけてのさまざまなジャンルの作品から拾い出すことができる。古今集序注に始まる「富士の煙」の縁起譚としての〈竹取説話〉が、鎌倉時代後半頃から「浅間大菩薩」の縁起譚にも転用されていった要因には、こうした富士山の本地に関する言説の継承と展開があった。

以上概観したような、中世の諸作品に見える〈竹取説話〉は、文学作品におけるモチーフとしての富士山と信仰の対象としての富士山とを、いわば橋渡しする役割を果たしていたといえるだろう。両者の相互作用の中で、浅間大菩薩の権現（化身）をかぐや姫というキャラクターに託して語る縁起譚が、衆庶に受け入れられ広がっていったとみられる。その背景には、神としての富士山に女性性を認める古来の観念があったと推測される（本書Ⅰ序論）。

5　実録的日記に記された富士山

本報告書の用例一覧（本書Ⅳ付篇二）では、平安時代から室町時代にかけての日記作品における用例も増補した。なかでも、藤原宗忠（ふじわらのむねただ）が五十年余りにわたって書き綴った平安時代の実録的な日記である『中右記』にはたびたび富士山鳴動に関する記述が見え、富士山の火山活動は平安貴族たちにも関心事であったことを伝えている。このことはまた、和歌における「富士の煙」の類型の広がりが、富士山の火山活動の実態をふまえたものであったことをうかがわせる。

また、室町時代中期に成立した飛鳥井雅世『富士紀行（ふじきこう）』・堯孝『覧富士記（らんふじき）』・『富士御覧日記（ふじぎょらんにっき）』（作者未詳）などの日記的紀行作品に、将軍足利義教（あしかがよしのり）の富士山遊覧（永享四〈一四三二〉年）に関する記述が詳しいことは第一期報告書概説でも述べたが、今回増補した『看聞御記（かんもんぎょき）』（看聞日記）』（伏見宮貞成親王）、『満済准后日記（まんさいじゅごうにっき）』（満済准后）など史料性の高い日記においてもこの件に関する記述が散見され、当時の室町幕府の政権にとって富士山遊覧のもつ政治的意味が大きいものであったことを浮き彫りにしている。

6　おわりに ―― まとめと今後の課題

今回の調査では、古今集注・序注における富士山の用例の拾い出しと分析に重点をおき、それらにおける表現の流れをたどった。その結果、古今集注釈書に始まって多様な展開を見せた〈竹取説話〉が、富士山の文学と信仰との結節点となっていることが見えてきた。おそらくそれは、美術・工芸など、他のジャンルの芸術にも影響力を及ぼしたと考えられる。文学作品相互の連関性とともに、今後追求すべき課題である。

参考文献

・片桐洋一　1971～1987『中世古今集注釈書解題　巻一～六』赤尾照文堂
・田村緑「古今和歌集注釈書目録」新日本古典文学大系『古今和歌集』所収
・奥津春雄　2000『竹取物語の研究―達成と変容―』翰林書房
・石田千尋　2012「富士山と文学　上代から中世」『山梨県富士山総合学術調査研究報告書』第4章第3節　山梨県教育委員会

・石田千尋　2012「富士山像の形成と展開―上代から中世までの文学作品を通して―」『山梨英和大学紀要』10→本書Ⅱ
・石田千尋　2015「富士山の古典文学」『やまなし学2011』山梨学院生涯学習推進センター→本書Ⅰ

四　ケカチ遺跡出土刻書土器の和歌

1　ケカチ遺跡出土の和歌刻書土器について

ケカチ遺跡は、隣接する后畑(あとばたけ)遺跡とともに、山梨県甲州市塩山下於曽(おぞ)に所在する奈良・平安時代の遺跡である。市道下塩後22号線の道路建設にともない、平成二十七年九月〜平成二十八年三月ならびに平成二十八年四月〜七月に実施された発掘調査の結果、遺跡内の一辺約八mの大型竪穴建物内の埋土から、仮名が刻まれた土器が出土した。

ケカチ遺跡和歌刻書土器と命名された本土器は、直径約十二cm・高さ約二・五cmの土師器で、その形状や整形技法の特徴から甲斐型土器と特定でき、制作年代は十世紀中葉とみられる。(1)八世紀中頃から十世紀末頃にかけて、甲斐国で生産され流通していた甲斐型土器は、「国司および国府の管理下において、一元的な生産体制が行われていた」[2]とされ、甲府市大坪遺跡や北杜市大小久保遺跡に確認されている官営の窯場で焼かれていた。このうち大坪遺跡からは「甲斐国山梨郡表門□」(『倭名類聚抄』地理志料に「山梨郡表門（うはと）郷」とみえる)とヘラ書きされた平安時代の甲斐型坏が出土している。[3]焼成前にヘラ状工具を用いて文字が刻まれた出土土器の事例としては、たとえば、「寺」(八世紀後半〜九世紀代・福岡県福岡市の三宅廃寺)、「川」(九世紀後半・山梨県南都留郡の滝沢遺跡)、「塩毛」(九世紀後半・山梨県山梨市の三ヶ所遺跡)、「大」(九世紀末〜十世紀前半・茨城県真壁郡の東郷遺跡)、「寺智」(九世紀後半〜十世紀・岩手県盛岡市の中嶋遺跡)などのほか「二」「〢」「#」といった記号を線刻したものなどが各地で見つかっているが、仮名を連続させてヘラ書きした事例はケカチ遺跡出土の土器が初めてであり、土器体部の内面に刻書されているという点でも特異な例といえる。

稿者は、平成二十九年度五月に甲州市教育委員会によって召集されたケカチ遺跡刻書土器検討委員会の委員の一人として、同年五月・八月に開催された委員会席上での本土器仮名文字列の翻字・判読の作業に携わった。[5]作業にあたっては、同時代の仮名の事例そのものが少ないことや、粘土にヘラで文字を刻むときのヘラ遣いの細部の見究め難さ、また一部に欠損部分があることなどさまざまな困難があり、翻字・判読をなお確定し難い文字を残しつつ(後述)、委員会の翻字・判読案として二つの案にまとめられ、両案併記のかたちで公表された(二〇一七年九月三日／甲州市・甲州市教育委員会主催／古代史しんぽじうむ『和歌刻書土器の発見』ケカチ遺跡と於曽郷」）。

本稿では、古典文学研究の見地から、ケカチ遺跡出土の土器に刻字された仮名列をどのように読みうるかについて考察することとする。

2　仮名の翻字

当該の和歌刻書土器は、甲斐国府が管理する窯場で生産されていた甲斐型土器である。

本土器の体部内面にヘラ状工具で刻まれた仮名列は、五行に分けて追込み書きされ、行頭・字間に配慮して一気に書き進められている筆致から、習書の類ではなく、なんらかの通意的統辞的な構文を有している可能性が高いとみられる。なおかつ、計三十一文字と読みとりうることや、五字の語句が冒頭と中間に確認できることなどを総合して、和歌であると判断される。

ケカチ遺跡刻書土器検討委員会の翻字・判読案として公表されたのは、次の二案である（各字の字母と仮名）。

	A案		B案	
一行目	和礼尓与利於毛	われによりおも	和礼尓与利於毛	われによりおも

二行目　比久ゝ良无之計以　ひくゝらんしけい
三行目　止能安波数也□　とのあはすや□(見カ)
四行目　奈波不久留　なはふくる
五行目　波可利所(曾カ)　はかりそ

比久留良无之計以　ひくるらんしけい
止能安波数也□　とのあはすや□(見カ)
奈波不久留　なはふくる
波可利所(曾カ)　はかりそ

※□は土器の欠失により、文字の一部分から推定

ケカチ遺跡和歌刻書土器の全体写真
（原寸：直径12cm　高さ約2.5cm）
甲州市教育委員会

内面

底面

断面（左外面　右内面）

土器実測図　甲州市教育委員会

A案とB案の違いは、二行目の第三字を第二字「久」の踊り字「〻」とみるか「留」とみるかによる。

翻字の手掛かりとなるのは、九世紀から十世紀にかけての仮名資料との間の、字形・字母の類似である。そこで、本土器制作時期の前代及び同時代の仮名資料九種に依って字形等の類似例と、その対応関係についてあらためて調査し、以下のような対応を見出した。

【九世紀～十世紀の仮名資料と類似する仮名字形との対応】

① 平安京藤原良相（よしみ）西三条邸跡出土墨書土器〈八一三～八六七年〉[6]↓「ひ」「く」「け」

② 平安京出土　なにはつ木簡〈九世紀〉[7]↓「り」「ら」（A案）

③ 赤田Ⅰ遺跡（あかんだいちいせき）（富山県射水郡）出土　草仮名墨書土器〈九世紀後半〉[8]↓「ひ」

④ 茨城県稲敷郡小作遺跡出土　仮名墨書土器〈十世紀前葉〉[9]↓「わ」「ひ」「む」

⑤ 藤原定家臨紀貫之筆土佐日記〈十世紀前半頃〉[10]↓「わ」「お」「も」「く」「む」「し」「す」

⑥ 石山寺蔵金剛界入曼荼羅受三昧耶戒行儀（一巻）表紙紙背仮名交り書状〈十世紀初頭頃〉[11]
↓「ら」（B案）「む」「は」

⑦ 醍醐寺五重塔初層天井板落書　平仮名資料㈠㈡㈢㈤㈥片仮名資料㈢〈天暦五〈九五一〉年〉[12]↓㈠「わ」「れ」「く」「ら」「け」「あ」「や」「か」㈡「に」「ひ」「す」㈢「の」㈤

「み」㈥「い」片㈢「す」

⑧　鹿児島県霧島市気色（けしき）の杜（もり）遺跡出土仮名墨書土器〈十世紀中葉〉(13)→「れ」

⑨　石山寺蔵虚空蔵菩薩念誦次第紙背仮名消息　第一種・第二種／藤原清正書状〈十世紀後半〉(14)→第一種「り」「お」「も」「る」「の」「す」第二種「よ」「む」「と」「ふ」清正書状「や」「な」

【類似する仮名字形の句ごとの対応】

初句　「わ（和）」→④⑤⑦-㈠／「れ（礼）」→⑦-㈠⑧／「に（尓）」→⑦-㈡／「よ（与）」→⑨-第二種／「り（利）」→②⑨-第一種

第二句　「お（於）」→⑤⑨-第一種／「も（毛）」→⑤⑨-第一種／「ひ（比）」→①③④⑦-㈡／「く（久）」→①⑤⑦-㈠／「る（留）」→⑨-第一種／「ら（良）」（A案）→②／「ら（良）」（B案）(15)→⑥⑦-㈠／「む（无）」→④⑤⑥⑨-第二種

第三句　「し（之）」→⑤／「け（計）」→①⑦-㈠(16)／「い（以）」→⑦-㈥／「と（止）」→⑨-第二種／「の（能）」→⑦-㈢⑨-第一種

第四句　「あ（安）」→⑦-㈠／「は（波）」→⑥／「す（数）」→⑤⑦-㈡⑦-片㈢⑨-第一種／「や（也）」→⑦-㈠⑨-書状／「み（見）」→⑦-㈤／「な（奈）」→⑨-書状／「は（波）」→

⑥

結句　「ふ（不）」→⑨-第二種／「く（久）」→⑤／「る（留）」→⑨-第一種／「は（波）」→⑥／「か（可）」→⑦-㈠／「り（利）」→②／「そ（所）」→未詳

管見では、当該刻書土器の仮名は、⑤藤原定家臨紀貫之筆土佐日記（七字）・⑦醍醐寺五重塔初層天井板落書（十四字）・⑨虚空蔵菩薩念誦次第紙背仮名消息（十一字）等の仮名資料との間に類似する字形が多く見出せ、当該土器の制作年代を十世紀中葉とする推定と符合する。また、第二句後半を「くゝらむ」（A案）と読むか、「くるらむ」（B案）と読むかについては、土器二行目第三・四・五字の連綿と字形が判読材料となるが、「る」字の丸めが小さく詰まる例が⑨にあること、また、第一画を欠いたかたちの連綿をもつ「ら」字が⑥⑦にみえることなどから、稿者はこの部分を「くるらむ」（B案）と翻字することとする。

3　和歌の判読

九世紀〜十世紀の仮名資料にみられる字形の類似に拠る翻字をふまえ、稿者は、B案のように読む立場から、当該和歌を次のように判読する。

われにより
おもひくるらん
しけいとの
あはすや［み］なは
ふくるはかりそ

我（われ）により
思ひ暮（く）るらん
絓糸（しけいと）の
逢（あ）はずや［み］なば
更（ふ）くるばかりぞ

前節に挙げたA案（第二句を「おもひくゝらん」と読む案）の場合には、初句「われにより」と第二句「おもひくくる」（A案）が、意味上の齟齬が問題となる。

和歌草創期の歌々を収載した歌集『万葉集』（八世紀後半）所収歌には、「妹（いも）・君・子ら」といった人称代名詞に、格助詞ニ及び動詞ヨルの連用形が複合したニヨリの下接する表現をもつ歌が十七首みえる（ワレニヨリの用例はない）。『時代別国語大辞典　上代編』における動詞ヨル（ラ行四段／因・由・縁・依）の語義③として、「もとづく。原因する。〜ニヨリ・〜ニヨリテの形で、原因・理由をあらわす」とあるように、「たまきはる世までと定め頼みたる君によりては言の繁けく」（巻十一・二三九八・人麻呂歌集略体歌）・「今しはし名の惜しけくも我はなし妹によりては千（ち）たび立つとも」（巻四・七三二・大伴家持）・「菅（すが）の根の　ねもころごろに　我（あ）が思へる　妹によりては　言（こと）の忌（い）みも　なくこそありと　斎瓮（いはひへ）に　斎ひ掘り据ゑ…」（巻十三・三二八四）など、相手の存在や言動がもとで自分が不望・不慮の事態に甘んじるほかないことを詠む相聞歌に用いられていることがわかる。誰それのせいでこのような事態が生じてしまったと、相手をなじる言い回しをつくる語として、恋の苦悶や後悔を表す相聞歌の趣意に関わる語句となっているのである。

当該土器制作時期と近い時期に詠まれた和歌では、たとえば『後撰和歌集』（十世紀中期）の「君によりわが身ぞつらき玉だれの見ずは恋しと思はましやは」（巻九・恋一・五六六／五六七）は、訪れの絶えた相手のせいで恋の煩悶に耐えているという女性の歌、また、『元真集』[17]（十世紀中後期）の「恋ひわびて身の徒（いたづ）らになりぬとも忘るな我によりてとならば」（二三七）は、たとえ恋死にしたとしてもそれは自分からしたことなのだという恋の苦衷を詠んだ歌である。後代の歌例においても、ニヨリ・ニヨリテはこれらに倣うかたちで用いられている。

ワレニヨリとはつまり、わたしのために・わたしのせいで・わたしのことが原因でという意の語と解すべき語で、「言繁し（噂がひどい）」「つらし」「恋死ぬ」など、なんらかの不望・不慮の事態に甘んじることを表す語句を後続に予定する語ということになる。『日本国語大辞典』には、オモフと複合した「おもい（ひ）――」という動詞は三四〇語を数えるが、そのなかにオモヒククルはみえない。ククルはラ行四段動詞「括る」に相当し、「ばらばらのものを縄や紐（ひも）などで一つにたばねる。まとめて結ぶ。まとめる」（『日本国語大辞典』）という意の語で、万葉歌では「玉の緒」など紐の端と端を結ぶ意を表すが、「糸」に関して用いられた例はない。後代では、よく知られた「ちはやぶる神代もきかず竜田川韓紅に水くくるとは」（巻五・秋下・二九四・在原業平）のように、布地を括り染めにする意の用例や、「水底の湧くばかりにやくくるらんよる人もなき滝の白糸」（『忠見集』一一九「山たきおつるところ」）、「下くくる水に秋こそ通ふらし結ぶいづみの手さへ涼しき」（『中務集』四〇「泉」）等、「潜る」と掛詞となる用例が多い。

以上、二行目第二字を「る」、第三字を「ら」と翻字したうえで、一首をどのように判読できるかについて述べてきた。最終字については、ソ（字母「所」）と読むには字画の線が足りず、書き順も合わないことから、なお翻字しがたい点が残るが、語義の点から、「新見の披露・教示」（『岩波古語辞典』補訂版）の意をもつとされる助詞ゾとみるのが妥当と考える。

以下、本稿では、B案をケカチ遺跡出土刻書土器の和歌の判読案とする立場から、釈文ならびに和歌の解釈等についての考察を進めてゆくこととする。

4　和歌の釈文

初句「われにより」に続くオモヒクル（思ひ暮る）は、「物思いをし続けて日が暮れる」（『日本国語大辞典』）という意の下二段活用動詞に、現在推量の助動詞ラムが付いた語である。同時代の歌例に、「思ひ暮れ嘆きあかしの浜に寄るみるめ少なくなりぬべらなり」（『古今和歌六帖』第三・「水」）があり、同義語オモヒクラス（思ひ暮す）にも、「相思はぬ妹をやもとな菅の根の長き春日を思ひ暮さむ」（『万葉集』巻十・一九三四）・「今来むと言ひて別れし朝より思ひ暮しの音をのみぞなく」（『古今集』巻十五・七七一・僧正遍照）といった恋歌の例が見出せる。「われにより思ひ暮るらん」とは、自分（歌の主体）と逢えないことが原因となって、相手が一日中物思いをし続けているだろうとその心中を忖度する表現ということになるだろう。

第三句「しけいとの」のシケイトは、一首の主要な景物として哀情をかたどる語である。『日本国語大辞典』の「絓糸」の項には、「繭の上皮から取った粗末な糸。多く、織物の緯（よこいと）として使われる。しけのいと。しけ」とある。また、「絓糸」の異称である「すがいと（絓糸・菅糸）」(1)の項には「釜糸（かまいと）を五分の一から一〇分の一に分割した糸」とあり、その「釜糸」は「絹糸の一つ。繭の糸を、釜から繰り取ったままで、まだ、よりをかけてないもの。刺繍に用いる。平糸」と記されることなどを総合すると、糸を繰り取るために煮ている繭の外皮から引き取った糸を「かまいと」、それを分割した束を「しけいと・すがいと」（白髪糸・屑糸とも）と呼んだということになる。

古字書では、「絓絲　説文云絓口蝸反　悪絲也　漢語鈔云之介以度」（元和古活字本『倭名類聚抄』[18]）、「絓胡圭卦　カヽル…（中略）…シケイト」（観智院本『類聚名義抄』法中）とみえ、シケイトのシケに「絓」字が当てられたこと、またシケイトは「悪糸」(倭名類聚抄)とされたことが確かめられる。『説文解字』(第十三上)には「絓　繭滓絓頭也。一日以レ嚢絮練也。从レ糸圭声(胡卦切)」とあるほか、『釈名』(釈綵帛第十四)にも「紬絓挂也。挂引ニ絲端一出ニ細緒一也。又謂之絓。絓挂也。挂ニ於帳端一振擧之也。」との記述がみえることから、漢語としての絓糸とは、繭の外皮の繊維を袋に入れて練ったり、棒で引き出して集めた糸を指したらしい。

和語シケとはシケシ(シク活用形容詞)の語幹に相当し、『新撰字鏡』「志介志　蕪」の割注に「武夫反平穢也剌(刺の異体字)也荒也逋也志介志」とあることや、古事記歌謡(記十九)の詞句に「葦原の志介志岐小屋(しけしきをや)に」とあることなどから、荒れ果てた・乱雑な状態の、といった意の語と知られる。『新撰字鏡』に載る「蕪」は「薉(穢の異体字)也」(『説文解字』)とされる字で、「薉」は「蕪也」、「荒蕪也」とあるから、「蕪」「薉」「荒」字はいずれも、田畑が荒れて雑草が生い茂っているさまを表す。シケイトとはそのように、「縒る・撚る」という工程を経ていない、繰り出したままのもろい繭糸を指し、その印象の根幹には、ほぐれやすい形状と性質があったとみられる。

当該歌ではそれが、第四句「あはずやみなば」の「あふ」(ハ行四段活用動詞)すなわち縒り合わせる意と、人と人とが逢う意の掛詞となり、去る者(一首の主体)と残る者との関係を糸の繊維がほぐれるさまになぞらえた喩として用いられている。ヤミナバは、マ行四段活用動詞ヤム（止）に完了の助動詞ヌと順接仮定条件の接続助詞バ（活用語の未然形に接続）が付いて、〜たとしたら・してしまったならと、ある事態を仮定する表現で、「いかにせん恋は果てなき陸奥（みちのく）の忍ぶばかりに逢はでやみなば」（『為家集』下・恋・九七三）等のように、「あはでやみなば」（デは打消の接続助詞）といった歌例はあるが、アハズヤミナバは例のないかたちである。語義としては、シケイトを縒り合わせるように我々も寄り合うことなく終わったなら離れ離れだ、となろう。

結句「ふくるはかりそ」のフクルは、カ行下二段活用の動詞で、ソは終助詞ゾ。フク（現代語フケル）について『日本国語大辞典』では「〔一〕時間が経過し、事態が深まる」の意の下位分類に、「(1)（老）人が年を経て、老齢となる。老いる。また、容姿などが老人めいてくる。年寄りじみる。(2)その季節になってから、かなり時間が経過する。季節が深まる。爛熟の様相を帯びる。(3)夜が深くなる。深夜に及ぶ」といった三つの意が掲出されている。当該歌の場合、第二句「暮る」との照応を考慮すると、「ふくるまでながむればこそかなしけれ思ひも入れじ秋の夜の月」（『新古今和歌集』巻四・秋上・四一七・式子内親王）・「たのまるる契りなりせばまつほどのふくるばかりや恨ならまし」（『臨永和歌集』巻七・恋中・四四三・今上御製）などの用例にみられるような、夜が更ける意の用法が該当するだろう。これらの歌例では、悲しみや恨みの終夜つのるさまがフクル（更ける＝膨る）と表現されており、当該歌の趣意とも通ずる。第四句末のナバ（仮定条件）を承ける結びの語としては、和歌ではム・べシ・ジといった推量の助動詞もしくはそれらを含むメカモ・ムカモ・ムゾなどが用いられることが多いが、当該歌最終字はム（字母は无・武・牟など）とは読み難く、字形と意味を考慮して終助詞ソ（ゾ）とみておきたい。

以上、各句の語釈をふまえた一首の釈文私案は、次のようになる。

わたしのせいで、あなたは日がなもの思いをし続けていることだろう。絓糸のように縒り（寄り）合う（逢う）ことのないまま離れ離れで終わってしまうならば、ただ更けてゆくばかりの夜になるのだよ（そうならぬよう今宵は逢おうではないか）

5　歌語としての絓糸

シケイト（絓糸）を詠む和歌は、『万葉集』『古今和歌集』『後撰和歌集』等にはみえず、本土器制作年代から約二〇〇年後の十二世紀前半に成立した第五勅撰和歌集『金葉和歌集』にまで歌例が下る。シケイトは、土器制作当時、都を中心とする和歌の文化圏における歌ことばとして認知されたものではなかったと推測される。

シケイトは、相聞歌・恋歌の詠作において受け継がれてきたイト（糸）の範疇に属するもの

だが、糸は、『万葉集』以来、相聞歌を中心に数多くの歌に詠まれた景物であった。糸を詠む歌は『万葉集』に九例みえ、

吾が持てる三相(みつあひ)に搓れる糸もちて付けてましもの今そ悔しき　（巻四・五一六・安倍女郎）
河内女(かふちめ)の手染めの糸を繰り返し片糸にあれど絶えむと思へや　（巻七・一三一六・寄糸）
片糸もち貫(ぬ)きたる玉の緒を弱み乱れやしなむ人の知るべく（巻十一・二七九一・寄物陳思）

のように、ヨル（縒・撚）・ソム（染）・クル（繰）・タユ（絶）・ヌク（貫）・ミダル（乱）・ヲ（緒）といった糸の製造工程や属性・性質に関わる語を伴って相聞歌中に詠まれることや、人事の寓意となっているなどの特徴が認められる。これらは、歌語としての糸にまつわる語群として、後代の和歌では縁語と呼ばれる修辞となる。(19)

第一勅撰和歌集『古今和歌集』（十世紀初頭頃）には、柳の枝を糸に見立てた春の叙景歌（二六・二七）をはじめ、次のような糸を詠む歌々が十三首収められている。

糸によるものならなくに別れ路の心細くも思ほゆるかな　（巻九・羇旅・四一五・貫之）
片糸をこなたかなたによりかけてあはずは何を玉の緒にせむ

（巻十一・恋一・四八三・よみ人しらず）

夏引きの手引きの糸をくりかへし言しげくとも絶えむと思ふな　（巻十四・恋四・七〇三）

いずれも、糸の縁語によるイメージの拡がりに、人と人との離合のさまが重ねられた歌となっている。縁語とは、あることばに附帯するイメージに沿って引き寄せられてくる語群で、時代を経て生長するものでもあった。『古今集』の歌々では、カク（掛）・スヂ（筋）・アフ（合・逢）・ワカル（別）・オル（織）・ヌフ（縫）・ハリ（針）など、万葉歌にはない語を糸の縁語として認めうる。また、ヨルに糸を縒る・撚ることと男が女のもとに寄ることを、タユに糸が絶えることと男の訪れが絶えることをそれぞれ掛け、恋の煩悶を糸のイメージで描く発想も成立している（七〇三）。他方、四一五番歌の詞書に「東（あづま）へまかりける時、道にてよめる」と記されているように、糸は、羇旅の歌の類型的景物でもあった。共通するのは、糸がほぐれるさまが人と人との別れゆくさまを喚起し、別離の心細さと嘆きが、糸になぞらえられているという点である。

『古今集』時代の歌人たちや権門の人々の私的な贈答歌を多く収載した第二勅選和歌集『後撰和歌集』（十世紀中頃）にも、糸を喩に用いた恋歌が十四首みえる。

逢ふ事の片糸ぞとは知りながら玉の緒ばかり何によりけん

（巻九・恋一・五五〇・是忠親王）

しづはたにへつるほどなり白糸の絶えぬる身とは思はざらなん

（巻十四・恋六・九九九・よみ人しらず）

これらにおいては、アフ（逢）・ハタ（機）などが糸の縁語となっているほか、程度副詞イトとの掛詞や、機織りに縦糸を掛ける意の動詞「綜（ふ）」が縁語となっているとともに、時が経過する意の「経（ふ）」が掛かるなど、糸の縁語・掛詞はさらに多様となっている。刻書土器の和歌は、こうした糸に寄せた恋歌の変奏というべき一首であり、平安時代後期以降に詠み継がれてゆく綷糸の歌に先駆けて、その発想法や縁語の組み方を糸の歌々に倣いつつ詠出された恋歌であったことがみえてくる。

古典文学における綷糸の登場は、逢瀬の絶えがちな恋人のイメージに綷糸が重ねられた一首「わがこひはしづの綷糸すぢ弱みたえまは多くくるは少なし」（『金葉和歌集二度本』恋下・五一四／『金葉和歌集三奏本』恋下・四八八・源顕国）をまたねばならないが、このことは、綷糸が王朝貴族にとって馴染みの薄い――雅語として定着しづらい――ことばであったことを示しているように思われる。顕国歌以降、綷糸は、「糸」「寄糸恋」などの題で詠まれる恋歌の類型的景物のひとつとなるのだが、それらにおいて「賤の絓糸」という詠み方が常套化していることは、絓糸を「賤の」すなわち卑賤な景物とする観念があったことを示しているだろう。

あらためて、当該歌の主要な景物である絓糸をめぐる修辞を確認するなら、まず、第二句「おもひくる（暮）」のクルに糸を繭から繰り取る意の「繰る」と、第四句「あふ（逢）」に蚕糸繊維を撚り合わせる意の「合ふ」が、それぞれ縁語となっているほか、初句「われにより」のヨリが「撚る」、結句「ふくるばかりそ」のクルが「繰る」というように、語の一部にも縁語関係を見出せる。さらに、第二句の「暮る」は一日を過ごす意、結句の「更く」は夜が更ける意の語で、時間の経過を表す点での類縁性が認められる。

当該歌は、絓糸の縁語と掛詞を各句に配し、離れ離れになる男女の喩として詠んだ恋歌の体で、親しい相手に逢会を呼びかける趣意の歌ということになるだろう（後述）。

6　絓糸と甲斐国

和歌においては必ずしも一般的ではなかった絓糸という景物が、刻書土器の和歌に詠み込まれたことの背景には、当時の甲斐国における蚕糸紡織の実情があったと考えられる。

甲斐国の蚕糸織物と養蚕紡織に関する史料のもっとも早いものは、東大寺正倉院に納められた調絁の墨書銘文二種である。甲斐国国印一顆として「甲斐国山梨郡可美里日下部□

絁一疋　和銅七年十月」とあるもの、及び国印二顆として「□国巨麻郡青沼郷物部高嶋調絁壹疋(長六丈闊一尺九寸)□正八位□連恵文」とあるものがそれである。また、『正倉院文書』では、「奉造一丈六尺観世音菩薩料雑物等自二諸司一請来事」(天平宝字四〈七六〇〉年六月二十五日)[20]に、「絁一百匹(八十匹讃岐調　廿匹甲斐調)」と、東大寺の観世音菩薩像造立の料として甲斐国の絁を請来したことがみえる。

「絁」は、「絁　阿之岐沼」(図書寮本『類聚名義抄』)とあることからアシキヌ・アシギヌをいい、『令集解』(巻第十三　賦役一)中の「凡調絹絁糸綿布。並随二郷土所一レ出」という調に関する記述の注記に「謂。細為レ絹也。麁。為レ絁也。釋云。絹。細絁。絁。麁絁也」とあって、細い蚕糸で織った織物を絹、粗く縒った蚕糸で織った織物を絁と区別していたことがわかる。布目順郎氏によれば「絁という文字は、本来はツムギを意味するが、正倉院その他に存する奈良時代の絁はツムギではなく、普通の平絹と変わらない」とする一方、正倉院蔵の絹糸製品五十五種類(錦、綾、羅、紬、絹、絁、紐、紘、縫糸、綿など)の繊維断面を計測すると、断面積の比較で絁は錦、綾、羅、絹に比べて小さく、その点からは錦などより質の劣るものであったことを示しているという。[21]このことは、たとえば『拾遺和歌集』(十一世紀初頭)に収められた「さけからみ」と題する「あしぎぬは裂(さ)け絡(から)みてぞ人は着る尋(ひろ)や足らぬと思ふなるべし」(巻七・物名・四〇八・輔相)において、裂けて絡みやすい粗製の織物として絁(あしぎぬ)が詠まれていることとも合致するだろう。八世紀の段階で、甲斐国を含む東国諸国では、蚕糸製品の品質・生産量が西国に比べ高くなかったという事実については、「近国においては遠国におけるよりも蚕品種ならびに栽桑、育蚕の技術が進歩していたと考えられるほかに、特に常陸、上野、甲斐など比較的高緯度の地にあっては気候風土（特に気温）の影響もあったと思われる」[22]との知見が示されている。

　古代法典の集大成である『延喜式』（延喜五〈九〇五〉年～延長五〈九二七〉年）巻第二十二民部上では、甲斐国の「交易雑物」として蚕糸製品は挙げられておらず、「夏調絲」の項に「駿河　伊豆　甲斐　相模　武蔵　上総　下総　常陸　信濃　上野　下野　右十一國、麁（そ）絲（し）」・「駿河　伊豆　甲斐　相模　武蔵　上総　下総　常陸　上野　下野　右十國、輸（いたせ）レ絁」とあり[23]、甲斐国には麁い蚕糸や絁の貢納が定められていたことがわかる。また「中男作物」の項では、甲斐国の調として「帛」（『日本国語大辞典』によれば、きぬ。絹布の精美なもの。羽二重の類）を染色したものが四種挙げられ、その他を「絁」と「布」で納める規定がみえる。十世紀初頭頃までの甲斐国では、貢納・交易のために生産される「絹」の量が他国に比して少なく、織物生産の中心は布（麻織物）や粗い蚕糸による絁であったとみられる。

　一方、『政事要略』巻五十三「交代雑事（雑田）」延喜十四〈九一四〉年八月八日条の「太政官符民部省　応行雑事五箇条事」のうち、地子稲（直稲）で交易を行なう際の絹・麻（商布・

調布）・鉄などとの交換比率に関して定めた項では、「甲斐国　絹卅五疋五丈　直二千七百五十束疋別六十束」とあるほか、同じく「交代雑事（雑田）」延喜十四〈九一四〉年八月十五日条の「太政官符厨家　應行雑事五箇条事」のうち、諸国から中央に収められる「諸国例進地子雑物」（地子米や雑税として納められる種々の物資）を定めた項では、「甲斐国　絁卅五疋五丈　商布四百五十九段九尺」とあって、十世紀前半、甲斐国で絹の生産が次第に本格化していたことがうかがえる。十世紀後半に発せられた国用の絹の交易進上の命（太政官の下達文書である太政官符）に、「甲斐国絹八十疋」（『別聚符宣抄』天禄二〈九七一〉年七月十九日条）とみえることからも、そうした状況が察せられよう。ちなみにこの太政官符では、武蔵・下総・下野・駿河・信濃などの東国諸国には「調布」が命ぜられている。

刻書土器制作の時期とは、甲斐国の財政を支える作物のひとつとなる蚕糸織物の生産が本格化した時期でもあったことを、こうした史料は示している(24)。絓糸は、歌の詠作者・享受者いずれにも、日常的に目に触れ手に取ることのできる物品であったと推察される。贈答歌における一首の主要な景物は、その形状や特質について、詠み手と受け手の双方が承知していることを前提に詠み込まれるものだからである。『延喜式』の調規定に「絓糸」の語はみえないが、「絁」や「麁糸」を中央に貢献することに従事していた官人らには、絹を精錬する工程で生産される屑糸である絓糸は、身近な物品であったとみられるのである。

7　土器に和歌を刻むこと

刻書土器制作の前代、醍醐天皇の勅命（延喜五〈九〇五〉年）によって成立し、後代の和歌の典範となった第一勅撰和歌集『古今和歌集』には、甲斐国にゆかりある歌人たちとその歌々が掲載されている。

小野貞樹（従五位下）は、『日本文徳実録』（六国史の第五）及び『古今和歌集目録』（平安時代後期の歌人藤原仲実による古今集歌人の略伝）によれば、仁寿元〈八五一〉年と仁寿三〈八五三〉年に二度甲斐守に任ぜられ、『古今集』には、「甲斐守に侍りける時、京へまかり上りける人につかはしける」という詞書に続いて「都人いかがとと問はば山たかみ晴れぬくもゐにわぶとこたへよ」（巻十八・雑下・九三七）という一首を残している。甲斐国に官人として赴任した歌人には、ほかにも撰者の一人である凡河内躬恒がおり（『古今和歌集目録』によれば、寛平六〈八九四〉年、甲斐権少目）、甲斐下向時に「夜を寒み置く初霜をはらひつつ草の枕にあまたたび寝ぬ」（巻九・羇旅・四一六／書陵部蔵本『躬恒集』三一一）と詠んだと伝えられる。同じく撰者の一人である壬生忠岑も、勅命で甲斐に下る際「君がため命かひにぞ我は行くつるてふ郡千代を売るなり」（『忠岑集』五三・「つる」に地名都留と鶴が掛けられている）と詠み、忠岑に紀貫之が贈ったという「甲斐が嶺の松に年経る君ゆゑに我は嘆きと成りぬべらなり」（『貫之集』八二五）もみえる。業平の子在原滋春もまた甲斐国との縁が伝えられる人物で、甲斐路を行く旅の途上病に倒れ、都の母に送ったとされる一首「かりそめのゆきかひぢとぞ思ひこし今は限りの門出なりけり」（十六・哀傷・八六二）がある。

『古今集』にはさらに、「塩の山差出の磯にすむ千鳥君がみ世をば八千代とぞ鳴く」といった賀歌（巻七・三四五・よみ人知らず）や、「甲斐が嶺を嶺越し山越し吹く風を人にもがもや事づてやらむ」（巻二十・一〇九八・東歌甲斐歌）など、甲斐の歌枕を詠み込んだ歌々が収められていて、とくに三四五番歌は、後代の賀歌に頻繁に引用・本歌取される古歌となってゆく。安田章生氏は、『古今集』撰者の時代について「歌が『倭歌』としての自覚を深め、社会的に詩の栄光の座を回復し、確立した時期でもあった」[25]と述べているが、「倭歌」の復権と隆盛の文化的潮流は、甲斐国に生きた知識階級にもリアルタイムで及んでいたことを、右のような歌々から伺い知ることができるだろう。和歌の典範として重んじられてゆく『古今和歌集』をはじめ、十世紀に成立した『後撰和歌集』や歌人たちの私家集、また『伊勢物語』『大和物語』などの歌物語に所収される歌々は、和歌をよくする官人らとともに、和歌もまた地方と中央との間を行き交っていたことを教えてくれる。刻書土器制作の時期、甲斐国の官人たちの間で和歌を詠み鑑賞する文化が醸成されていたからこそ、こうした和歌刻書土器の制作が実現できたと考えられる。

では、歌を土器に刻むことの意味についてはどのように理解できるだろうか。土器に書いて贈られた歌のもっとも早い例に、次のような八世紀の相聞歌がある。

思ひ遣るすべの知らねばかたもひの底にぞ我は恋ひなりにける注二土垸之中一

（『万葉集』巻四・七〇七・粟田女娘子）

『万葉集』巻四所収の粟田女娘子から大伴家持への贈歌二首のうち、右の一首が「片垸（かたもひ）」の内側に記されていたということが、「土垸（かたもひ）の中に注（しる）せり」との注記から知られる。土垸（片垸）とは、「蓋のない水さし。カタは不十分の意で、この場合、蓋なしの意とみてよかろう。モヒは水を入れる食器」（『時代別国語大辞典　上代編』）とされ、宮廷儀礼などの宴席で供膳具として用いられるものであった（『正倉院文書』十一天平勝宝二年、『延喜式』五神祇斎宮など）。この歌は、カタモヒに「片思（かたも）ひ」を掛け、水差しの底に沈んだままの私の恋心はどうしようもありませんと、器物に言寄せて恋情を訴えた一首ということになる。歌にあわせて、器物の内側にこのような歌を記すことは、胸の内で膨らみ続ける恋心の切なさ・やるせなさを、実体感をもって伝えようとした粟田女娘子の工夫とみられよう。恋の歌を体部に秘すカタモヒは、女娘子の心を表象しているのである。(26)

こうした紙以外の物に歌をしたためた事例を、十世紀成立の『伊勢物語』『大和物語』『後撰和歌集』から拾ってみると、

『伊勢物語』　狩衣の裾（一）・壁、柱などの建具（二一）・岩（二四）・盃の皿（六九）・摺狩衣の袂（一一四）

『大和物語』　壁（一、一三七、一四四）・垣根の材の削り屑（四三）・扇（九一、一〇六）・木（一五五）・菊（一六三）・柏（一六八）・衣のくび（一六八）・梅の花びら（一七三）

『後撰和歌集』　宿直物（六一三）・物〈壁や柱などの建具〉（六二八）・童女の腕（七一〇）・扇（九三四、一二四六、一三二四）・狩衣の袂（一〇七六）・削った松（一〇九三）・裳の腰（一〇九九）・屛風（一一〇五）・竹の葉（一一七二）・鏡の箱の裏（一三一四）・壁（一三三二）・絹を包んだもの（一三五四）・碁石笥の蓋（一三八三）・鈍色の裂帛（一四〇四）・かえでの紅葉（一四一三）

（カッコ内の数字は新編日本古典文学全集の本文における章段番号・『後撰集』は歌番号）

などが見出せる。これらにおいては、即興的に歌を詠んで相手に贈るにあたり嘱目の物品にしたためたと記される例が多く、いわば紙の代用として用いられていることになる。なかには、

当該の刻書土器の和歌とも通う「盃の皿」に歌が書かれるという物語の一場面もみえる（『伊勢物語』第六九段）が、宴席で再会した男女が互いの思いを、それぞれ上の句・下の句に詠んで盃に墨書するという場面で、即興的なコミュニケーションの具に盞が用いられるのであり、あらかじめ詠んだ和歌を刻書して焼成した当該の事例とは詠歌の状況が異なる。衣の一部や植物の葉・花に歌が書かれるというケースも同様であろう。

留意されるのは、『後撰和歌集』や『大和物語』にみられる、扇に歌を書いて相手に贈るという事例である。

人をのみうらむるよりは心からこれ忌まざりし罪と思はん

（『後撰集』巻十三・恋・九三四・よみ人しらず）

ゆゆしとて忌むとも今はかひもあらじ憂きをばこれに思ひ寄せてむ

（『大和物語』第九一段）

忘らるる身はわれからのあやまちになしてだにこそ君を恨みね　（『大和物語』第一〇六段）

いずれも、女性が男性の扇に書いた歌である。新編日本古典文学全集『大和物語』第九一段歌の頭注に、「扇は秋風が吹けば捨てられることから、男女の間柄でとりかわすことは忌みきらわれていた」とあるように、王朝貴族にとって扇は、男女関係が終焉することの符牒とされた。女は、男に忘れられぬよう「ゆゆし（＝縁起が悪い）」き扇を忌み避けねばならない。それを怠ったために忘れられたのだと、恋の終りを嘆いて詠んだとされるのが右の歌々なのである。「土垸」の歌や「扇」の歌は、歌のことばが表す意味と、モノに託された文化的象徴的な意味を併せ理解することが、受け手に期待されたことを教えてくれる。

ケカチ遺跡出土の和歌刻書土器もまた、コトとしての和歌の意味と土器というモノに附帯する情報とを、併せ考慮することが求められる事例にほかならない。コトとしては、別れ行かねばならない男が、自分を慕うあまり鬱屈している女に今宵は逢おうと伝えている歌であり、モノとしては、国府の管理下で製造された公的な食膳具としての土器である。土器・盃・酒坏などはカハラケと呼ばれたが、ときにそれは酒宴そのものを意味した。「饗宴の中心は盃を勧め酒をうける盃事にあった。そしてこの時、酒をすすめるものの歌があり、盃をうけるものの歌があったのである(27)」と説かれるように、カハラケは宴を象徴する器物・景物であり、「かはらけ取る」（盃を手に取る）とはすなわち、酒宴の開始や酒宴への参加の謂いであった。十世紀の文学作品にみられるカハラケと酒宴との象徴的な関わりは、坏型の甲斐型土器とそこに刻書された和歌が、なんらかの公的な酒宴に関わって詠作されたものである可能性を示唆していると思われるのである。

8　和歌刻書土器が語るもの

甲斐国の官営工房で制作された坏型の甲斐型土器に、絓糸を詠んだ歌が刻まれているということは、この土器と歌がともに公的な性格をもつことを示している。『万葉集』には、越中国守の任を終えて帰京する大伴家持を送る「餞饌(せんざん)の宴」において、内蔵伊美吉縄麻呂が「盞」を捧げて歌を献じた際の家持の歌（巻十九・四二五二）や、入唐副使となった大伴胡麻呂らへの餞において、多治比真人鷹主が「御酒たてまつる」と詠んだ歌がみえる（巻十九・四二六二）。地方での任を終え、その地を去る官人に「御酒」をたてまつる送別の場といえば餞の宴であった。当該土器の和歌が去り行く側の立場で詠まれた一首であることからすると、官営工房にこうした土器制作を特注しうる人物が、自分との別れを惜しむ人（人々）のために詠作して土器に刻んだ経緯が推測される。去り行く自分を〈男〉に、残る相手を〈女〉に措定し、〈男〉が〈女〉の心中を付度して配慮を示した恋歌に仕立てられていることや、文末に用いられるゾ（終助詞）に「上位の者が下位の者に強く指示する」という教示の意が含まれることなどを総合すると、具体的には甲斐国守を想定できようか。

国府の長官である国守の餞で詠まれた歌の事例としては、『後撰和歌集』に、「出羽よりのぼりけるに、これかれむまのはなむけしけるに、かはらけとりて」という詞書に続く「ゆくさきを知らぬ涙の悲しきはただ目のまへに落つるなりけり」（巻十九・離別・一三三三／一三三四・源済）という歌のほか、『万葉集』にも数多く見出すことができる。集中、官人が地方を去る際の餞での歌としては、大伴旅人周辺に十一首、大伴家持周辺に十八首がある。そのうち、送る側と送られる側との間でやりとりされた歌の事例として、越中国守大伴家持が税帳使（正税使）として上京する際の、越中国の官人らによる予餞の宴の歌四首は次のとおりである。

（天平十九年）四月二十六日、掾大伴宿祢池主（じょうおほとものすくねいけぬし）が館に、税帳使の守大伴宿祢家持（かみおほとものすくねやかもち）に
　餞する宴の歌并せて古歌四首

玉桙の道に出で立ち別れなば見ぬ日さまねみ恋しけむかも〈一に云ふ「見ぬ日久しみ／恋しけむかも」〉
（巻十七・三九九五・税帳使越中守大伴家持）

我が背子が国へましなばほととぎす鳴かむ五月はさぶしけむかも
（巻十七・三九九六・介内蔵忌寸縄麻呂）

我なしとなわび我が背子ほととぎす鳴かむ五月は玉を貫かさね
（巻十七・三九九七・税帳使越中守大伴家持）

我がやどの花橘を花ごめに玉にそ我が貫く待たば苦しみ　（巻十七・三九九八・石川水通）

　右の一首、伝へ誦（よ）みしは主人大伴宿祢池主なりと云尓。

右四首にはいずれも、「見る」「恋ふ」「我が背子」「待つ」などの語彙が用いられ、相聞歌（恋歌）の相貌をもつ歌々となっている。相手との別離を惜しみ、関係の持続を願うという餞の歌の発想そのものが、こうした語彙を要請したとも考えられよう。同じ特徴は、たとえば、天平二（七三〇）年に大宰帥大伴旅人が大納言に任ぜられて帰京する際、筑前国蘆城の駅家での餞で詠まれた「岬回の荒磯に寄する五百重波立ちても居ても我が思へる君」（巻四・五六八・筑前掾門部連石足）や、上総国の朝集使大掾大原真人今城が上京する際、郡司の妻たちが詠んだ餞の歌「足柄の八重山越えていましなば誰をか君と見つつ偲はむ」（巻二十・四四四〇）などにも認められる。

当該の刻書和歌もまた、こうした相聞歌の語彙で詠まれた惜別の歌の一首といえる。注目されるのは、『万葉集』所収の餞の歌に、「奈呉の海の沖つ白波しくしくに思ほえむかも立ち別れなば」（巻十七・三九八九）や、右の四四四〇番歌など、別離後の心中をナバで仮定し、どうしようもなく恋しくなるだろうと推定することで、相手との別れがたさを表現する歌が散見されることである。こうした発想は、当該歌にも通ずる。「しくしくに思ほえむ」「見つつ偲はむ」のような、別離後の寂しさや追慕を想定した表現は、表と裏の関係で、だからこそ今は歓を尽くそうという呼びかけを意味しているだろう。

第三勅撰和歌集『拾遺和歌集』（十一世紀初頭成立）に収められた、国守を送別する宴での次のような贈答歌は、そうした恋歌仕立ての惜別の歌の系譜に連なるものである。

肥後守にて清原元輔下り侍りけるに、源満中宣旨侍りけるに、かはらけとりて

いかばかり思ふらむとか思ふらんおいて別るる遠き別れを（巻六・別・三三三・清原元輔）

返し

君はよし行く末遠し留まる身の待つほどいかがあらむとすらん

（巻六・別・三三四・源満中）

このとき、元輔と満中は餞宴（むまのはなむけ）で献杯し合い、任国の遠さや別れを嘆き合う贈答歌を交わして名残を惜しんだ。紀貫之が、土佐からの帰京の旅に同行する女房の視点に仮構して記した『土佐日記』（十世紀前半）前半部に描かれるように、国守の任を離れて帰京する者と国府の官人らとの別れの宴は、何日にもわたって何ヶ所かで行われることがあった。職務や社交というばかりでなく、「この人々の深き志はこの海にも劣らざるべし」（二月九日条）との語り手の評に垣間見えるように、国司同士の精神的な絆や連帯感の強さは確かにあったのであろう。当該の刻書土器制作の背景にも、甲斐国でともに過ごした国司同士の信頼や親交の深さが存したと

推測できるのである。

当該土器を、離任する国守の発注によるものと断定することには慎重であらねばならないが、恋歌仕立ての惜別の歌が公的な土器（かわらけ）に刻まれているということは、甲斐国を離れ都に帰る上位官人と別れを惜しむ国司（たち）との間の、和歌を介しての日常的な交流・交歓を物語っているだろう。ケカチ遺跡そのものの実体をはじめ、和歌刻書土器にはなお検討すべき課題が多い。本稿で提示した和歌の理解は、この土器が提起する問題の一端をめぐる考察にすぎない。その批正も含め、全容の解明を後考に委ねたいと思う。

注

（1）甲斐型土器と共伴して出土し、その編年測定の基準とされる「大原2号窯式」の灰釉陶器の生産・流通から、本土器の制作年代を十世紀中葉と推定できること、帝京大学文化財研究所研究員の平野修氏よりご教示いただいた。参考：『山梨県史　資料編2　原始・古代2』（一九九八年・山梨県）

（2）山下孝司「焼物の生産と流通」（『山梨県史　通史編1　原始・古代』二〇〇四年・山梨県）九〇四頁

（3）山梨県埋蔵文化財センター調査報告書『大坪遺跡』二〇一五年三月

（4）山梨県立博物館館長・人間文化研究機構理事平川南氏を中心とする。

（5）同席した委員は、平川委員長のほか、鈴木景二氏、大隅清陽氏、長谷川千秋氏、福井淳哉氏。さらに、事前のご意見を、佐野光一氏、多田一臣氏、矢田勉氏から賜った。
（6）㈶京都市埋蔵文化財研究所　丸山義広「平安京右京三条一坊六町（藤原良相邸、西三条第、百花亭）の調査」第二四〇回京都市考古資料館文化財講座資料
（7）南孝雄「『なにはつ』歌の木簡―平仮名が生まれる頃―」（『リーフレット京都』vol. 332・二〇一六年八月）
（8）小杉町教育委員会／㈱中部日本鉱業研究所編『赤田Ⅰ遺跡発掘調査報告』二〇〇三年十二月
（9）㈶茨城県教育財団編・茨城県教育財団文化財調査報告『小作遺跡』二〇一一年三月
（10）『定家本土佐日記』（尊経閣叢刊・育徳財団・一九二八年）
（11）小林芳規「金剛界入曼荼羅受三昧耶戒行儀」（『周防国玖珂郡玖珂郷延喜八〈九〇八〉年戸籍残巻』紙背『石山寺資料叢書　資料篇第一』法藏館・一九九六年）
（12）伊藤卓治「初層天井板の落書」（高田修編『醍醐寺五重塔の壁畫』一九五九年・吉川弘文館）
（13）『気色の杜遺跡（霧島市教育委員会編・霧島市埋蔵文化財発掘調査報告書・大隅国府跡）』二〇一一年三月）
（14）橋本義則・築島裕「重要文化財　虚空蔵念誦次第紙背文書　一巻」（『石山寺資料叢書　文学篇第一』法藏館・一九九六年）
（15）長谷川千秋氏のご教示による。
（16）矢田勉氏のご教示による。

(17) 藤原元真（ふじわらのもとざね）は、甲斐守従五位下清邦の子。伯父忠行は『古今集』『後撰集』に入集した歌人。

(18) 「漢語鈔」は、天武十一（六八二）年成立とされる字書『楊氏漢語抄』をさす。現存せず。

(19) 縁語を「中心となる一語を中核として放射状に広がる語群」と説く田中康二氏の解説を参照した。（「縁語」渡部泰明編『和歌のルール』二〇一四年・笠間書院）

(20) 『正倉院文書』正集第五巻断簡五・四冊四二〇頁

(21) 布目順郎『養蚕の起源と古代絹』（一九九七年・雄山閣出版）一〇六～一〇七頁。初出「繊維からみた古代絹」（『繊維学会誌　繊維と工業』vol.32・一九七六年一月）

(22) 布目氏注（21）前掲書一〇五頁

(23) 『箋注倭名類聚抄』の「絓絲」の項には、「急就篇注、紬之尤麁者曰レ絓。繭滓所レ抽也」と、繭の屑糸を引っ張り出した麁いものを絓とする『急就篇』（前漢）注による説が引かれている。

(24) 網野善彦「甲斐国」『講座日本荘園史』五（一九九〇年・吉川弘文館）／中込律子「甲斐国の産物」（『山梨県史　通史編1　原始・古代1』二〇〇三年・山梨県）七五一頁

(25) 安田章生「和歌史　中古」（『和歌文学講座第二巻　和歌史・歌論史』一九六九年・桜楓社）四〇頁

(26) 鈴木景二「出土資料に書かれた歌」（犬飼隆編『古代の文字文化』二〇一七年・竹林舎）に、この歌について、「片思いに沈む気持ちの歌を、土坑（かたもひ）の底に書きつけて贈るという趣向で、器に書くという行為が歌の意図と深く関わる事例である」（三二三～三二四頁）と述べられている。

（27）　倉林正次『饗宴の研究（文学篇）』（一九六九年・桜楓社）六七五頁

付記

一　本稿は、上代文学研究会における研究発表にもとづく。席上ご教示をいただいた、品田悦一氏、鉄野昌弘氏、矢田勉氏、大浦誠士氏、月岡道晴氏、山田純氏、孫世偉氏の諸氏に、心から謝意を申し述べたい。

V 解題

解題

鉄野昌弘

本書の著者、石田千尋氏は、二〇一九年七月七日、乳癌のため逝去された。享年、五十七歳であった。

著者の専門は、古代文学、特に『古事記』の歌謡物語であるが、勤務先が、山梨英和大学（山梨県甲府市）であったことから、富士山の世界文化遺産登録に向けて県の行う事業に協力を要請され、二〇一〇年頃から富士山の歴史的・文化的価値を古典文学の中に見出す仕事に取り組んだ。二〇一二年三月刊行の山梨県教育委員会編『富士山　山梨県富士山総合学術調査研究報告書』（以下報告書1）に、著者は第4章第3節「富士山と文学」のうち「上代から中世」を執筆している。更に、二〇一六年三月刊行の山梨県富士山世界文化遺産保存活用推進協議会編『富士山　山梨県富士山総合学術調査研究報告書2』（以下報告書2）では、第7章「富士山と文学」の第1節「〈竹取説話〉と富士山―中世の古今集注釈書を中心に―」を記した。この間の二〇一三年六月二十六日、ユネスコによって富士山が世界文化遺産に登録されている。山梨県富士山総合学術調査報告研究委員会の一員としての著者の活動は、見事に実を結んだのである。
著者の富士山研究は、単に報告書を書くに止まらなかった。様々な媒体を通して、その成果を公表することに努めている。そして富士山と文学について一書を編むことも計画して、出版の具体的な話も進んでいた。著者のデータファイルには、「富士を詠む　古典和歌が伝える富士山像」という書名と、次のような目次案が残されている。

序章　詠み継がれた富士山
第一章　時を超える――〈ふじの雪〉の聖性
第二章　人を恋う――〈ふじの煙〉幻想
第三章　神として　仏として――かぐや姫の面影を追って
第四章　将軍の旅　修験者の旅――象徴・歌枕・霊山
第五章　我らが富士　我が富士――イメージの裾野へ
終章　富士山の包容力
索引

本書を概観すれば分かるように、目次案の各章のモティーフは、本書に収録した文章のそこかしこに窺うことができる。一方、各章にそのまま該当するような文章は見えない。著者の富士山研究は、和歌だけでなく、『竹取物語』その他の散文作品に広がっているが、既発表の文章を利用しつつも、古典和歌に関する部分を拡充して、書き下ろしに近い形で一書とする考えだったようである。したがって、本書のように既発表論文を連ねて一書とすることは、著者の本意ではないかもしれない。しかし古代から近現代にまでわたる著者の富士山研究の全貌を世に表わすことにも意義があると考え、このような形で編集を行ったものである。

以下、各章の初出と内容を簡単に記しておく。

Ⅰ序論「富士山の古典文学」は原題通り。『山梨学院生涯学習センター研究報告（やまなし学シリーズ⑨）』第二九輯（二〇一六年三月）所収で、二〇一一年十一月三十日に行われた、山梨学院生涯学習センターにおける講演録である。第一節から五節までに、富士山に関わる文学史を概観し、第六節以降では、十三世紀前半成立の紀行『海道記』（作者不明）に登場する富士山について詳しく論じている。実見した富士の圧倒的な存在感とともに、和歌から想起される「竹取説話」が独特な形で語られていることに注意する。先に触れた目次案の次に、この文章の冒頭第四段落以下が置かれている。おそらくこの文章を元に序章を書く構想だったのだろう。

文体がこの一篇だけがデスマス調であることをも勘案して、本書の先頭に置いて導入とした。

Ⅱ総論「富士山像の形成と展開」は、勤務先発行の雑誌『山梨英和大学紀要』二〇一一年度（第一〇号。刊行は二〇一二年三月）に載せられたもので、邦題は原題通りであるが、英題「The Formation and Development of Mount Fuji's Imagery Through Japanese Classic Literature from the Nara Era Until Muromachi Era」が添えられている。題の示す通り、上代から中世までの文学作品を通して、富士山像の形成と展開を追った論である。報告書1と同時期の作で、内容的にも大きく重なっている。その点は、冒頭に掲げられた「要旨」（本書では割愛）にも、報告書1における富士山の文学史的概説に対する各論的論考に当たることが断られている。和歌を中心にしつつ、漢文・物語・説話・紀行・軍記・古注釈・謡曲に至るまで、あらゆるジャンルの用例を集め考察した、原稿用紙一〇〇枚分に及ぶ雄編である。

Ⅲ各論は、ほぼ内容的に時代順となるよう配列した。

一「富士山の古代信仰」は、季刊『明日香風』一三三号、二〇一四年一月刊。原題「富士山の古代信仰―古典文学の視点から―」。『万葉集』所載の山部赤人「不尽山を望む歌」から説き起こし、古典文学を通じて、富士山が仙山あるいは地上の他界として畏敬をもって見られてきたことを、具体例から示し、その信仰の原点が、視線を高くして天空を貫いてそびえる富士を仰ぎ見ることにあったと結んでいる。

二「富士山と竹取説話」は、富士短歌会発行の『富士』創刊十周年記念号（二〇一七年一月）の掲載。原題通り。平安時代初期に成立した竹取物語が、富士山で天皇がかぐや姫の残した仙薬を焼かせる結末を持つのは周知のことだが、中世から近世にかけて、再びかぐや姫と富士山を結びつける「竹取説話」が登場する。そこに富士山の煙を恋の火によって立つものとする和歌や、楊貴妃を仙女として描く「長恨歌」の発想が介在していることを明らかにしている。

三「僧道興の和歌と修験」は、『山梨県立富士山世界遺産センター研究紀要　山梨県富士山総合学術調査研究報告　世界遺産富士山』第二集（二〇一八年三月）に掲載されたもの。原題「僧道興の和歌と修験―『廻国雑記』を中心に―」。京都聖護院門跡だった僧道興が、諸国の霊山を訪ねて行を行う中で、富士山を求道者としての道心を顧みさせる特別な存在と見ていたこと、それを歌に詠むことと道心の追究とを一如と捉えていたことが説かれている。富士山の信仰と文学との関係に踏み込んで考察している点に価値があろう。

四「契沖の和歌―『詠富士山百首和歌』をめぐって―」は、『中央大学文学部紀要　言語・文学・文化』一二三号（二〇一九年三月）に掲載された。原題通り。近世の新たな『万葉集』研究を切り開いた『万葉代匠記』の著者、僧契沖の富士山百首を取り上げる。一首一首が多彩な典拠を持っており、契沖の『万葉集』注釈事業と和歌詠作とが深く繋がっていたことが明らかになった。万葉集享受史研究、契沖研究の論としても意義深い一篇である。

五「紅く燃えるふじ―北原白秋の富士山―」は、富士短歌会発行の『富士』五五号（二〇一四年十月）の掲載。原題通り。白秋の富士山詠は、破滅的な恋からの新生の象徴として歌い始められるという。そして雄大な富士の神性が白秋にもたらした霊感を、「雪の焔」といった不可思議な表現に窺うことができると説く。著者には珍しい、「鑑賞」を表立てた論である。

Ⅳ付篇として、報告書1・2からの抄出と論文「ケカチ遺跡出土刻書土器の和歌」を載せる。

一『新編国歌大観』における「富士山」用例」は、近世までの和歌に現れた富士山の用例を網羅的に調査したもので、報告書1に付されていた。初出は『新編国歌大観』書籍版の該当ページの記載を伴っているが、CDロム版が普及した現在、既に役割を終えていると判断して割愛し、歌番号だけの記載に留めた。

二「古典文学作品（上代～中世の散文・歌謡等）における「富士山」用例」は報告書2に付されており、中世まで（一部近世の作品も含む）の散文・歌謡等における「富士山」の用例を博捜した労作である。原注によれば、報告書1に付されていた「文学資料」の表に、新たに調査して得られた例を増補したもので、「富士山」のみならず、「枝折山」などその異名、「浅間大菩薩」など神仏としての富士山を表わす語、「富士郡」など山号由来の地名も採録の対象となっている。ジャンルごとに成立年代順の配列とし、作者の明らかな作品にはその名を記す。成立年代については、各テキスト（調査は翻刻済みのものに限定。テキストは閲覧の便のため、一般に普及したものを選択）の解題の他、『新版日本古典文学大年表』（おうふう）・『日本古典文学大辞典』（明治書院）、特に古今和歌集注釈書については『新日本古典文学大系　古今和歌集』所収の「古今和歌集注釈書目録」、謡曲については『新版能・狂言事典』（平凡社）及び『未刊謡曲集』（古典文庫、正編31巻・続編22巻）を参照している（以上原注を要約）。初出には「用例または用例を含む語」の欄があったが、「用例の記載頁・行」欄に用例そのものも記されているので割愛した。

報告書の本文は、報告書1については、総論・各論として本書に収録したものと大きく重なるので割愛する。報告書2については、散文における富士山の用例を求める中で得られた知見が記されており、本書の総論・各論を補うものとして意義があると考えるため、著者執筆の部分を抜き出して、付篇三として収録する。

最後の四「ケカチ遺跡出土刻書土器の和歌」は、山梨県甲州市塩山所在のケカチ遺跡（奈良・平安時代）から出土した、和歌を刻んだ土器（杯）についての考証である。初出は『中央大学文学部紀要　言語・文学・文化』一二一号（二〇一八年二月）。原題通り。ひらがなで和歌を刻んだ土器は極めて珍しい。著者は翻字した上で、和歌に現れる「結糸（しけいと）」と甲斐国との関係を論じ、和歌を土器に刻む意味について考察している。富士山と直接関係しないが、甲州市教育委員会の依頼により、調査委員会の一員として調査・研究に当たった成果であり、山梨県の郷土研究の一つとして本書に収録するのが相応しいと判断した。

以上、遺稿は文体も体裁も様々であるが、基本的に初出の形を尊重して、明らかな誤りを正すほか、形式的統一は最小限に止めた。ただし著者が初出後に改稿したと思われる箇所がファイルに残されていた場合、そちらを採用する場合がある。

著者の富士山関係の遺稿には、更に以下の三篇がある。

「富士山の和歌―上代・中古・中世―」
富士短歌会『富士』創刊五周年記念号（二〇一一年十二月）

「古典文学における富士山像の変遷」
『別冊 BIOCITY 富士山、世界遺産へ』（二〇一二年二月）

「修験者の旅の和歌―僧道興『廻国雑記』に記された甲斐の歌々―」
富士短歌会『富士』第七八号（二〇一八年二月）

しかしこの三篇の記述は、本書所収の総論・各論に発展的に吸収されていると見られるので割愛した。

著者は、研究者・教育者として、常に篤実であった。上代文学の研究会においては、遠方の勤務先まで通い続ける中、病に倒れるまで連絡係の労を長く取り続け、発表にも手を抜くことが無かった。専門外であった富士山研究にも、自己の課題として真摯に取り組んだことが本書所収の論考から窺われる。前述したように、富士山を歌う和歌については、そこを充実させて一書とすることが著者の志であったと思われる。著者にその時間が残されていなかったことを惜しむばかりである。

遺志にかなうかどうかはおぼつかないけれども、以上のように本書を編集することで手向けとしたい。

（二〇二〇年七月三十一日）

あとがき

亡き妻である著者石田千尋は一九九五年に山梨英和短期大学（現・山梨英和大学）に奉職し、二〇一八年に同学を離れるまで多くの時間を山梨県で過ごした。著者の専門領域は『古事記』の歌謡物語であるが、山梨県富士山世界文化遺産推進委員会委員、ならびに富士山総合学術調査委員会委員を務め、後者においては文学部会の取りまとめ役として日本文学における富士山の用例の調査・研究に携わり、二冊の報告書執筆と文学部会の監修を担当した。そのうち第一期報告書は、富士山世界遺産登録の際にユネスコの諮問機関イコモスに提出する申請書の記述内容のベースとなった。こうした縁から著者は、山梨県内で開催された富士山関係の講演会、シンポジウム、市民講座などを数多く担当し、大学の講義で富士山の文学を扱うようになった。

こうした調査・研究の過程で収集された富士山の用例や出典の資料を活かし、より広く一般読者に富士山が日本文学において受け継がれてきた重要な文化的素材であることを知っていただくことが、本著企画の動機となった。日本文学史において、富士山が主要な文学作品に登場しない時代・年代はない。本著において著者は、なぜ富士山は普遍的な文学的モチーフであり続けてきたのか、各時代の作品に見られる富士山をめぐる表現はどのような富士山像を描き出しているのか、それはどのように受け継がれ、どのように移り変わってゆくのかなど、文学史的な観点から浮かび上がる問題について、テキストの内容・主題を踏まえて著者の知見を提示することを企図していた。

当初の計画では、書名を「富士を詠む――古典和歌が伝える富士山像」とし、上代から近世の和歌を中心とする韻文作品を取り上げる予定であった。和歌を中心に、各時代においてメルクマールとなる重要・主要な作品については読解のポイントを解説し、あわせて、同時代の歴史・文学・文化・民俗・信仰などと関連させて作品の解釈を掘り下げつつ、富士山の文学の展開を辿るというアプローチが検討されていた。しかし、二〇一七年の夏に再発した乳癌が、その実現を阻んだ。約二年の闘病の後、二〇一九年七月七日に著者は永眠した。

その後、著者と同窓の研究者である鉄野昌弘氏と高木和子氏が、著者の意図を基に既発表の論文を整理し、本著としてまとめて下さった。新典社編集部の小松由紀子氏、田代幸子氏には、この間たいへんお世話になった。また著者の親友でグラフィックデザイナーの滝由佳理氏が素晴らしい装幀をしてくださった。本著は、著者が山梨県で過ごした年月の中で胚胎され、直接、間接に本著の刊行にご尽力いただいた方々の手により上梓に至った。著者とともに、ここに謹んで深い感謝を捧げる。

二〇二一年七月七日　著者の三回忌の日に記す

石田　順朗

石田　千尋（いしだ　ちひろ）
1962年4月10日　徳島県徳島市に生まれる
1985年3月　徳島大学教育学部小学校教員養成課程卒業
1995年3月　東京大学大学院人文科学研究科博士課程国語国文学専攻単位取得退学
学位　博士（文学）（東京大学）1998年3月
2019年7月7日　永眠
共著　『日本文芸の系譜　山梨英和短期大学創立三十周年記念』「清寧記ヲケ物語の歌垣をめぐって」（1996年10月，笠間書院，1～18頁），『ことばが拓く古代文学史』鈴木日出男編「古事記歌謡の〈抒情〉」（1999年3月，笠間書院，120～133頁），『声と文字　上代文学へのアプローチ』「古事記における助動詞と時間」（1999年11月，塙書房，67～82頁），『日本文芸の表現史　山梨英和短期大学創立三十五周年記念』「古事記歌謡と万葉歌の類句―記二四歌をめぐって―」（2001年10月，おうふう，1～19頁），『セミナー万葉の歌人と作品　第十二巻　万葉秀歌抄』神野志隆光・坂本信行編（2005年11月，和泉書院，258～259頁），『山梨県富士山総合学術研究調査報告書』山梨県教育委員会編（2012年3月，口絵解説および87～93頁／同報告書資料篇Ⅳ文学資料，215～250頁）
論文　「天神御子と〈久米歌〉」（1993年4月，『国語と国文学』第70巻第4号，全13頁），「『古事記』における助動詞の表記と歌謡」（1999年11月，『萬葉集研究』第23集，全15頁），「柿本人麻呂歌集歌の〈見立て〉―『万葉集』3129番歌をめぐって（一）―」（2003年2月，『山梨英和大学紀要』創刊号，全14頁），「『古事記』木梨之軽太子の譚」（2010年2月，『山梨英和大学紀要』第7号、全26頁），「古事記の歌の構成―仁徳と石之日売の歌をめぐって―」（2011年2月，『山梨英和大学紀要』第9号，全16頁），「富士山像の形成と展開―上代から中世までの文学作品を通して―」（2012年2月，『山梨英和大学紀要』第10号，全32頁），「古事記の歌の方法―短歌形態二首組歌と譚―」（2013年4月，『国語と国文学』第90巻第5号，全14頁），「『古事記』上巻トヨタマビメの歌」（2019年11月，『国語と国文学』第96巻第11号，全18頁，遺稿）

富士山（ふじさん）と文学（ぶんがく）

2021年7月7日　初刷発行

著　者　石田　千尋
発行者　岡元　学実

発行所　株式会社　新典社

〒101－0051　東京都千代田区神田神保町1－44－11
営業部　03－3233－8051　編集部　03－3233－8052
ＦＡＸ　03－3233－8053　振　替　00170－0－26932

検印省略・不許複製

印刷所　惠友印刷㈱　製本所　牧製本印刷㈱

©Ishida Chihiro 2021

ISBN 978-4-7879-7866-0 C1095

https://shintensha.co.jp/
E-Mail:info@shintensha.co.jp